Nick Jentsch
Dunkelfahrt

Nick Jentsch, geboren in einer beschaulichen Kleinstadt in Schleswig-Holstein, stapfte bereits als Kind mit großen Augen über den kleinen örtlichen Jahrmarkt. Als Erwachsener in Hamburg angekommen, hat er sein Herz für das fahrende Volk nicht verloren und direkt bei einem Zirkusunternehmen zunächst als Schausteller-Praktikant angeheuert. Schnell folgte der steile Aufstieg vom Zuckerwatteverkäufer und Zauberlehrling bis zum Assistenten des Direktors. Viele Jahre tauchte er ab in eine faszinierende schillernde Welt fernab vom Alltag und von einem geregelten Berufsleben.

Nick Jentsch

Dunkelfahrt

Ein Hamburger DOM Thriller

PIPER

Mehr über unsere Autoren und Bücher:
www.piper.de

Wenn Ihnen dieser Krimi gefallen hat, schreiben Sie uns unter Nennung des Titels »Dunkelfahrt«
an empfehlungen@piper.de, und wir empfehlen Ihnen gerne vergleichbare Bücher.

Wir produzieren nachhaltig
www.piper.de

ISBN 978-3-492-50658-8

Redaktion: Franz Leipold
Satz auf Grundlage eines CSS-Layouts
von digital publishing competence (München)
mit abavo vlow (Buchloe)
Covergestaltung: Giessel Design
Covermotiv: Bilder unter Lizenzierung von
Shutterstock.com genutzt
Printed in Germany

»Alle einsteigen – die nächste Fahrt geht rückwärts!«

unbekannter Verfasser

Kapitel 1

Mit schnellen Schritten lief er die schmale Gasse am Ende des Festplatzes entlang. Vorbei an verrammelten Buden, die wirkten, als wären sie in einen tiefen Schlaf verfallen und würden nun darauf warten, dass man sie wieder ins Leben zurückruft. Es war später geworden, als gedacht. Die letzten Stunden hatte er damit verbracht, vornehmlich besonders schwere und unhandliche Dinge durch die Gegend zu schleppen. Als Aushilfe blieb ihm jedoch keine Wahl; außerdem wollte er nicht als Weichei dastehen. »Hier gibt es Krafttraining für lau«, lautete einer der Sprüche, die er sich etliche Male anhören musste. Außerdem spekulierte er auf eine Beförderung. Wenn er sich gut machte, würde er bestimmt für länger angeheuert und könnte die nächsten vier Wochen sein Taschengeld ordentlich aufbessern.

Das Telefon in seiner Hosentasche summte. Er blieb stehen und schaute auf das Display. Eine neue Nachricht war eingegangen. Er öffnete das Chatfenster und scrollte sich durch den ellenlangen Text des Chatverlaufs. Die letzten Stunden auf der Arbeit hatte er keine Zeit gehabt, sich mit seinem Handy zu beschäftigen, geschweige denn den Unterhaltungen zu folgen. Und es war einiges passiert. Lukas und Anna hatten Schluss gemacht; Leon war auf einer total öden Party auf der Veddel versackt und postete Selfies mit seiner Bierflasche. Hannah hatte zunächst Stress mit Mia, und weil die sich verplapperte, dass sie die Schule geschwänzt hatten, kurze Zeit später auch mit ihren Eltern. Das war alles. Also nichts Außergewöhnliches.

»Leute, was geht heute noch?«, tippte er in Sekundenschnelle.

Ein merkwürdiges Geräusch ließ seinen Blick hochschnellen. War das ein leises Rascheln? Er blickte sich um, konnte in der Dunkelheit jedoch nichts Genaues erkennen. Es war überhaupt viel zu finster, um irgendetwas auszumachen. Vermutlich nur eine Ratte, die sich an den Mülleimern zu schaffen machte. Sein Blick ging zurück auf sein Handy, und seine Finger tippten bereits wieder.

»Bin noch unterwegs, melde mich gleich.«

Das undefinierbare Geräusch wiederholte sich, gefolgt von einem leisen Stöhnen. Es kam eindeutig aus der dunklen Ecke dort hinten. Mit seinem Handy versuchte er, die Stelle auszuleuchten. Er erblickte einen Mann, der mit einem Müllsack vor den Abfalltonnen hantierte. Als er ihn anleuchtete, schreckte dieser auf wie ein scheues Reh. Rasch schaltete er das Handy aus und steckte es in seine Hosentasche zurück.

»Alles klar, Mann?«, rief er zögerlich.

Keine Antwort. Unbeeindruckt versuchte der Typ, den unhandlichen Müllsack nach oben zu wuchten und durch die schmale Öffnung zu quetschen. Dabei stöhnte er erneut auf, als würde er Gewichte stemmen. Ergebnislos fiel der Sack zurück und knallte auf den Asphaltboden.

»Kommst du klar?«

Wieder keine Antwort. Er ging einige Schritte auf den Unbekannten zu, um besser sehen zu können. Ein junger Mann in seinem Alter schaute ihn aus dunklen Augen an. Mit seinen zerrissenen Klamotten und den fettigen Haarsträhnen machte er einen ungepflegten Eindruck. Vielleicht ein Obdachloser, der etwas Essbares suchte? Je näher er kam, desto stärker stieg ihm ein süßlicher Geruch nach Verwesung in die Nase. Angewidert wandte er sich ab, doch dann drehte er sich noch mal um und hielt kurz die Luft an.

»Warte, ich fasse mit an«, sagte er schließlich hilfsbereit.

Bevor er womöglich vergeblich auf eine Antwort wartete, griff er kurzerhand beherzt zu. Durch die dicke schwarze Plastikfolie fühlte er einen weichen und zugleich knochigen Inhalt. Seltsam. Er konnte keinen Zusammenhang herstellen, aber sein Instinkt schlug Alarm. In diesem Moment wurde er ohne Vorwarnung unsanft in die Rippen und zur Seite gestoßen. Er stürzte auf den Asphalt, und der schwere, übel riechende Müllsack fiel direkt auf ihn. Die Verknotung am oberen Ende löste sich, sodass der Blick ins Innere frei wurde.

»Was zur Hölle ist ...«

Das konnte nicht sein. Panisch schnappte er nach Luft. Sein Herz schlug schneller, pochte bis zum Hals. Ihm war speiübel. Wie von der Tarantel gestochen, richtete er sich blitzschnell auf und blickte sich ängstlich um. Wo war der Typ hin? Er hatte ihn nicht weglaufen sehen. In diesem Moment wurde ihm klar, dass ihm nur eine Möglichkeit blieb: die Flucht nach vorne. Er rannte so schnell wie noch nie in seinem Leben. Er konnte den Ausgang bereits sehen und dahinter die belebte Straße. Es waren nur noch wenige Meter, doch eine Unebenheit im Boden ließ ihn kurz vor dem Ziel straucheln. Er konnte einen Sturz gerade noch abfangen, aber das Handy rutschte aus der Hosentasche und fiel auf den Boden. Kurz überlegte er, bevor er stoppte. Hektisch bückte er sich nach dem Telefon und hielt es krampfhaft in den Händen. Er schaute sich um, und plötzlich sah er den Typen, der wie eine Fata Morgana in einigen Metern Entfernung vor ihm auftauchte. Der Weg zur rettenden Straße war versperrt. Für einige Atemzüge standen sie sich regungslos gegenüber. Er in der Hocke, der andere breitbeinig und wie eine unüberwindbare Wand vor ihm. Wie in einem Western, auch wenn es sich mehr wie ein Horrorfilm anfühlte. Wartete er darauf, wer den ersten Schritt machte? Langsam, im Zeitlupentempo richtete er sich auf. In diesem Augenblick klingelte sein Handy, schrill und laut. Ein Anruf. Was tun?

Bevor er eine Entscheidung treffen konnte, sprang der Typ direkt auf ihn zu. In der Hand hielt er einen länglichen Gegenstand. Jetzt musste er so schnell wie noch nie in seinem Leben rennen, denn die Flucht war seine einzige Chance. Mit einem Anflug von Zuversicht rannte er los. Doch seine Beine waren nicht so schnell wie sein Kopf. Ein heftiger Schlag in den Rücken stoppte sein Vorhaben, gefolgt von einem zweiten, der ihm den Boden unter den Füßen wegzog. Er stürzte und hielt sich die Hände vor das Gesicht. Der dritte Schlag war der letzte, den er spürte, als sein Cappy vom Kopf geschleudert wurde.

Kapitel 2

Es war ein trüber Tag. Der Regen prasselte auf das Dach. Es war kalt. Nicht ungewöhnlich für einen Herbsttag in Hamburg. Er hatte es sich auf der zu einem Bett umgebauten Sitzecke im Mittelteil des Wohnwagens bequem gemacht. Hier hatte er seinen Schlafplatz. Die Heizung war zwar aus, aber er hatte zwei Decken, die ihn wärmten. Die Tropfen trommelten gegen die Scheiben. Wilbert starrte nach oben und malte sich aus, wie es wäre, wenn der Regen Löcher in das Dach fressen würde. Auf einmal musste er lachen. Dann hätten sie eine Regendusche.

Er setzte sich auf und zog sich am Fensterrahmen hoch. Vorsichtig schob er die Vorhänge beiseite und schaute aus dem kleinen Fenster. Draußen war es finster, nur der Mond spendete etwas Licht. Allmählich gingen die bunten Lichter aus. Er konnte keine Musik mehr hören. Demnach musste es kurz nach Mitternacht sein. Das war die Zeit, wo sein Vater Feierabend machte. Schnell legte er sich wieder hin. Und obwohl er zu dieser Zeit längst hätte schlafen sollen, lag er wach im Bett und starrte an die Decke. In seinem Kopf spukten die Gedanken. Er wartete darauf, dass sein Vater heimkam. Allein gruselte er sich. Wilbert setze sich auf und schaute sich um. Alles war dunkel. Er hörte, wie jemand um den Wagen schlich. Wer war das? Um diese Uhrzeit? Wie spät war es überhaupt? Hier im Wohnwagen gab es keine Uhr und wenn, er hätte sie noch nicht lesen können. Aber er konnte mindestens bis zehn zählen. Das hatte er gerade gelernt. Er fing an. Eins. Zwei. Drei ... Nach der Zwölf kam er nicht weiter. Er dachte angestrengt nach und ihm fiel dreizehn ein. Bei allem, was darüber hinausging, verhaspelte er sich oft. Mit Zahlen hatte er es ohnehin nicht so. Peinlich, dass er mit seinen sieben Jahren nicht weiter war. Lag das daran, dass er nie den Kindergarten besucht hatte? Lernte man dort zählen? Oder erst später in der Schule? Er wusste es nicht. Über dieses Thema hatten er und sein Vater nie gesprochen. Er war sich aber sicher, dass er eines Tages dran sein würde und zur Schule musste. Wie alle anderen Kinder. Er überlegte. Durfte man dorthin erst, wenn man richtig zählen konnte? War das der Grund, warum sein Vater ihn bisher nicht angemeldet hatte? Er nahm sich fest vor, fleißig zu üben. Gleich morgen würde er damit anfangen. Doch wie? Da kam ihm eine Idee. Am Nachmittag würde er rüber zur Losbude mit dem lustigen Namen *Glückskutsche* gehen. Der dicke Mann dort war der Losverkäufer. Onkel Fred nannten ihn alle. Er saß den ganzen Tag bis spät in die Nacht auf einem viel zu kleinen Hocker und verkaufte Lose. Sein weißer Kittel ließ ihn wie einen Doktor aussehen. Dazu trug er eine lustige Brille mit viel zu dicken Gläsern. Wenn die Sonne schien, schwitzte er meist so stark, dass sich winzige Perlen auf seiner Stirn bildeten und in den Eimer mit den Losen tropften. Zwischen seinen Lippen klemmte immer ein Zigarillo, der süßlich nach Vanille duftete. Er konnte gleichzeitig rauchen und reden, auch wenn er mit dem Glimmstängel im Mund ziemlich nuschelte. Mindestens genauso bewundernswert war, dass er ein Meister im Zählen war. Ein richtiger Rechenkünstler. Egal, wie viele Lose gekauft und mit welchen Scheinen bezahlt wurde, prompt gab er das Wechselgeld ohne zu zögern raus. Wollte jemand seine Gewinnpunkte gegen einen Preis einlösen, dann zählte er alles blitzschnell zusammen und zeigte meist nur auf die Kisten mit den Trostpreisen. Onkel Fred war ein wenig merkwürdig, aber wenn er nicht gerade seinen schlechten Tag hatte und vor sich hin grummelte, war er ein ziemlich netter

Typ. Der würde ihm bestimmt helfen und mit ihm zählen üben. Bei dieser Gelegenheit könnte er noch mal darüber nachdenken, ob er das Geldstück aus seiner Schatzkiste in ein Los investieren sollte. Er beugte sich über den Rand seines Schlafplatzes und fasste kopfüber nach der Kiste. Beim ersten Versuch bekam er sie nicht zu fassen, sondern schob sie eher noch etwas tiefer unters Bett.

»Mist.«

Vorsichtig hüpfte er aus der Koje, ohne einen Laut zu verursachen, und krabbelte bäuchlings in die Dunkelheit unter seinem Schlafplatz. Mutig tastete er sich mit den Händen voran. Er fühlte einige klebrige Spinnenweben, doch die machten ihm nichts aus. Dann griff er beherzt zu und bekam ihn zu fassen: einen alten Schuhkarton, den er bunt angemalt hatte. Oben drauf prangte ein Totenkopf als Warnung. Langsam hievte er den Karton mit der wertvollen Fracht auf sein Bett. Er schob die Vorhänge ein Stück weiter auf, sodass der Mond hereinschien und den Raum beleuchtete. Vorsichtig hob er den Deckel seiner kleinen Schatzkiste an und griff mit zittrigen Fingern nach dem flauschigen Inhalt. Den großen durchsichtigen Plastikbeutel mit etwas strengem Geruch legte er auf sein Kissen. Neben allerlei Krimskrams fühlte er eine runde Münze. Das musste das Geldstück sein. Super, dann könnte er morgen zur *Glückskutsche* und sein Glück versuchen. Er hoffte so sehr, dass Onkel Fred gut drauf war und ihm ein vielleicht sogar ein extra Los schenkte. Dann hatte er noch bessere Chancen. Er war seit Beginn der Kirmes hinter einem der Hauptpreise her. Ein großes Stofftier in der Form eines Bären. Der Teddy hatte eine hellbraune Farbe, schwarze Knopfaugen und eine lustige rötliche Nase. In den Tatzen hielt er ein Kissen in Herzform mit der Aufschrift *I LOVE YOU.* Auch wenn Wilbert nicht wusste, was das bedeutete, so wusste er doch eines ganz bestimmt: Er musste den Bären unbedingt haben. Er hing in der Losbude ziemlich weit oben, und manchmal fragte sich

Wilbert, wie Onkel Fred überhaupt da rankommen wollte mit seinen kurzen dicken Armen. Das Teil wirkte riesig, vermutlich war der Bär größer als er selbst. So etwas Tolles hatte er niemals in seinem Leben gesehen. In Gedanken sah er sich schon damit über den Kirmesplatz laufen, sofern er ihn denn überhaupt tragen könnte. Mit der Schubkarre würde es auf jeden Fall funktionieren. Alle würden sich nach ihm umschauen und ihn um den Hauptpreis beneiden. Seinem neuen Freund würde er dann alles zeigen: das Riesenrad, den Autoscooter und natürlich auch ihre Geisterbahn. Das wäre eine tolle Sache. Es gab nur ein Problem. Seinen Vater hatte er unzählige Male gefragt, ob er ihm genau solch einen kaufen könne. Doch der hatte stets mit dem Kopf geschüttelt und gesagt, das wäre viel zu teuer und für so einen Blödsinn wäre kein Platz im Wohnwagen. Dabei könnte der Teddy doch bei ihm im Bett schlafen. Wenn alle etwas enger zusammenrückten, passte es doch bestimmt.

Warum konnten sie nicht einfach so viele Lose kaufen, bis sie den Hauptpreis zusammen hatten? Ein Los kostete nicht die Welt. Aber Onkel Fred sei ein Gauner und es wäre gar nicht möglich, einen Hauptgewinn zu ergattern, egal, wie viele Lose man kaufte. So sei das Spiel. Das konnte Wilbert einfach nicht glauben. Es war doch wenigstens einen Versuch wert. Es gab nur eine Möglichkeit: Er musste es heimlich probieren. Allerdings war er etwas verunsichert, ob ein erstes Zusammentreffen zwischen Meister Petz und seinem Vater glimpflich ausginge. Wie würde er reagieren, wenn auf einmal ein riesiger Bär am Esstisch im Wohnwagen säße? Er musste es darauf ankommen lassen und es einfach versuchen. Wilbert lachte in sich hinein. Das wäre so witzig. Sein Vater würde Augen machen. Schnell nahm er die Münze an sich und legte sie in einen seiner Schuhe, die vor dem Bett standen. Morgen früh würde er direkt darüber stolpern und an seinen Plan erinnert werden.

Er tastete sich weiter voran und fand eine Packung Kaugummi mit Pfefferminzgeschmack sowie einige Bonbons, die lose in der Kiste kullerten. Bevor er den Plastikbeutel wieder einpackte, hielt er ihn gegen das fahle Mondlicht. Zwei Knopfaugen schauten ihn an. Er überprüfte den Zippverschluss, zog ihn fester und rümpfte die Nase. Warum stank das so erbärmlich? Morgen bei Tag musste er sich dringend darum kümmern. Noch mal ein paar Stunden in die Sonne legen und dann erneut mit einer ordentlichen Ladung Haarspray drüber. Das sollte dann wieder einige Tage halten. Die goldene Dose, die er in einer der Schubladen versteckt hatte, erinnerte ihn mit dem wohligen Geruch nach Vanille an seine Mutter. Immer wenn sie ihn umarmt und an sich gedrückt hatte, schnupperte er heimlich an ihren Haaren. Diesen Geruch würde er nie mehr vergessen, vorausgesetzt das Haarspray ging ihm nicht aus. Das hier in dem Beutel stank allerdings gerade furchtbar streng. Vor einigen Tagen hatte sein Vater das arme Ding in einer Ecke hinter der Geisterbahn erwischt und prompt mit einer herumliegenden Holzplanke erschlagen. Wilbert hatte es mit seinen eigenen Augen gesehen und war ebenso erschrocken wie fasziniert. Eben war es noch quicklebendig und von einem Moment auf den anderen rührte es sich nicht mehr von der Stelle. Zielstrebig wurde es am Schwanz gepackt und dann kurzerhand in die Mülltonne geschmissen. Kurze Zeit später, als der Vater außer Sichtweite war, ging Wilbert zurück und fischte das Ding wieder heraus. Es fühlte sich noch warm und flauschig an, auch wenn der Kopf etwas schief runterhing. Für eine Nacht deponierte er es in dem kleinen Kühlfach im Küchenschrank, aber das war keine Lösung auf lange Sicht. Das Haarspray war schließlich die rettende Idee, um den jetzigen Zustand des kleinen niedlichen Wesens auf längere Zeit zu erhalten. Seitdem wohnte sein neuer Freund in einer kleinen Box unter dem Bett und durfte mindestens einmal täglich an die frische Luft. Vorsichtig schmiegte er den erstarrten Körper mit dem flauschigen Fell an sich. Dabei musste er die Luft anhalten aufgrund des widerlichen Gestanks, der in seine Nase drang. Er schaute tief in die milchig trüben Augen, die ihn dumpf anschauten.

»Du bist perfekt. So wie du bist. Und du gibst keine Widerworte. Ich mag dich. So wie du bist«, hauchte er ihm zu.

Behutsam legte er den Beutel mit der toten Ratte zurück und schob die Kiste unter das Bett. In diesem Moment sprang die Tür mit einem lauten Schlag auf. Die flackernde Lampe an der Decke ging an. Sein Vater kam polternd herein, er schnaufte wie eine alte Dampflokomotive. Wilbert hielt sich die Hände vor die Augen und blinzelte ins Helle. Sein Vater stapfte wortlos an ihm vorbei, machte das Licht wieder aus und ging nach hinten in seinen Schlafbereich, der durch einen Vorhang vom mittleren Teil des Wohnwagens abgetrennt war. Es polterte erneut. Bestimmt hatte sich sein Vater wieder den Kopf am Einbauschrank gestoßen. Er hörte, wie sein Vater fluchte, aber er kannte die Wörter nicht, die er benutzte. Dann wurde es still. Nur ein gleichmäßiges Schnarchen kurze Zeit später drang durch den Wohnwagen, und da wusste Wilbert, dass er nicht mehr alleine war.

Seit dem Tod seiner Mutter vor fast einem Jahr hatte Wilbert es besonders schwer. Es gab nur ihn und seinen Vater. Und somit war er ganz allein. Sein Vater war nicht sehr gesprächig. Das war er noch nie. Auch nicht, bevor diese Sache passiert war. Sie hatten seitdem nur die notwendigsten Worte gewechselt, aber die meiste Zeit schwiegen sie sich an. Wilbert sah ihn ohnehin nicht oft, denn er arbeitete rund um die Uhr an der Geisterbahn. Der Geisterbahn *Monsterhöhle*. Während seine Mutter im Kassenhäuschen saß und sich um die Einnahmen kümmerte, war sein Vater für den Betrieb des Fahrgeschäfts zuständig. Er war mit seinen fünf Jahren zu klein, um zu helfen oder mitarbeiten zu können, und stand somit meist nur im Wege. Zumindest war es das, was sein Vater zu ihm sagte, wenn er denn überhaupt mit ihm redete. Seine Mutter hätte das nie zu ihm gesagt. Sie war der wunderbarste und liebste Mensch, den er jemals getroffen hatte. Sie kümmerte sich um ihn. Sie teilte seine Freude und war für ihn da, wenn er traurig war. Und sie backte die besten Pfannkuchen weit und breit. Alles das vermisste er jeden Tag aufs Neue. Besonders dann, wenn er abends allein im Wohnwagen lag. Sie war es auch, mit der er zum ersten Mal in die *Monsterhöhle* fahren durfte und die ihm die sonderbaren Bewohner vorstellte. Jedes der Monster hatte einen eigenen Namen. Und selbst wenn sie von außen gruselig oder schrecklich aussahen, sagte seine Mutter, dass sie gute und liebe Monster waren, die keinem etwas Böses wollten. Sie machten sich bestenfalls einen Spaß daraus, die Fahrgäste zu erschrecken. Und außerdem passten sie gut auf alles auf. Dass keinem etwas Schlimmes passierte. Seitdem hatte er keine Angst mehr. Vor nichts und niemandem. Wenn er wenigstens irgendjemanden hätte, der sich um ihn kümmerte. Aber da gab es keinen. Häufig wechselten sie von Woche zu Woche den Platz. Da war es schwer, Freunde zu finden. Hier auf dem DOM standen sie vier Wochen am Stück, doch das war eher die Ausnahme. Die meisten Plätze wurden nur für wenige Tage bespielt. Er hätte sich nichts mehr gewünscht als richtige Freunde. Es gab die Kinder, der anderen Schaustellerkollegen, mit denen kam er aber nicht zurecht. Sie ärgerten ihn, wann immer sie eine Möglichkeit sahen. Für sein Alter war er zwar groß gewachsen, aber eher dünn und schlaksig. Sie nannten ihn das Monsterkind. Nicht, dass er aussah wie eines. Auch nicht wegen der abstehenden Ohren, die sich mit der Zeit verwachsen würden, wenn seine Mutter recht hatte. Was immer das bedeutete. Er müsste nur Geduld haben. Dazu kamen drei auffallend sichtbare Zahnlücken, die er sich beim Spielen zugezogen hatte. Aber er war kein Monster. Trotzdem hänselten ihn die anderen und zogen ihn damit auf. Und bestimmt hatte er diesen Spitznamen nur bekommen, weil sein Vater eine Geisterbahn hatte. Die Figuren in der Bahn waren nicht richtig gruselig, und kaum jemand fürchtete sich vor ihnen. Sonst würden sie sich besser in Acht nehmen und nicht so fies zu ihm sein. Das Blöde war nur, dass er so schreckhaft war. Er erschrak bei jedem Geräusch, und oft machten sich die anderen Kinder einen Spaß daraus, ihn zu ärgern, indem sie hinter seinem Rücken *Buh* riefen.

Zu seinen Monstern hatte Wilbert eine besondere Beziehung. Nicht nur, dass er alle mit Namen kannte; jedes hatte seine eigene Persönlichkeit, und häufig unterhielt er sich mit ihnen. Das durfte aber keiner wissen, schon gar nicht sein Vater. Der würde ihm sagen, dass er verrückt sei. Die Monster gaben zwar keine Antwort, genau wie sein Vater, aber er hatte das Gefühl, dass sie ihm zuhörten und dass sie ihn verstanden. Als seine Mutter noch lebte, war alles anders gewesen. Und besser. Sie hatte sich liebevoll um ihn gekümmert. Dann kam dieser Mittwoch, an dem es passierte – ein Unfall, der alles veränderte. An die Einzelheiten konnte er sich nur noch bruchstückhaft erinnern. Alles ging so schnell, und doch lief es vor seinem geistigen Auge in Zeitlupe ab, wie in einem Film. Es war ein grauer, unfreundlicher Morgen gewesen. Da es die ganze Nacht durchgeregnet hatte, war alles feucht und klamm. Sein Vater und die Arbeiter waren in Hektik, standen unter Zeitdruck, um den Aufbau rechtzeitig zu schaffen. Wilbert spielte auf einem schmalen Zufahrtsweg zwischen der Geisterbahn und dem Wohnwagen mit seinem Fußball. Er hatte mithelfen wollen, aber bei den Kranarbeiten stand er nur im Weg herum. Das war ungerecht, sonst durfte er auch immer schon mal unter Aufsicht das eine oder andere Holzbrettchen für den sicheren Unterbau des Geschäftes unterlegen. Nun stand er im Abseits.

Von der Seite aus hatte er alles im Blick. Lustlos kickte er den Ball hin und her. Sein Vater saß im Fahrerstand des Krans und war dabei, mit zwei Mitarbeitern die Bahn aufzubauen. Ein großes Fassadenteil hing am Haken, als es von einer kräftigen Windböe erfasst wurde und gegen einen Pfosten des Fahrgeschäfts schlug. Erbost fluchte sein Vater lautstark und brüllte die Arbeiter wütend an. Wilbert zuckte zusammen. Der Ruf seines Namens zog seine Aufmerksamkeit in die andere Richtung. Seine Mutter stand in der Wohnwagentür, in den Händen einen Teller, auf dem ein Stapel köstlich duftender Pfannkuchen darauf wartete, verspeist zu werden. Fröhlich winkte sie mit der einen Hand, um auf sich aufmerksam zu machen, doch er hatte längst den unwiderstehlichen Duft wahrgenommen. Sie stellte den Teller auf den kleinen weißen Campingtisch mit der bunten Blumentischdecke. Ein Glas von der leckeren selbst gemachten Erdbeermarmelade wartete auf dem Tisch bereits auf ihn. Freudig lief seine Mutter ihm entgegen und breitete die Arme aus. Das war das Zeichen für eine dicke Umarmung. Um sein Fußballspielen wenigstens mit einem letzten tollkühnen Schuss zu krönen, kickte er den Ball mit einem kräftigen Tritt. Unerwarteterweise flog er in einem hohen Bogen auf den Kran zu und prallte mit lautem Getöse gegen die Seitenscheibe des Führerhauses. Ein Wahnsinnsschuss! Das, was dann passierte, kann er bis heute nicht verstehen. So kam es zu dem Unglück. Der Wind drehte plötzlich, und aus den Augenwinkeln nahm er einen Schatten wahr. Wilbert blickte irritiert nach oben. Das Fassadenteil hing direkt über seinem Kopf und schwankte unkontrolliert hin und her. In diesem Moment löste sich eines der Führungsseile. Ein unerwarteter heftiger Stoß von der Seite ließ ihn zu Boden stürzen. Es gab ein knirschendes Geräusch, das er nie in seinem Leben vergessen würde. Als er verdutzt aufblickte, sah er nur noch den Arm seiner Mutter unter dem Fassadenteil hervorschauen. Sie konnte nicht mehr rechtzeitig ausweichen. Er lief zu dem Tisch mit den Pfannkuchen, schnappte sich einen und verkroch sich unter der Treppe des Wohnwagens. Schmatzend fiel er in ein dunkles Loch. An das, was danach passierte, kann er sich nicht mehr erinnern. Ein dunkler Nebel breitete sich in seinem Kopf aus. Und ein Schmerz, der sich tief in sein Herz brannte. Später hörte er, dass sein Volltreffer der Auslöser für eine Kettenreaktion war. Sein Vater erschrak und verwechselte mit dem Schalthebel links und rechts, wodurch sich das Fassadenteil unkontrolliert bewegte. Der Wind tat dann sein Übriges.

Das Erste, an das Wilbert sich wieder erinnern konnte, war die Trauerfeier einige Tage später. Alle waren gekommen. Die Schausteller vom Platz und ein Pastor, der ziemlich viel redete. Was er erzählte, kapierte Wilbert nicht. Nur so viel, dass dort, wo seine Mutter jetzt war, nämlich im Himmel, alles besser zu sein schien. Auch wenn er das nicht so ganz verstand. Warum war es dort oben schöner als hier unten mit ihm? Das ergab keinen Sinn. Und warum durfte er dann nicht mit ihr im Himmel sein? Das verstand er nicht. Am liebsten hätte er seinen Vater gefragt, aber von dem war keine Antwort zu erwarten. Er blickte sich um und schaute in die Runde. Die meisten hatten ernste Gesichter, einige weinten sogar. Und alle trugen schwarz. Nur er und sein Vater nicht. Er hatte das Gleiche an wie immer. Jeans und T-Shirt. Wenigstens hatten sie die Sachen vorher noch mal gewaschen. Auf den Knien seiner Hose prangte auf beiden Seiten ein großer Flicken mit einem roten Fuchsgesicht. Darunter war sie bis vor Kurzem so durchgescheuert gewesen, dass seine blanken weißen Knie sichtbar waren. Daraufhin hatte sein Vater ihm eine Nadel und einen Faden in die Hand gedrückt und ihm noch flugs erklärt, was er zu tun hatte. Die anfänglichen Versuche, die spitze Nadel durch den dicken Jeansstoff zu stechen, gingen in die Fingerkuppen. Nach dem ersten Schmerz bildeten sich kleine rote Blutstropfen. Doch er gab nicht auf, und nachdem er sich daraufhin sämtliche Finger vorsorglich mit dickem Pflaster umwickelt hatte, ging es deutlich besser. Mutig stach er zu, führte den Faden durch den Stoff und setzte erneut an. Immer schneller stach er zu. Sein Kopf glühte vor Anstrengung. Er schaffte es sogar, den Flicken so anzunähen, dass er fest aufsaß. Kreuz und quer zog sich der Faden durch das Gesicht des Fuchses. Ein klein wenig schief und quer, aber immerhin. Beim zweiten Aufnäher ging es viel besser. Das hatte er ganz alleine geschafft, und darauf war er sehr stolz.

Wilbert drehte sich um. Sie hatten den besten Platz bekommen, vorne in der ersten Reihe. Ungeduldig rutschte er auf seinem Stuhl hin und her. Sein Vater kniff ihn unsanft in die Seiten; das war das Zeichen, still zu sitzen. Wilbert wühlte in seinen Taschen und fand einen Kaugummi. Er war aus der Hülle gefallen und etwas staubig. Heimlich steckte er ihn in den Mund. Vorsichtig versuchte er zu kauen, ohne zu schmatzen. Er blickte nach vorne, wo der offene Sarg stand. Dort lag sie und schien zu schlafen. Seine Mutter war jemand, den alle ins Herz geschlossen hatten. Immer gut gelaunt und für jeden ein offenes Ohr. Bestimmt waren deshalb so viele Leute gekommen. Um den Sarg herum wunderschöne Blumengestecke und Kränze aufgestellt. So viele hatte Wilbert noch nie auf einem Haufen gesehen. Der Kranz mit den strahlend weißen Nelken war von seinem Vater. Es waren die Lieblingsblumen seiner Mutter gewesen. Schade, dass sie das alles nicht sehen konnte. Gedankenverloren plusterte sich der Kaugummi aus seinem Mund zu einer Blase auf und zerplatzte mit einem schnalzenden Knall. Ups. Wilbert zuckte zusammen. Sein Vater schaute ihn böse an und nur die anderen Gäste, die sie beide anstarrten, verhinderten eine Ohrfeige. Ein Mädchen, das schräg hinter ihnen saß, fing an zu kichern. Wilbert drehte sich um und streckte ihr frech die Zunge raus. Dann nahm er den Kaugummi aus seinem Mund und ließ ihn heimlich unter der Sitzfläche seines Stuhles verschwinden. Sicher war sicher. Wenn alles vorbei war, würde er ihn wieder hervorholen.

Kerzen flackerten im Licht. Alles wirkte feierlich und andächtig. Abgesehen von dem Mann vorn am Pult, der ununterbrochen seinen Text predigte. Wilbert stand auf und schlich auf leisen Sohlen nach vorne. Sein Vater wollte ihn am Arm festhalten, aber er war schneller. Der Pastor redete einfach weiter. Wilbert verstand kein Wort, aber er wollte seine Mutter unbedingt noch einmal sehen. Mutig schlich er zum Sarg und guckte sie direkt an. Friedlich ruhte sie auf weißen Rüschenkissen. In ihren Händen hielt sie einen Strauß weißer Lilien. Sie sah genauso aus, wie er sie in Erinnerung hatte. Sie war schön wie immer, die Haare hübsch zurechtgemacht, als wäre sie zu einer Feier eingeladen. Vielleicht ein wenig zu stark geschminkt für ihre Verhältnisse. Das passte nicht zu ihr. Und sie hatte das schönste Kleid an, das sie besaß und das sie sonst nur sonntags oder an besonderen Tagen trug. Sie sah aus, als würde sie friedlich schlafen. Die Augen fest verschlossen. Ein Schlaf, aus dem sie nie wieder aufwachen sollte, wenn das stimmte, was sein Vater sagte. Sie war tot, sah jedoch nicht tot aus. Tot. Was für ein Wort. Nur drei Buchstaben, und doch verstand er nicht, was es wirklich bedeutete. Er hatte so viele Fragen, doch es gab niemanden, der sie ihm beantworten wollte. Während er von einem Bein auf das andere tänzelte, wünschte er sich insgeheim, dass sie für alle Zeit bei ihm blieb, auch wenn sie für immer schlief. Dann gab er ihr einen sanften Kuss auf die Stirn, lief zum Pastor ans Rednerpult und zupfte ihn an seinem schwarzen Ärmel.

»Du … Herr Pastor, wie lange dauert das hier noch? Ich muss mal.«

Die Gäste fingen an zu lachen. Zunächst ein Mann in der letzten Reihe, dann setzten nach und nach alle anderen ein. Das erste Mal bei dieser Trauerfeier, dass die Stimmung sich besserte. Wilbert wunderte sich. Hatte er was Witziges gesagt oder lachten sie ihn aus, weil er aufs Klo musste? Der Pastor schaute ihn mit großen Augen an, wusste aber auch nicht, was er dazu sagen sollte, und verwies ihn zurück an seinen Platz auf der Bank. Sein Vater stand mit schweigender Miene da und hielt sich die Hände vors Gesicht. Als er sie runternahm, starrte er ins Leere. Seine Augen waren auch tot. Wilbert war unsichtbar für ihn. Das spürte er. Mit gesenktem Kopf setzte er sich wieder auf seinen Platz in der Bank. Das Klo musste warten, das war klar. Kraftvoll ertönte die Orgelmusik über ihm, wummerte bis in seinen Bauch und verwandelte den Raum in einen Konzertsaal. Die Melodie kam ihm bekannt vor. Er trällerte aus voller Kehle mit, auch wenn er den Text dazu nicht kannte.

Nach der Zeremonie konnte Wilbert endlich auf die Toilette gehen. Das war knapp gewesen. Viel Länger hätte er nicht mehr ausgehalten. Alle im Raum bekundeten ihm ihr Beileid, auch wenn er nicht wusste, was damit gemeint war. Aber jeder verabschiedete sich von ihm und seinem Vater persönlich. Er musste viele Hände schütteln. Manche Frauen tätschelten seinen Kopf, die Männer klopften ihm auf die Schulter. Warum machten sie das? Er war ratlos. Aber es fühlte sich gut an. So viel Aufmerksamkeit war er nicht gewohnt. Trotzdem gab es da etwas, was merkwürdig war. Obwohl alles ein schrecklicher Unfall gewesen war, hatte er das Gefühl, als wenn ihn alle komisch anschauten. Sogar sein Vater, aber der schaute durch ihn hindurch, ohne ihn direkt anzusehen. Das fühlte sich in seinem Bauch gar nicht gut an. Ihm wurde klar, dass dies der Zeitpunkt gekommen war, an dem er auf sich allein gestellt sein würde. Er hatte jetzt nur noch seine Monsterfreunde. Die würden ihn nie im Stich lassen. Die würden von jetzt an für ihn da sein und sich um ihn kümmern. Da war er sich sicher.

Fast fünfzehn Jahre später schaut Wilbert zufrieden aus dem Fenster seines Wohnwagens. Die Ereignisse aus seiner Kindheit und der tragische Tod der Mutter lagen lange zurück, waren nicht mehr als ein dunkler Schleier auf seiner Seele. Er erinnerte sich kaum. Ohnehin hatte er zu tun. Keine Zeit, um Gedanken an die Vergangenheit zu verschwenden oder

Trübsal zu blasen. Die Geisterbahn war aufgebaut und stand fahrbereit auf dem Platz. In wenigen Stunden würden die ersten Besucher die Bahn stürmen und eine Fahrt in der *Monsterhöhle* wagen. Ein Gruselspaß für die ganze Familie – und für einige ein Erlebnis, das sie nie mehr vergessen sollten. Dafür würde er sorgen!

Kapitel 3

In Gedanken versunken sah Max aus dem Fenster. Von hier oben hatte er den besten Blick. Und St. Pauli, Hamburgs wildester und buntester Stadtteil, lag direkt vor seinen Füßen. Es war März. Die ersten warmen Sonnenstrahlen des Frühlings fielen durch das Fenster in sein Büro. Auf dem Heiligengeistfeld war es noch gespenstig ruhig. In wenigen Stunden würde der DOM mit den traditionellen Böllerschüssen eröffnet. Er sah auf eine bunte Ansammlung von Buden und Fahrgeschäften, die darauf warteten, vier Wochen lang für leuchtende Augen und hohe Umsätze zu sorgen.

»Gewinne, Gewinne, Gewinne«, summte es in seinem Kopf.

Direkt gegenüber sah er das große Riesenrad, das wie jedes Jahr an der gleichen Stelle stand und somit ein unübersehbarer Anhaltspunkt im ansonsten bunten Wirrwarr war. Am anderen Ende des Platzes erkannte Max in der Ferne eines dieser Überkopfkarussells, in das ihn keine zehn Pferde mehr bringen würden. Nicht umsonst wurden diese Schaukeln insgeheim auch als Kotzschleudern betitelt. Die Erfahrung hatte er leidvoll machen müssen. Seitdem war er vorsichtiger geworden, denn er merkte, dass er mit zunehmendem Alter schnelle und unkontrollierte Drehungen nicht mehr so einfach wegsteckte wie als Jugendlicher. Die Mitte des Platzes nahm wie jedes Jahr die große Achterbahn ein. Doch das war nicht das Ziel, das seine Aufmerksamkeit auf sich zog. Etwas entfernt, aber dennoch deutlich sah er sie: die spektakuläre Neuheit für dieses Jahr. So war sie zumindest angekündigt. Die Geisterbahn mit dem vielversprechenden Namen *Nightmare.* Selbst aus der Ferne sah die Fassade beeindruckend aus. Er konnte die als Festung gestalteten Türme, den riesigen Schriftzug mit der Namensgebung und einen mächtigen Dolch ausmachen, der in der Mitte pendelte. Für einen kurzen Moment sah er ein gelb-rotes Flackern, und die Schrift schien zu brennen. Er kniff die Augen zusammen und öffnete sie wieder. Das Aufflammen war verschwunden. Vermutlich der letzte Lichtcheck für heute Abend. Das Telefon klingelte und riss ihn aus seinen Gedanken. Wer konnte das denn sein? Um diese Uhrzeit. Im Display sah er, dass Ute am anderen Ende der Leitung war. *Auf die habe ich jetzt keinen Nerv, ich rufe sie später zurück,* dachte er bei sich. Ute war seine Chefin, mit der er im engen Austausch stand. So würde sie es zumindest formulieren. In Wirklichkeit war er Mädchen für alles, und Ute hatte die Hosen an. Wenn sie anrief, bedeutete das für ihn entweder viel Arbeit oder richtig Ärger. Zum Glück hatte er ein dickes Fell und eine Taktik, die sich bewährt hatte. Er versuchte, den persönlichen Kontakt im Arbeitsleben auf das Nötigste zu beschränken und vor allem niemals von sich aus zu fragen oder um etwas zu bitten. Die Devise lautete: Gehe nicht zur Königin, wenn du nicht gerufen wirst. Und an dem Spruch war was dran.

Die Mittagspause war gerade eine Stunde her, und Max wartete auf den Feierabend. Er saß auf seinem Bürostuhl und drehte sich im Kreis, bis ihm schwindelig wurde. *Zurückbleiben bitte, die nächste Fahrt geht rückwärts,* äffte er mit vorgehaltener Hand vor dem Mund einen Lautsprecher nach. Ein merkwürdiger Zeitvertreib. Er hoffte, dass ihn niemand sah. Auf einmal verspürte er einen Anflug von Übelkeit. Kam das vom Drehen oder vom Essen vorhin? Die Kantine war berüchtigt für ihre kulinarischen Unerträglichkeiten. Es war fast unmöglich abzuschätzen, wie sich ein Gericht auf einen normalen Durchschnittsmagen, wie er einen hatte, auswirken würde. Um Putengyros und Zaziki machte er mittlerweile einen Bogen, auch wenn es lecker schmeckte. Er bekam davon jedes Mal heftige Bauchkrämpfe und Blähungen – beides extrem ungünstig im Büroalltag. Er überlegte, was er heute gegessen hatte. Fleisch mit brauner Soße, Kartoffeln und bis zur Unkenntlichkeit weich gekochtes Brokkoligemüse, das in Butter schwamm. Er atmete tief durch und hoffte, dass die Verdauung einsetzte und sein Problem behob. Vier Stunden noch. Dann konnte er frühestens nach Hause gehen. Nicht, dass er etwas Besonderes vorhatte, aber hier war es ihm schlichtweg zu langweilig. Genug zu tun hätte er. Die Ablage machen, irgendwas kopieren oder in Utes Auftrag E-Mails schreiben. Obwohl das keine echte Herausforderung war. Tangelmann & Söhne. Eine anerkannte Steuerkanzlei mit exzellentem Ruf. So stand es in einer der zahlreichen Hochglanzbroschüren und auf der Firmenwebseite. Leider war er keiner der erfolgreichen Manager aus den oberen Etagen. Dabei lag sein Büro im sechsten Stock. Mit seinen 30 Jahren hatte er es über den Büroassistenten nicht hinausgebracht. Er hatte keinen Firmenwagen, kein Diensthandy und auch sonst keine Annehmlichkeiten zu erwarten. Alles, was ihm blieb, war ein eigenes kleines Büro. Immerhin. Das war eher Zufall gewesen, als er damals bei der Raumverteilung im Kollegenkreis kurzerhand übrig geblieben war.

Max war als Assistent direkt Ute unterstellt. Als Teamleiterin hatte sie neben ihm noch weitere Mitarbeiter. Ihn behielt sie allerdings besonders im Blick und unter Kontrolle. Zum Glück lag sein Büro weit weg von ihrem. Als ihr ergebener und treuer Mitarbeiter kümmerte er sich um all die undankbaren Aufgaben, auf die sie und andere keinen Bock hatten. Dabei war er bereits viele Jahre in dieser Firma. Alles hatte mit einer Ausbildung angefangen und scheiterte später an seiner Bequemlichkeit. Und obwohl er oft nicht zufrieden war und sich in Gedanken längst weit von der Firma entfernt hatte, plätscherten die Jahre dahin, ohne dass sich etwas veränderte. Bis heute hatte er keine Pläne oder Ideen, wie sein Leben ohne Tangelmann & Söhne aussehen könnte. Er blieb und hoffte, dass sich mit der Zeit andere Möglichkeiten für ihn ergaben oder dass er doch irgendwie Karriere machte. Mit der Zeit musste er sich jedoch eingestehen, dass bis heute nichts davon eingetroffen war. Vor Kurzem hatte er sein 10-jähriges Dienstjubiläum gefeiert. Oder besser gesagt, nicht gefeiert. Denn außer ihm hatte niemand daran gedacht. Und so blieben sämtliche Glückwünsche oder Geschenke aus. Und auch an seinem heutigen Ehrentag passierte nichts. Heute war sein 30. Geburtstag. Mehr als eine Flasche billigen Sekt und einen vorgedruckten Standardbrief aus der Personalabteilung hatte er nicht auf seinem Schreibtisch vorgefunden. Max war sich sicher, dass die Flasche nicht vom obersten Boss oder von Ute kam, sondern von seinen Arbeitskollegen. Immerhin besser als nichts. Insgeheim hatte er mit einer Gehaltserhöhung gerechnet, schließlich war sie mehr als überfällig.

»Ich hätte direkt nach der Ausbildung die Biege machen sollen«, dachte sich Max schon zum wiederholten Mal.

Er überlegte kurz, ob er den Sekt öffnen sollte, um auf sich und das bevorstehende Wochenende anzustoßen, da klingelte das Telefon. Ute.

»Mist, ich wollte doch zurückrufen vorhin. Das habe ich ja total vergessen, ich Dussel.« Mit klammen Fingern hob er den Hörer ab.

»Max?«, brüllte Ute in den Telefonhörer, »ich hatte dich eben schon mal angerufen, aber dich nicht erreicht«.

»Ja ich ... äh ... war gerade auf der Toilette«, log Max, da ihm nichts Besseres einfiel auf die Schnelle.

»Kannst du kurz in mein Büro kommen, wir müssen was besprechen.«

»Was gibt es denn so Dringendes? Ich bin gerade beschäftigt«, erwiderte er und raschelte verzweifelt und unnatürlich laut mit dem Papier auf seinem Schreibtisch in der Hoffnung, dass Ute es hörte.

»Was raschelt denn da so? Hörst du das auch? Muss wohl an der Telefonverbindung liegen. Na ja, das ist jetzt nicht unser Thema. Also, wir sehen uns in drei Minuten bei mir im Büro.«

»Ja, okay, ich bin gleich bei dir«, stöhnte er und bereute, dass er rangegangen war.

Da hatte Ute längst wieder aufgelegt. Max wusste, dass der Satz von ihr nur eines bedeuten konnte. Und das war mit Sicherheit nicht der Vorschlag, dass er an seinem Ehrentag früher in den Feierabend durfte. Ute war seine Chefin. Sie war eine Frau vom Typus harte Schale, harter Kern. Mit ihr sollte er sich besser nicht anlegen. Dabei war sie in seinem Alter, obwohl er das bei dominanten Frauen nicht so leicht einschätzen konnte. Im Gegensatz zu ihm war sie ehrgeizig und erfolgsverliebt. Und sie hatte es zu etwas gebracht. Er konnte sie nicht ausstehen.

Max hechtete die Treppen drei Stockwerke nach oben. Und kam außer Atem auf der letzten Stufe an. Er hätte den Fahrstuhl nehmen sollen. Aber erstens wollte er nicht wertvolle Minuten verstreichen lassen, um sich dann wieder rechtfertigen zu müssen, warum er so lange braucht. Und zweitens hatte er keine Lust, anderen Kollegen zu begegnen. Furchtbar der Gedanke, immer in der peinlichen Erwartung, jemand könnte ohne Rücksicht auf Verluste ein Geburtstagslied anstimmen oder ihm mit standardisierten Small-Talk-Fragen über seine geplanten Feierlichkeiten ausfragen. Kurz vor der Tür von Utes Büro stoppte Max und schnappte nach Luft. Er dachte an die Geisterbahn auf dem DOM. Wie hieß die gleich? *Nightmare.* Das müsste eigentlich auf Utes Türschild stehen, allerdings mit dem Zusatz: Hinter dieser Tür erwartet sie das blanke Grauen. Max musste schmunzeln. Da flog die Tür auf, und er zuckte erschrocken zusammen.

»Habe ich es doch richtig vernommen. Dich hört man auch zehn Meter gegen den Wind schnaufen. Komm rein.«

»Hey Ute«, keuchte Max, noch immer außer Atem. Im Radio dudelte *In The Army Now* von Status Quo.

»Setz dich Max. Ich habe nicht viel Zeit«, ächzte Ute. Auf ihrem Gesicht zeichneten sich rote Flecken ab. Die bekam sie immer, wenn sie unter Stress stand. Ihre Oberlippe zuckte nervös im Takt der Musik. Das war kein gutes Zeichen.

Max nahm artig Platz und vergrub die Hände in seinen Hosentaschen. Ihr Büro wirkte auf ihn jedes Mal ungewöhnlich steril und einschüchternd. Die Wände waren grau und kahl. Passend zu Utes fahlem Erscheinungsbild, das heute in zarten Umbratönen auf ihn wartete. War sie schon immer so bleich im Gesicht? Heute fiel ihm das besonders auf. Es konnte aber auch daran liegen, dass die Jalousie halb heruntergelassen war. Anscheinend mied sie das Sonnenlicht wie der Teufel das Weihwasser. Vielleicht hatte sie auch einfach nur viel zu tun und kam erst nach Sonnenuntergang nach Hause. Auf der Fensterbank stand eine einsame Topfpflanze. Sie war so akkurat geschnitten, dass Max der Versuchung kaum widerstehen konnte, mit seinem Fingernagel in ein Blatt zu piksen und es auf seine Echtheit zu überprüfen. Auf ihrem Schreibtisch lagen keine Akten, Papiere oder sonstigen Gegenstände außer einer Kaffeetasse mit einem frech grinsenden Pferdegesicht darauf.

»Ein kotzendes Einhorn mit dem Spruch *Ich hasse Menschen* wäre passender«, befand Max in Gedanken.

Kerzengerade saß sie auf dem Schreibtischstuhl und kam bedenklich nah an ihn herangerollt. Es war unheimlich stickig in dem Raum, aber der Fenstergriff war außer Reichweite. Keine Chance, das Fenster zu öffnen oder im Notfall rauszuspringen, wenn es hart auf hart kommen sollte.

»Max, wir müssen reden. Hast du diese E-Mail geschrieben und verschickt?« Sie fuchtelte hektisch mit ihrem Finger in Richtung Bildschirm, während Max zerknirscht auf dem unbequemen ergonomischen Sitzhocker neben ihr Platz nahm.

»Ja, kann schon sein.« Das siehst du doch am Absender, du blöde Kuh, konnte er sich gerade noch verkneifen, auch wenn er diesen Satz natürlich nie laut ausgesprochen hätte. Er wunderte sich manchmal über Utes Fragen, die sie sich selbst beantworten konnte. Er zog es vor, lieber erst mal nichts zu sagen. Im Zweifel für den Angeklagten heißt es doch so schön.

»Du hast die E-Mail an alle Kollegen im gesamten Unternehmen geschickt. Das ist eine Katastrophe.« Das Wort *alle* betonte sie besonders und verzog dabei ihren Mund zu einem schmalen Schlitz.

»Echt jetzt? Scheiße. Das tut mir wirklich leid. Das war ein Versehen und keine Absicht. Ehrlich.«

»Du musst jetzt sofort eine weitere E-Mail an alle Kollegen schreiben und ihnen mitteilen, dass diese Mail nicht für sie gedacht war und aus Versehen ausgelöst wurde. Du weißt doch, sonst gibt es wieder Nachfragen ohne Ende. Und auf wen fällt das alles letztendlich zurück? Wer muss das alles ausbaden? Max, was ist eigentlich mit dir los in letzter Zeit? Du verzapfst nur Bockmist«.

Bei dem Wort Bockmist musste Max innerlich schmunzeln. Er war sich sicher, dass es in Utes Repertoire eines der schlimmsten Schimpfwörter war, das sie benutzte. Gleichzeitig ärgerte er sich über sich selbst. Warum war er nicht konzentrierter bei der Sache. Die Antwort sollte nur an Ute gehen, nun ging sie bis nach München. Nicht dass der südliche Landesteil und alle anderen Kollegen im Haus dadurch spannende Interna zu lesen bekamen, dafür war der Inhalt zu belanglos. Doch der Tonfall, den Ute im E-Mail-Verlauf Max gegenüber anklingen ließ, sprach nicht für sie. Vielleicht war sie deshalb so ungehalten. Da klingelte das Telefon. Die Rettung.

»Max, wir sprechen später weiter. Ich habe jetzt ein wichtiges Telefonat«, sagte sie kurzerhand, während sie ihm den Rücken zudrehte, den Hörer abnahm und aus dem Fenster schaute.

»Okay Ute. Bis später«. Max nutzte die Gelegenheit und machte sich aus dem Staub, bevor sie es sich anders überlegte. »Später wird frühestens Montag sein«, freute er sich, »denn gleich verschwinde ich ins Wochenende.«

Zurück in seinem Büro am Schreibtisch schaute Max als Erstes auf seine schwarze Katze. Der Bürotiger war eine billige Schreibtischuhr aus Plastik. Unglaublich hässlich und mit einem feisten Lächeln. Sie musste von seinem Vorgänger im Büro vergessen worden sein. Aber sie tat das, was eine Uhr auszeichnete. Sie zeigte die Zeit an. Und laut der Katze war fast eine halbe Stunde vergangen. Immerhin. Was eine Stippvisite bei Ute und die Wegstrecke zu Fuß jedes Mal an abgelaufener Arbeitszeit einbrachten. Großartig. Hätte er einen kurzen Umweg zur Toilette im ersten Stock gemacht, statt diejenige im Stockwerk über ihm zu benutzen, dann hätte er mindestens weitere 15 Minuten rausschlagen können. Erschöpft ließ er sich in seinen Schreibtischstuhl sinken und überlegte, ob er die Entschuldigungsmail sofort oder später schreiben sollte. Er klickte das E-Mail-Postfach auf und gleich wieder zu. Zehn ungelesene E-Mails in der vergangenen Viertelstunde. Das waren mit Sicherheit alles Nachfragen auf die irrtümlich versandte E-Mail an das gesamte Kollegium. Er wusste, was ihm blühte. Das war nicht das erste Missgeschick dieser Art, denn das Problem an der Sache war, dass nicht wenige Empfänger die falsche E-Mail weder ignorierten noch wegklickten, sondern meinten, darauf antworteten zu müssen. Immer den Finger in die Wunde legen, am besten mit einem schlauen Spruch obendrauf. Vor seinem geistigen Auge sah er sie deutlich. Wie sie sich über sein Missgeschick ins Fäustchen lachten. Er beschloss, dass E-Mail-Postfach heute nicht mehr zu öffnen. Aus Gründen des Selbstschutzes und für seinen Gemütszustand. Er ließ sich seinen besonderen Tag nicht verderben. Aus seiner Arbeitstasche lugte die aktuelle *Abendpost* hervor. Warum hatte er die bisher nicht gelesen? Normalerweise war das eine seiner ersten Amtshandlungen am Schreibtisch. Die Schlagzeile heute in großen schwarzen Buchstaben war kaum zu übersehen: Wer hat Elara S. gesehen? Frau wird vermisst.

Was für ein ungewöhnlicher Name. Direkt darunter ein großer Artikel über die Eröffnung des Hamburgers Frühlingsdoms und ein Foto des spektakulärsten Fahrgeschäfts seit Langem, so lautete zumindest die Beschreibung der Geisterbahn *Nightmare*. Eine neue Hightech-Geisterbahn mit nie dagewesenen Horrorfiguren aus den USA sowie mit lebenden Geistern, sogenannten Live-Erschreckern.

»Das klingt spannend, aber auch gruselig«, schauderte es ihn.

Er mochte weder Horrorfilme noch Geisterbahnen. Dabei war er das ideale Opfer. Er war so schreckhaft, dass er sich sogar vor seinem eigenen Spiegelbild im Fenster oder vor einem knackenden Ast im Wind erschrak. Seine Augen wanderten wieder zu dem Artikel darüber. Die Schlagzeile ging ihm nicht mehr aus dem Kopf. Wie kann ein Mensch spurlos verschwinden? Das ist der wahre Albtraum. Das möchte man sich nicht vorstellen. Außer vielleicht bei Ute. In diesem Moment klingelte erneut das Telefon. Unbekannt stand auf dem Display. Konnte sie das sein? Hatte er in dem Moment, als er an ihren Namen dachte, die Geister unbeabsichtigt heraufbeschworen? Und überhaupt, war sie schon fertig mit ihrem wichtigen Telefonat? Und wenn sie es war, warum rief sie mit unterdrückter Nummer an? Hatte sie ihn durchschaut und wollte ihn testen? Fragen über Fragen, die unbeantwortet blieben. Zögernd nahm er den Hörer ab.

»Ja bitte?«, fragte Max unsicher.

»Schönen guten Tag, Kotzlowski mein Name, bin ich da richtig beim Vorsitzenden vom Schützenfest?«

»Moment, ich glaube, Sie haben sich verwählt.«

»Hey Max, du Blitzbirne. Alles Gute zum Geburtstag. Happy Birthday to you ...«, sang eine fröhliche Stimme voller Inbrunst ins Telefon.

»Lass mal gut sein Paula. Ich habe dich längst erkannt. Aber trotzdem danke«, unterbrach er sie unhöflich.

»Alles, alles Gute zum Geburtstag, mein Lieber. Lass dich drücken durch das Telefon«, setzte sie ihre Hymne auf seinen Ehrentag unbeirrt fort.

»Paula. Ich bin auf der Arbeit«, sagte er leise ins Telefon und schaute sich unsicher um, als sollte niemand etwas mitbekommen. Dabei war er alleine im Büro. »Du kannst mich hier nicht anrufen im Büro. Ich habe keine Zeit. Ich muss arbeiten.« Max seufzte. »Und ich muss die Leitung frei halten für den Fall, dass Ute wieder anruft«, konnte er sich gerade noch verkneifen.

»Ach komm, jetzt stell dich mal nicht so an. Du hast heute Geburtstag! Soll ich dein Geburtstagslied noch mal anstimmen, war ja noch gar nicht fertig. Okay, ich weiß, du hasst es, besungen zu werden, dann will ich es nicht übertreiben. Hast du dir schon Gedanken gemacht, was wir heute Abend unternehmen wollen an deinem Ehrentag?«

»Hm ...«, überlegte er zögerlich, »nö, ich habe noch keinen Plan. Ich würde mich gerne einfach nur sinnlos betrinken. Vielleicht sollte ich damit jetzt schon anfangen. Dieser Tag ist völlig beknackt bisher.«

»Ach so ein Blödsinn. Halte durch. Bald ist Feierabend, Wochenende, und du hast Geburtstag. Das sind doch beste Aussichten. Wollen wir auf den Kiez gehen und eine Runde abfeiern?«

Abfeiern. Was für ein Wort. Für jemanden wie ihn, der emotional nur minimal eskalierte, fast ein Unding.

»Nein, danke. Du weißt doch, mir sind dort einfach zu viele und vor allem zu viele bekloppte Leute unterwegs. Ich kenne keinen Hamburger, der dort freiwillig feiern geht. Das ist doch eher was für Touris.«

»Na ja, es kommt immer darauf an, *wo* man feiern geht und *mit wem.* Aber okay, verstehe schon. Dann vielleicht in der Schanze? Ich kenne da ein paar nette Läden.«

»Schanze? Auf keinen Fall, die Leute dort sind mir zu ...«, Max überlegte kurz und verschluckte das Wort *alternativ,* da er wusste, dass er Paula sonst auf den Schlips treten würde. Zum Glück sprang sie ihm mit einem weiteren Vorschlag zu Hilfe.

»Zu... speziell? Ja, nee ist klar. Wie wäre es dann mit der Tanke um die Ecke? Wir könnten uns jeder ein halbes Holsten holen, auf den Bordstein setzen und doof in die Gegend gucken.«

»Lass mich kurz überlegen. Ja, das würde gehen. Warum nicht?«

»Max, das war ein Witz«, meinte Paula lachend. »Ich weiß, was wir machen. Das wird dir gefallen. Lass uns heute Abend zusammen zum DOM gehen. Es gibt dort eine neue Geisterbahn, die soll der absolute Knaller sein«.

Max stand von seinem Schreibtischstuhl auf, drehte sich zum Fenster und blickte hinaus.

»Nightmare«, sagte er mit Bedacht.

»Wie bitte?«

»Die Geisterbahn. Die heißt *Nightmare,* und ich kann sie gerade von meinem Bürofenster aus sehen. Die sieht wirklich gewaltig aus. Ein richtiger Koloss. Selbst hier aus der Ferne. Sie überragt alles andere mit ihren Türmen und mit dem Pendel in der Mitte. Irgendwie unheimlich.«

»Wie auch immer. Wann machst du Feierabend? Ich hole dich ab. Ich kann es kaum erwarten, mit dir heute auf deinen Ehrentag anzustoßen.«

»Hm, ich bin so unentschlossen. Eigentlich ist mir heute nicht nach feiern«.

»Ach komm schon, Max, man wird nur einmal 30, und du liebst es doch, über den DOM zu bummeln. Sonst bist du doch immer der Erste dort, sobald es wieder losgeht. Keine Diskussion. Das ist jetzt beschlossene Sache. Ich muss unbedingt mit dieser neuen Geisterbahn fahren. Du weißt doch, ich liebe alles, was mit Horror zu tun hat.«

»Dann sollte ich dir Ute vorstellen.«

»Wen? Ute? Ist das nicht deine Chefin? Was du immer mit der hast. Habt ihr wieder Stress?«

»Ach, lass mal gut sein. Nichts Besonderes. Es ist alles wie immer. Heute will ich nicht mehr daran denken. Es gibt Wichtigeres, wie du so schön gesagt hast. Meinen Geburtstag. Also wann bist du hier? Gegen fünf?«

»Das müsste ich schaffen. Ich mach mich gleich auf den Weg. Bis später Max. Ciao.«

Max legte den Hörer auf und spürte ein Aufflammen von guter Laune. Er öffnete das Fenster und blickte über das Heiligengeistfeld. Er konnte die Geräuschkulisse und die Geruchswolke schon erahnen, die ihn später empfangen sollten. Der Duft nach frischem Popcorn, Schmalzgebäck und türkischem Honig hatte sich vom letzten DOM vor einigen Monaten bis heute fest in seinem Kopf eingebrannt, auch wenn ihn gerade eher nach etwas Herzhaftem gelüstete. Bratwurst vom Grill, die brutzelnd, dunkelbraun und Fett verspritzend sowie dick mit Senf beschmiert auf ihn wartete. Überfallartig überkam ihm ein Heißhunger, dass ihm das Wasser im Mund zusammenlief. Er guckte auf die Uhr, keine Zeit für Kopfkino. Zufrieden streichelte er der schwarzen Plastikkatze über den Kopf. Noch genug Zeit, um etwas zu entspannen; er musste sich nicht beeilen. Hatten sie eigentlich einen Treffpunkt vereinbart? Nein, nicht dass er sich erinnerte. Sie würde bestimmt pünktlich zur verabredeten Zeit vor der Tür stehen. Ansonsten hatten sie ja immer noch ein Handy, um sich spontan zusammen zu telefonieren.

Paula war Max' beste Freundin. Dabei kannten sie sich erst seit einem Jahr. Sie war die Tochter eines wichtigen Mandanten von Tangelmann & Söhne. Er hatte Paula auf den grauen Fluren seiner Arbeitsstätte zufällig kennengelernt oder besser gesagt sie ihn. Ein kurzer, aber heftiger Zusammenstoß mit einem Stapel Papiere sorgte erst für ein Schrecken und dann für ein erstes gemeinsames Lachen. Paula war auf dem Weg gewesen, die Steuerunterlagen für ihren Vater abzugeben, als Max ihr in die Quere kam. Dabei landete sein Kaffee nicht nur auf ihrem Shirt, sondern auch auf den wichtigen Papieren, die sie dabeihatte. In einem Eifer von Hilflosigkeit und Mut fiel ihm spontan nichts Besseres ein, als sie zur Wiedergutmachung auf einen Kaffee in die Kantine einzuladen. Im Nachhinein eine wenig kreative Art der Entschädigung. Sie lehnte frecherweise ab und bestand darauf, nach Feierabend ein Bier trinken zu gehen. Paula war in seinem Alter, knapp ein Jahr jünger als er. Im Gegensatz zu ihm mit seinen kurzen blonden Haaren und seiner schlanken Statur war Paula klein gewachsen und kompakt. Sie hatte eine wilde rote Lockenmähne, süße Sommersprossen und ein schönes Lächeln. Beim ersten geplanten Aufeinandertreffen am Abend in einer Bar ganz in der Nähe der Arbeitsstelle funkelten ihre grünen Augen geheimnisvoll im Dunkeln mit dem Schein der Kerze um die Wette. Das war Max sofort aufgefallen. Er war überrascht, obwohl er anfangs nicht einmal sagen konnte, ob sie überhaupt sein Typ war oder nicht. Dabei hatte er eigentlich keine Vorstellung, wie seine ideale Partnerin aussehen sollte. Streng genommen handelte es sich bei dem Treffen um kein Date, und so sprach aus seiner Sicht nichts dagegen, es unverbindlich und locker anzugehen. Wie auch, immerhin war es ein Jahrzehnt her, dass er eine feste Freundin hatte. Das war noch zu Schulzeiten. Die Beziehung hatte über ein Jahr gehalten. Seitdem hatte er eher zufällige Bekanntschaften und nur selten eine Liebschaft. Das weibliche Geschlecht faszinierte ihn, aber der Umgang mit Frauen verunsicherte ihn. Er hätte sich niemals getraut, von sich aus eine Frau anzusprechen.

Paula hingegen war anders. Mit ihr war es anders. Sie war im Gegensatz zu ihm nicht auf den Mund gefallen. Sie hielt nichts von strengen Konventionen, sondern machte das, worauf sie Lust hatte. Mit ihr konnte er Pferde stehlen und Nächte durchmachen, auch wenn Ersteres aufgrund seiner Pferdehaarallergie höchst unrealistisch war. An Paula mochte er besonders, dass sie sich von niemandem etwas vorschreiben ließ, nicht einmal von ihren Eltern. Weder in Bezug auf ihre Karrierepläne noch auf ihr Denken oder ihr Verhalten. Vielleicht war deshalb auch ihr Kleidungsstil so konsequent. Sie trug das, was ihr gefiel, vornehmlich im legeren XXL-Format. Max war sich sicher, dass ihre Eltern damit nicht einverstanden waren, weder mit ihren beruflichen Ambitionen noch mit ihrem Aussehen. Das passte nicht zu dem feinen Lebensstil, den sie pflegten. Anderseits akzeptierten sie Paula so, wie sie war. Und das tat er auch. Paula wurde nicht seine feste Freundin, aber seine beste Freundin. Er wusste alles über sie – und sie einiges, ja vermutlich sogar fast alles, über ihn. Seit dem Tod seiner Eltern – er war zu dem Zeitpunkt gerade einmal 18 Jahre alt – war er auf sich alleine gestellt. Ein Verkehrsunfall während des Italienurlaubs nahm ihm auf einen Schlag nicht nur seinen Vater und seine Mutter, sondern auch jegliche Motivation und Zuversicht für seine Zukunft. Das war einer der Gründe, warum er stets auf Nummer sicher ging, anstatt Neues zu wagen. Mit Paula kam seit langer Zeit die Freude zurück in sein Leben. Und jedes Treffen mit ihr machte ihn ein Stück selbstbewusster und mutiger. Inzwischen empfand er sich als ziemlich coolen Typen, der vor kaum etwas zurückschreckte. Außer vor Ute vielleicht. Max hörte drei Böllerschüsse von draußen. Er zuckte unerwartet zusammen; dann war ihm klar, woher der Knall kam. Das war das Zeichen, dass der DOM offiziell eröffnet war. Von hier oben aus seinem Bürofenster hatte er alles im Blick. Die Karussells begannen sich nach und nach zu drehen. Er öffnete das Fenster einen Spalt und lauschte der Geräuschkulisse. Langsam strömten die ersten Besucher wie Ameisen auf das Gelände. Am frühen Nachmittag waren es vornehmlich Familien mit Kindern. In wenigen Stunden würde das anders aussehen. Dann übernahmen die Jugendlichen und Junggebliebenen. Das Riesenrad im Eingangsbereich von St. Pauli drehte bereits seine Runden. Auf halber Höhe konnten die Menschen in den Gondeln fast in sein Büro schauen. Die Kotzschleuder nebenan hatte die ersten wagemutigen Besucher geladen, und sein Magen zog sich bereits bei dem Gedanken daran zusammen. Er fragte sich, wer da freiwillig mitfahren würde. Er auf jeden Fall nicht. Auf keinen Fall. Selbst wenn Paula noch so sehr betteln sollte.

»Ich muss den Sekt noch kalt stellen«, fiel es ihm plötzlich ein, »den nehme ich später mit zum Vorglühen. Schließlich müssen wir auf meinen Geburtstag anstoßen.«

Als er auf das Etikett blickte, las er klein gedruckt das Wort *alkoholfrei.*

»Das darf doch nicht wahr sein, damit brauch ich Paula auf keinen Fall zu kommen. Dann muss ich nachher eben noch mal zur Tanke um die Ecke und eine vernünftige Flasche Sekt kaufen.«

Da klingelte erneut das Telefon. Warum denn nun schon wieder? Die Nummer auf dem Display deutete auf Ute hin. Sollte er den Hörer abnehmen oder nicht? Es war kurz nach drei Uhr. Er könnte heute früher Feierabend machen. Anlässlich seines Ehrentages. Plusstunden hatte er zwar keine auf seinem Zeitkonto, aber das war ihm heute auch egal. Das Telefon bimmelte entnervt weiter und dachte nicht daran aufzuhören. Kurzerhand schnappte sich Max die Sektflasche. Auf dem Flur war nichts mehr los. Alle Türen geschlossen. Entweder waren die Kollegen bereits im Wochenende oder hinter den Türen noch schwer beschäftigt. Das einzige Treiben vor seinem Büro war die Armada an Reinigungskräften, die sich für ihren Einsatz präparierten. Sobald ein Raum frei wurde, stürmten sie hinein, um blitzschnell für Ordnung und Sauberkeit zu sorgen.

»Die sollten mal zu mir nach Hause kommen, da bräuchte ich die mindestens genauso dringend.«

Bevor er seinen Gedanken weiterspinnen konnte, erblickte er die Frau, die normalerweise für sein Büro zuständig war. Kurz dachte er daran, dass er ihren Namen nicht kannte, obwohl sie seit Jahren alle drei Tage zumindest ein flüchtiges Lächeln und gelegentlich ein paar Worte wechselten. Kurzerhand, in einem Anflug von Großzügigkeit, drückte er ihr die Sektflasche in die Hand und wünschte ihr ein schönes Wochenende. Das Telefon klingelte unaufhörlich, während er in den Fahrstuhl sprang. Ute konnte wirklich hartnäckig sein.

Kapitel 4

Es blieb ihnen wenig Zeit. In zwei Tagen begann der Trubel. Während alle anderen Schausteller bereits aufgebaut hatten oder zumindest fast fertig waren, stand bei der alten Geisterbahn lediglich die Fassade. Immerhin waren die Schienenstränge verlegt, doch es fehlten die komplette Inneneinrichtung, sämtliche Elektronik sowie die Außenaufbauten. Das bedeutete noch ziemlich viel Arbeit. Er musste sich ranhalten, wenn er den Zeitplan einhalten wollte. Die Dekoration an der Außenfassade bestand lediglich aus drei alten, heruntergekommenen Gruselfiguren in Lebensgröße, die über dem Eingangsbereich an der Front angebracht waren. Zwar bewegten sie sich nicht, aber in der Dunkelheit leuchteten die Augen rot. Ein netter Effekt, wenngleich nichts Besonderes. Es war gut, dass sie oberhalb des Eingangs angebracht waren, denn so sah niemand, in welch erbärmlichem Zustand sie waren. Die Kleidung war zerfetzt, und die Körper hatten nicht mehr alle vorgesehenen Teile. Wilbert hätte sie am liebsten durch neue und vor allem gruseligere Figuren ersetzt, aber der Alte war der Meinung, dass dies nicht zur Diskussion stand. Schließlich war das eine Kostenfrage, und auf dieser Seite sah es für sie nicht gut aus. Die Einnahmen wurden immer weniger. Und die Konkurrenz jedes Jahr größer, schneller und besser. In diesem Jahr könnten sie sogar den Todesstoß versetzt bekommen, denn die neueste Hauptattraktion auf dem DOM war eine weitere Geisterbahn. Und die übertraf alles bisher Dagewesene, wenn man dem glauben konnte, was man so hörte und sah. Da konnten sie mit ihrer Geisterbahn einpacken.

Große Sprünge konnten sie eh nicht machen und sie waren froh, wenn sie einigermaßen über die Runden kamen. So richtig war die finanzielle Situation nicht einzuschätzen. Er hatte keinen Überblick über die Finanzen, sondern vertraute darauf, dass der Alte alles unter Kontrolle hatte. Täglich saß sein Erzeuger im Kassenhäuschen, vor ihm aufgebaut das Zählbrett mit dem Münzgeld und darunter die Schublade mit den Scheinen. Und Wilbert wusste, dass der Alte die Einnahmen regelmäßig abschöpfte. Er nahm das Papiergeld und sortierte es in eine andere Tasche, um sie kurze Zeit später in seinen Wohnwagen zu bringen. Dort verstaute er es zunächst in einem kleinen Tresor unter seinem Bett, bevor er es jeden Montagvormittag zur Bank brachte. Nicht sehr einfallsreich, wie Wilbert fand. Und weil er auch das Versteck des dazugehörigen Schlüssels kannte und von dem Alten finanziell knappgehalten wurde, konnte es vorkommen, dass er den einen oder anderen Schein aus dem Geldschrank fischte. Zwar stutzte der Alte gelegentlich, wenn die gezählten Einnahmen auf der Bank nicht dem entsprachen, was er ausgerechnet hatte, aber bisher hatte er keinen Verdacht geschöpft. Er fragte dann zwar bei Wilbert nach, doch er konnte sich aus der Affäre ziehen, indem er sagte, dass er mit Geldangelegenheiten grundsätzlich nichts zu tun hatte. Ohnehin verstand er nicht, warum sein Vater die wenigen Einnahmen noch auf die Bank brachte. Dort schlummerte das Geld, brachte kaum Zinsen und mit Sicherheit keine Innovationen. Im Gegensatz zu früher wurden diese Gänge jedoch immer seltener. Vermutlich lohnte es sich nicht mehr regelmäßig. Er war sich sicher, dass sie nur mit Mühe und Not über die Runden kamen. Viel brachte die *Monsterhöhle* nicht ein, und das wenige, das sie verdienten, brauchten sie für das tägliche Leben. Auch ein Grund, warum der Alte ziemlich knauserig war. Er sparte für schlechte Zeiten, wie er jedes Mal betonte. Dass diese längst begonnen hatten, hatte er wohl noch nicht erkannt. Überhaupt war diese ganze Finanzsache nicht Wilberts Ding. Er hatte davon keine Ahnung, war aber auch froh, wenn er nichts darüber wissen musste. Das war alles zu kompliziert für ihn. Er konnte ohnehin nicht mit Geld umgehen. Da war er sich mit dem Alten ausnahmsweise einig. Das war der Grund, warum er kein eigenes, regelmäßiges Einkommen hatte, sondern nur hin und wieder einen Fuffziger zugesteckt bekam. Wenn er Glück hatte, dann sogar zwei Scheine die Woche. So konnte er manchmal einen beiseitelegen und in einem Umschlag unter seiner Matratze verstecken. Für besondere Zwecke. Ansonsten hatte er ohnehin keine großen Ansprüche. Eine Packung Kippen pro Tag reichte ihm aus. Ab und zu mal ein Bier. Viel Alkohol konnte er nicht vertragen. Zu viel davon machte ihn nicht lustig, sondern melancholisch. Außerdem hatte er Angst, auf schräge Ideen zu kommen und diese in einem Anfall von Unbekümmertheit in die Tat umzusetzen. Mit dem Essen war es einfacher. Er hatte einen guten Draht zur Frau am Wurstpalast gegenüber. Dort bekam er, gegen die eine oder andere kleine Gefälligkeit, ein Essen gratis. Auch die Fressbuden in der unmittelbaren Nachbarschaft boten oftmals übrig Gebliebenes, was nicht verkauft worden war, im Tausch gegen wenig Geld. Sonst brauchte er nicht viel. Aus schicken Klamotten machte er sich nichts, die würden sowie nur dreckig werden. Er hatte immer dasselbe an. Eine Jeans und ein T-Shirt. Darüber eine Lederjacke, sie war sein ganzer Stolz. Er hatte sie hier auf dem Kiez gekauft, und sie hatte ein Vermögen gekostet. Dafür hatte er lange gespart. Mittlerweile hatte sie Flecken, die sich nicht mehr entfernen ließen, und erste kleine Löcher. Es war nur eine Frage der Zeit, dann müsste er sich nach etwas Neuem umschauen. Eine feste Freundin, die ihn viel Geld kosten würde, konnte er sich nicht leisten. Trotzdem gab es eine Sache, für die er hin und wieder ein paar Scheine brauchte. Vor allem, wenn sie mit ihrer Geisterbahn hier in Hamburg auf St. Pauli auf dem Heiligengeistfeld standen. Doch das ging niemanden etwas an. Vor allem nicht den Alten.

Die *Monsterhöhle* war der Stolz der Familie Keyzer, oder besser gesagt derer, die davon übrig geblieben waren. Das angesehene Familienunternehmen mit langer Tradition und Geschichte über Generationen hinweg war im Laufe der Jahrzehnte zu einem Zwei-Mann-Betrieb geworden, von einigen Saisonkräften oder Aushilfen abgesehen. Der Alte verkaufte die Geisterbahn stets unter dem Deckmantel der Nostalgie, aber Wilbert glaubte, das war eine charmante Umschreibung für alt und kaputt. Zwar galten sie als Stammbeschicker, da sie seit vielen Jahren auf dem DOM gastierten, doch eine Platzgarantie für die Zukunft war das nicht. Dazu hatten sie schon zu viele alte Klassiker verschwinden sehen. Der kleine Glasirrgarten und die Walzerfahrt waren eines Tages nicht mehr anzutreffen. Hinter vorgehaltener Hand erzählte man, dass beide Geschäfte keine Zulassung bekommen hatten, weil sie für das Publikum nicht attraktiv genug waren. Dass sie das gleiche Schicksal ereilen würde, das war die größte Sorge des Alten und vermutlich nur eine Frage der Zeit. Wilbert hingegen war pragmatischer veranlagt. Er war davon überzeugt, mit einem neuen Konzept, das schon seit einiger Zeit in seinem Kopf herumspukte, die Weichen für eine goldene Zukunft zu stellen.

Im Schaustellergeschäft lautete das Motto »größer«, »höher« und »schneller«. Das Publikum wollte Nervenkitzel und verlangte nach immer extremeren Fahrgeschäften und Attraktionen. Dieser Trend machte auch vor den Geisterbahnen nicht halt. Und ein neuer Maßstab war gesetzt: das *Nightmare.* Dieses Ungetüm war gigantisch. Auf dem Festplatz sprach man von weit über 40 Metern in der Front und mehr als 20 Meter Höhe. Das waren beeindruckende Maße. Mit solchen Details kannte Wilbert sich aus. Seine *Monsterhöhle* konnte da nicht mithalten, obwohl sie nicht so klein war, wie sie manchmal gemacht wurde. Am liebsten wäre er einmal mit der neuen Geisterbahn gefahren, ausschließlich zu Testzwecken versteht sich. Aber er wusste nicht, wie er das anstellen sollte. Er hätte sich als normaler Fahrgast ausgeben können, doch Geld wollte er dafür nicht ausgeben. Sieben Euro war ganz schön viel Kohle. Umgerechnet eine Schachtel Zigaretten, und zwar nicht diese No-Name-Marke, die er rauchte, sondern echte Markenzigaretten. Außerdem galt es unter Schaustellern als üblich, dass man gegenseitig für umsonst fahren durfte. Diesen Deal einzufordern wäre ihm peinlich, da der Besitzer des *Nightmare* im Gegenzug vermutlich niemals mit seiner alten Geisterbahn fahren würde. Und dann stünde er immer in dessen Schuld. Das wollte er auf keinen Fall. Außerdem hätte es bestimmt Ärger mit seinem Alten gegeben, wenn er bei der Konkurrenz spionieren würde. Wilbert ahnte, was er da zu hören bekommen würde.

»So was haben wir nicht nötig. Wir kriechen niemanden in den Allerwertesten.«

Und damit hatte der Alte ausnahmsweise sogar einmal recht.

Es war ein Mittwochnachmittag, aus trüben Wolken regnete es unaufhörlich, und ein rauer Wind pfiff um die Ecken. Der Wetterbericht ließ für den Start am Freitag nichts Gutes verlauten. Doch das interessierte Wilbert jetzt nicht. Er stand im Packwagen, der ein kleines Werkstattabteil besaß, und war beschäftigt. Die Tür war fest verschlossen; ohnehin war er der Einzige, der einen Schlüssel für diesen Raum besaß. Das hier war sein Reich, und er hatte er es geschafft, dass der Alte es akzeptierte und nicht störte oder herumschnüffelte. Hierhin konnte er sich zurückziehen, wenn er an neuen Ideen tüftelte. Von der Decke spendete eine Funzel spärliches Licht. Er hörte die Böen um den Wagen rauschen und sah, wie die kleine Lampe im Takt des Windes pendelte.

Skeptisch schaute er nach oben. An einem Riss bildete sich ein schmales Rinnsal. Ein Wassertropfen fiel ihm direkt ins Gesicht und lief an seiner Nase herunter.

»Mist«, fluchte er, »ich muss unbedingt das Loch in der Decke abdichten. Jedes Mal einen Eimer drunterstellen, wenn es regnet, ist ziemlich unpraktisch.«

Fürs Erste reichte ihm eine kleine Metalldose, die er unter das tropfende Leck stellte. Wilbert öffnet die Truhe und nahm eine Plastiktüte heraus. Mit Sorgfalt wickelte er den Inhalt aus und hob ihn mit beiden Händen in die Höhe – einen Kopf. Das Lächeln wirkte gequält, und die Augen zeugten von Angst und Schrecken. Den blutüberströmten Kopf haltend, suchte er nach dem Torso.

»Na komm schon, Kleines, wo ist denn der Rest von dir?«, sprach er fast zärtlich.

Irgendwo hier musste er doch sein. Vielleicht hätte er auf den Alten hören sollen, der ihm stets predigte, das Material nach System und mit Verstand einzulagern. Aber Wilbert war eher schlicht und praktisch veranlagt. Nach jeder Spielzeit konnte er es kaum erwarten, alles abzubauen, einzupacken und die Biege zu machen. Das führte dazu, dass alles mehr oder weniger chaotisch gepackt und abgelegt wurde. Jedes Mal, wenn er beim Aufbauen war, fluchte er dann, weil er Sachen nicht finden konnte oder Dinge nicht zusammenpassten. Trotzdem war er immer froh, wenn eine Spielzeit vorbei war. Ein anderer Platz bot immer eine neue Chance, von vorne anzufangen oder, besser gesagt, weiterzumachen und ein Stück Vergangenheit hinter sich zu lassen. Zwischen abgetrennten Körperteilen herumsuchend, kam er ins Grübeln. Was mache ich hier eigentlich? Das ist doch seltsam. Auf einmal hörte er ein dumpfes Klopfen. Jemand war draußen vor der Tür.

»Wilbert, bist du hier drin? Komm da sofort raus«, raunzte ihn eine Stimme vor der Tür herrisch an.

»Ja, warte. Moment, ich komme. Einen kleinen Moment noch. Ich muss hier nur noch ...«

Gehetzt, aber dennoch behutsam legte Wilbert den Kopf beiseite und öffnete die Tür nur einen Spalt breit. Der Regen peitschte weiter. Hier drinnen konnte er niemanden gebrauchen. Das hier war sein Reich. Das Lager durfte keiner betreten. Schon gar nicht der Alte.

»Junge, was machst du da drinnen? Sieh zu, dass du in die Puschen kommst, das ganze Innenleben von der Bahn fehlt noch« knurrte er, während die Regentropfen von seiner Stirn perlten. »Hast du die Kisten schon ausgepackt«?

»Ich bin gerade dabei. Jetzt warte doch mal, sei nicht so ungeduldig.«

»Wir haben keine Zeit. Das ist ein verdammtes Mistwetter, aber wir müssen trotzdem weiter aufbauen. Wenn bis morgen früh nicht alles fest an seinem Platz steht, bekommen wir keine Freigabe vom TÜV. Und du weißt, was das heißt. Dann brauchen wir uns hier gar nicht mehr blicken zu lassen. Wir haben seit Wochen keine Einnahmen mehr gehabt, und hier zählt jetzt jeder Tag. Ich verstehe nicht, was du den ganzen Tag so treibst. Konzentriere dich auf eine Sache. Kann ja nicht so schwer sein, ein paar Figuren aufzubauen und ein paar Kabel anzuschließen. Am besten, ich mache alles selbst. Auf dich kann man sich einfach nicht verlassen«, schimpfte der Alte unaufhörlich.

»Das stimmt nicht. Ich arbeite doch gerade daran. Aber ich muss ja nicht unbedingt draußen im Regen arbeiten, wenn es wie aus Kübeln schüttet.«

»Du hast auch immer eine andere Ausrede. Wenn die Sonne scheint, ist es dir zu heiß. Und dann muss ich doch alles selbst machen. Auf dich ist einfach kein Verlass.«

»Mach dir keinen Kopf. Bis morgen früh ist alles fertig. Versprochen«, schlug Wilbert versöhnliche Töne an.

Damit schien der Alte fürs Erste zufrieden, denn er ging schnaufend davon. Und es war nicht einfach, ihn zufriedenzustellen. Wahrscheinlich hatte er keinen Bock, triefend nass im Regen zu stehen und zu diskutieren. Wilbert unterbrach seine Arbeiten im Lagerraum. Hier konnte er auch noch später weitermachen. Er ging nach draußen und verriegelte die Tür mit einem Vorhängeschloss. Den kleinen Schlüssel dazu trug er unsichtbar unter seinem T-Shirt an einer Kette am Hals. So konnte er nicht verloren gehen oder in falsche Hände geraten. Der Regen prasselte auf ihn ein, und er suchte zügig einen Unterstand vor seinem Wohnwagen auf. Er setzte sich auf die Treppenstufen, zog eine Zigarette hinter dem Ohr hervor und zündete sie an. In seiner Jackentasche kramte er nach einer Packung Kaugummi. Die hatte er als Kind schon immer geliebt, und seitdem war in jeder seiner Taschen mindestens ein Exemplar davon zu finden. Nach dem tragischen Unfalltod seiner Mutter – Wilbert war noch ein kleiner Junge gewesen – hatte sich der Alte komplett in sich selbst zurückgezogen. Für viele Jahre. Zwar versorgte er ihn mit dem Nötigsten, aber das, was er am meisten brauchte, bekam er nicht: Zuwendung und Liebe. Es hatte drei Jahre gedauert, bis der Alte überhaupt wieder mit ihm auch nur ein Wort gesprochen hatte. Seitdem herrschte immer noch emotionale Eiszeit. Zwar war er ständig bei ihm und um ihn herum, schließlich betrieben sie beide die alte Geisterbahn *Monsterhöhle* zusammen, doch alles beschränkte sich auf das Notwendigste, was nicht vermeidbar war. Er hatte das Gefühl, dass der Alte ihm die Schuld an dem Tod seiner Ehefrau gab. Und Wilbert fühlte sich schuldig. Aber er war ein kleiner Junge und hatte doch nur mit dem Ball gespielt. Wenn er die Anschuldigung wenigstens aussprechen würde, dann wüsste er, was Sache ist, und er könnte damit besser umgehen. So war es die schroffe Art und das Ungesagte, mit dem er klarzukommen versuchte. Wilbert sah es in seiner Vaters Augen. Sie sprachen Bände. Und sie verrieten, dass er ihm nie verzeihen würde.

Im Laufe der Zeit hatten sie trotz allem gelernt, miteinander zu leben und auszukommen. Sie brauchten einander. Gerade als Wilbert älter wurde und richtig mithelfen konnte, zeigte es sich deutlich. Sie waren mehr oder weniger unfreiwillig zu einem eingespielten Team geworden. Der Alte kümmert sich um den ganzen Papierkram und die Finanzen. Und Wilbert war für den Aufbau und den Betrieb der *Monsterhöhle* zuständig. Das war mit zwei Mann alleine nicht zu bewältigen, und so kam es, dass jedes Mal wieder neue Aushilfen angeheuert werden mussten. Diese Arbeiter waren oft noch dümmer als er, wenn er den Worten seine Vaters Glauben schenken konnte. Und da hatte sein Vater vermutlich sogar recht. Wilbert konnte mit ihnen nicht sonderlich viel anfangen und hielt sich meist von ihnen fern. Auch wenn das realistisch nicht zu schaffen wäre, hätte er lieber alles alleine gemacht. Fremde Leute, die überall herumschnüffelten und ihre Nase in Angelegenheiten steckten, die sie nichts angingen, die brauchte er wirklich nicht. So musste er stets höllisch aufpassen, dass sie ihren Posten nicht verließen und um den Packwagen herum schnüffelten. Vielleicht war er aber auch ein wenig zu hysterisch, denn der Alte hatte sie gut im Griff und sorgte ohnehin für einen straffen Arbeitstag. Das war womöglich auch ein Grund, warum das Personal selbst an einem Platz häufiger wechselte, als er seine Klamotten wusch. Lange hielt es keiner bei ihnen aus.

Seinen Vater nannten alle den *alten Keyzer*. Den Vornamen kannte niemand auf dem Platz. Wilbert nannte ihn einfach den Alten. Das reichte. Obwohl hier auf dem DOM jeder jeden kennt, lebten er und der Alte zurückgezogen, soweit es innerhalb der beengten Platzverhältnisse überhaupt möglich war. Hier standen Wohnwagen an Wohnwagen, die Wände hatten Ohren, und da war es mit der Privatsphäre schwierig. Seit dem letzten Jahr hatte er einen eigenen kleinen Wohntrailer. Das war das Beste, was ihm seit Langem passiert war. Endlich war er ungestört, konnte nach Feierabend das machen, was er wollte. Es war sein größter Luxus, auch wenn er nicht viel Platz hatte und spartanisch eingerichtet war. Doch Wilbert war nicht anspruchsvoll. Ein Bett, ein Tisch und eine Kiste mit Besteck und verschiedenen Utensilien genügten ihm. Sämtliches Arbeitsmaterial, seine speziellen Gerätschaften sowie das umfangreiche Ersatzteillager hatte er in seiner Werkstatt im Packwagen untergebracht. Er war froh, dass er nicht mehr mit dem Alten in einem Wohnwagen leben musste, denn er hasste es, wenn er ihn nur schnaufen oder heftig atmen hörte. Das hatte er als Kind jahrelang aushalten müssen, wenn er auf seinem kleinen Bettchen neben dem Küchentisch lag und der Alte hinten im Schlafbereich schnarchte und prustete. Möglicherweise war das der Grund, warum Wilbert eher wortkarg war. Wenn er mit jemanden sprach, dann kurz und bündig. Viele Worte gingen ihm kaum über die Lippen. Mit wem sollte er sich denn auch unterhalten? Er kannte ja kaum jemanden. Ja gut, vom Sehen schon. Da waren die ganzen Schaustellerkollegen. Jede Kirmes war wie ein Dorf. Man kannte einander, aber echte Freundschaften hatten sich für ihn daraus nie entwickelt. Erst recht nicht mit den ständig wechselnden Aushilfen an seiner Geisterbahn, mit denen er meistens nichts zu tun haben wollte. Echte Freunde waren das nicht. Er hatte seine speziellen Freundschaften. Aber über die konnte und wollte er nicht reden.

Unterdessen hatte der Regen ein wenig nachgelassen und war in einen unnachgiebigen Sprühregen übergangen. Wilbert blickte zum Himmel. Es sah nicht danach aus, dass es heute aufhören würde. Deshalb beschloss er, im Inneren der Geisterbahn weiterzuarbeiten. Hier gab es genug zu tun. Auf dem Weg dorthin blieb er kurz stehen, um sich eine Zigarette anzuzünden, was bei den hiesigen Wetterverhältnissen unmöglich war. Wütend schnippte er die Kippe weg. Plötzlich wurde ihm schwarz vor Augen, und eine Melange aus süßlichem Damenparfum und ranzigem Frittierfett drang in seine Nase. Erschrocken nahm er die fremden Hände von seinen Augen und sah in ein grell geschminktes Gesicht mit rosa Lippenstift und silbernem Lidschatten, eingerahmt von blond aufgetürmten Haaren. Das konnte nur eine sein: Susi von *Susis Wurstpalast.*

»Wilbert! Wie schön dich zu sehen. Ist lange her seit dem letzten Mal. Wie geht es dir? Sag mal, ihr müsst euch aber beeilen, wenn alles rechtzeitig fertig sein soll.«

»Ja, ich weiß«, entgegnete er. »Du bist wie der Alte«, dachte er sich, sprach es aber nicht laut aus.

Er wollte nicht unfair sein, denn er freute sich ehrlich, sie zu sehen. Susi war ein heißer Feger. Vom Alter her hätte sie seine Mutter sein können, aber die Art und Weise, wie sie sich gab, ließ sie deutlich jünger erscheinen. Dazu noch dieser unverschämt kurze Minirock und die High Heels, die seine Augen aufblitzen und seinen Mund verschmitzt lächeln ließen. Sie schaffte es, jedem den Kopf zu verdrehen mit ihrem Schmollmund und ihrer kecken Art. Wenn Susi in ihrer Grillbude stand, dann hatte sie immer eine weiße Schürze an. Obwohl, *weiß* konnte man nach einem langen Arbeitstag nicht sagen. Das Frittierfett und der Grill hinterließen Spuren. Und kurz vor Feierabend bildete sich nahezu die gesamte Speisekarte auf ihrem Kittel ab. Auf einem kleinen Metallschild stand deutlich sichtbar ihr Name, sodass jeder Gast wusste, mit wem er es zu tun hatte. Und egal, welche Jahreszeit war, unter dieser Schürze trug sie immer ihr knapp bemessenes Outfit. Vermutlich strahlte der Arbeitsplatz am Grill enorme Wärme aus, sodass sie nicht fror. Sie war in jeder Hinsicht einmalig. Außerdem machte sie die leckersten Pommes und Grillwürste weit und breit. Kein Wunder, dass Wilbert Stammkunde war. Hier auf dem DOM standen sie meist auf ihren Stammplätzen und somit in Sichtweite. Der Alte hatte in seinem Wohnwagen eine winzige Küchenzeile, die jedoch höchstens mal zum Kaffeekochen benutzt wurde. Seine Unterkunft war selbst dafür zu klein. Und da sie aus Prinzip nicht kochten, war es naheliegend, dass sie sich mit dem aushalfen, was es auf dem Platz gab. Und für Abwechslung war gesorgt. Lediglich Gemüse stand nicht auf dem Speisezettel, doch damit konnte Wilbert leben. Sein Lieblingsessen war Pommes mit Wurst. Es führte kein Weg an *Susis Wurstpalast* vorbei, und mit der Zeit hatte er nicht nur ihr Essen, sondern auch sie schätzen gelernt. Womöglich war sie die einzige echte Bekanntschaft, die er besaß. Sie hatte immer einen flotten Spruch auf den Lippen und sorgte für beste Laune. Manchmal war sie sogar so gut gelaunt, dass sie ihm eine Cola oder ein Bier ausgab. So wie Susi vor ihm stand, einen Schirm in der Hand und einen Hauch von nichts auf den Hüften, war sie zweifelsohne eine attraktive Frau im besten Alter. Das war ihm bisher nicht aufgefallen. Sie war nicht eines dieser unsteten jungen Dinger, mit denen er nichts anfangen konnte und die nur auf das eine aus waren. Er spürte, wie sein Herz einen Satz nach vorne machte. Selbst wenn es in Strömen regnete, stand mit Susi der Sonnenschein vor seiner Tür.

»Sag mal Wilbert, kannst du mal eben mit rüberkommen und mir zur Hand gehen. Ich brauche einen starken Mann, der sich auskennt. Irgendwas stimmt nicht mit der Elektrik; ich habe keinen Strom und eine Kühltruhe voller Ware.«

Dabei zwinkerte sie ihm zu, sodass er für einen kurzen Moment verwirrt war, wie sie das gemeint haben könnte. In diesem Moment ärgerte er sich über seine eigene Unfähigkeit, Situation richtig einordnen zu können. Realität und Fantasie lagen manchmal weit auseinander.

»Ja, okay, kann ich machen. Bin aber kein Elektriker. Ich will nur eben dem Alten Bescheid sagen. Der flippt sonst aus, wenn er mich sucht und nicht findet«.

»Alles klar. Dann bis gleich, ich gehe schon mal zurück. Ich kann die Bude nicht so lange alleine lassen. Hab immer noch keine Aushilfe gefunden. Es wird von Jahr zu Jahr immer schwieriger, halbwegs vernünftiges Personal zu bekommen. Ich hoffe, du kannst mir weiterhelfen. Ich habe dann auch eine kleine Belohnung für dich«, flüsterte sie ihm zu.

Wilbert sah den Alten, der an einem kleinen Tisch vor seinem Wohnwagen Platz genommen hatte. Der Sonnenschirm machte sich bei jeglichen Wetterlagen bezahlt und sorgte dafür, dass er weitestgehend im Trockenen saß. Er zählte und sortierte das Münzgeld. Der Start am Freitag sollte zumindest nicht an den Münzreserven scheitern. Bei diesen Vorbereitungen war es besser, ihn nicht zu stören. Das war sein Fachgebiet, er hatte sich mittlerweile auf den Einsatz an der Kasse beschränkt. Das war Wilbert recht. Mit Zahlen hatte er es nicht. Noch nie, um ehrlich zu sein. Und das Wechselgeld passend rauszugegeben erforderte hohe Konzentration. Wilbert stoppte verunsichert. Was war besser? Den Alten zu unterbrechen und ihm Bescheid zu geben oder ihn in Ruhe zählen und ihn im Unklaren zu lassen, wo er hingeht? Das war eine klassische Zwickmühle, für die es keine richtige Lösung gab. Kopf oder Zahl. Er kramte in seiner Hosentasche und hatte Glück. Ein 50-Cent-Stück. Er warf es in die Luft und fing es geschickt mit nassen Händen wieder auf. Diese Art, Entscheidungen zu treffen, hatte ihm schon oft aus der Patsche geholfen. Dummerweise hatte er vergessen, sich vorher für eine Seite zu entscheiden.

Wilbert versuchte, sich erneut eine Zigarette anzuzünden. Dieses Mal hatte er mehr Erfolg. Der Rauch vernebelte seinen Kopf für einen Moment. Der Himmel hatte ein Einsehen; der Regen ließ nach und ging in ein sanftes Tröpfeln über. Bevor er den Weg zu *Susis Wurstpalast* einschlug, schlenderte er eine extra Runde über den Platz. So viel Zeit musste sein. Jetzt, da die meisten aufgebaut hatten, war er neugierig, welche Schaustellerkollegen vor Ort waren und was es Neues zu sehen gab. Er folgte dem Rundlauf und blieb hin und wieder stehen. Alle waren sie wieder da. Dann nickte er zufrieden. Die Wilde Maus, der Autoscooter sowie der Breakdance, der hier sinnigerweise DOM Dancer hieß.

Nur die Wildwasserbahn fehlte. Dafür war es zu dieser Jahreszeit zu kühl. Es beruhigte ihn zu sehen, dass die bekannten Fahrgeschäfte alle wieder mit dabei waren. Schließlich gehörten sie genauso wie die alte Geisterbahn zu den Stammbeschickern.

Er blieb stehen und trat die Zigarette auf dem Boden aus. Die Sorge des Alten war immer, dass sie keine Platzzulassung mehr bekamen. Denn die *Monsterhöhle* war mittlerweile in die Jahre gekommen, und wer konnte vorhersagen, wie lange sie ihre Geisterbahn unter dem Deckmantel der Nostalgie verkaufen konnten? Der Lack war ab, da machte er sich nichts vor. Mit gesenktem Kopf und etwas Wehmut ging er weiter. Als er an einer der großen Losbuden vorbeikam, dachte er an Onkel Fred, den dicken Losverkäufer aus seiner Kindheit. Zwar hatte der mittlerweile das Zeitliche gesegnet, aber den Gerüchten zufolge verbrachte er die letzten Jahre in der Sonne liegend auf den Philippinen in den Armen einer schwarzhaarigen Schönheit. Unerwartet verdunkelte sich sein Sichtfeld, und Schatten warfen ihre Silhouetten auf den Weg. Hatte sich die Sonne hinter eine Wolke verzogen? Er blickte hoch – und da stand sie. Finster und gewaltig. Die Neuheit und das Highlight des diesjährigen Frühlingsdoms. Allein die Fassade war riesig. Über vier Stockwerke zog sich dieses Ungetüm. Eine richtige Festung. Hier war nichts aufgemalt, wie an seiner Geisterbahn, alles erschien plastisch und täuschend echt. Selbst die Fenster waren nicht aufgesetzt, sondern wirkten real und funktionsfähig. Hinter den Scheiben, die einen Spalt weit offenstanden, sah er Gardinen im Wind flattern. Unter dem Schriftzug *Nightmare,* in der Mitte der Bahn, war ein überdimensionales Pendel montiert. Er konnte erahnen, wie es über den Köpfen der Besucher bedrohlich hin- und herschwang.

»Wahnsinn«, platzte es aus ihm heraus. »Das ist der absolute Hammer.«

Das war er. Der neueste Schrei auf dem Markt. Die Topneuheit auf dem Platz. Wilbert war fasziniert. Er stellte sich vor, wie alles in Betrieb aussähe. Eingetaucht in ein Lichtspektakel und mit einer bedrohlichen Soundkulisse. Alle Figuren an der Fassade bewegten sich und animierten Besucher, eine Fahrt des Grauens zu wagen. Seine Gedanken überschlugen sich vor Erregung. Von so einer Geisterbahn war er nicht nur schwer beeindruckt, sondern begeistert; sie zog ihn magisch an. Ein derartiges Fahrgeschäft hätte er gerne in seinem Besitz. Dann würden alle zu ihm aufschauen und ihn beneiden. So wie er es gerade tat. Und finanziell musste das Fahrgeschäft eine Goldgrube sein. Da sind locker fünf Euro pro Person drin, da war er sich sicher. Für ihre *Monsterhöhle* nahmen sie zwei Euro. Und selbst da waren sie sich uneins, ob das nicht zu teuer war. Wenn bei ihm Kinder schreiend aus der Geisterbahn kamen, wusste er nie, ob sie weinten, weil es zu gruselig war oder weil sie sich langweilten. Das konnte hier nicht passieren. Wilbert trat einige Schritte näher heran und schaute auf eine der farbig markierten Warntafeln am Eingang: *Diese Bahn ist nicht geeignet für Personen unter 16 Jahren. Menschen mit Bluthochdruck oder Herz-Kreislauf-Problemen sind von der Fahrt ausgeschlossen. Einige Szenen können für sensible Menschen verstörend wirken.* Das war mal eine Ansage.

»Eine gute Werbestrategie«, befand Wilbert selbstlos in Gedanken.

Auf den Fahnen, die im Eingangsbereich wehten, wurde mit echten Geistern und Live-Erschreckern geworben.

»Das haben wir auch, nur dass bei uns der erste Geist an der Kasse sitzt und man den ersten Schreck bekommt, wenn man bezahlen möchte.«

Unvorstellbar, wie viele Transporte und Tonnen an Material hier bewegt werden, bis dieses Ungetüm aufgebaut war. Das musste perfekt organisiert sein. Wilbert kam sein Packwagen in den Sinn. Ob er seine Logistik noch mal überdenken sollte? Anderseits kam hier beim *Nightmare* nicht nur modernste Technik zum Einsatz, sondern sie hatten bestimmt auch Dutzende Helfer, im Gegensatz zu ihrer alten Geisterbahn. Seit Jahrzehnten wurden die alten Figuren mechanisch bewegt. Das einzig Positive an der Geschichte war der überschaubare Stromverbrauch. Die Bahn ließ sich zu zweit in wenigen Tagen aufbauen, wenn er nicht trödelte. Fairerweise musste man ihm zugutehalten, dass der Alte keine Hilfe mehr war. Er packte weder aktiv mit an, noch war er belastbar. Die *Monsterhöhle,* das konnte er nicht verleugnen, war etwas angestaubt. Im wörtlichen Sinne. Monsterfiguren waren aus der Mode gekommen. Schon vor vielen Jahren. Sie waren alt, ungelenkig und stumm. Trotzdem mochte er sie auf seine Weise. Früher, auch wenn das lange her war, da waren Wölfe, Hexen oder Gespenster angesagt. Heutzutage waren Vampire, Kannibalen oder Zombies gefragt. Er machte sich Sorgen, ob sich in Zukunft überhaupt noch jemand für ihre alte Bahn interessieren würde. Schon jetzt ließ der Publikumszuspruch deutlich zu wünschen übrig. Teilweise saß der Alte stundenlang im Kassenhäuschen, ohne dass auch nur ein zahlender Besucher kam. Doch was sollten sie der übermächtigen Konkurrenz entgegensetzen? Sie müssten einen echten Schocker bieten. Etwas, das es so noch nie zu sehen gab. Etwas, das die Gäste nach der Fahrt bei ihnen nie vergessen würden. Seine Augen blitzten fies bei dem Gedanken.

»Kann ich dir helfen?«, hörte er eine unbekannte Stimme hinter sich.

Eine Hand fasste an seine Schulter. Wilbert erschrak und sprang einen Schritt zurück.

»Ich war es nicht«, dachte er instinktiv, sagte aber zum Glück: »Ich äh, nein, ich muss los.«

Er sah einen in schwarz gekleideten Mann mit einem Schirm vor sich stehen. An seinem Handgelenk blitzte eine fette goldene Uhr im Stil einer Rolex. Das musste der Besitzer der Geisterbahn *Nightmare* sein. Wilbert hatte sein Foto in der Zeitung gesehen. In einem der Artikel, in dem für die neue Geisterbahn geworben wurde. Jack Rosenfeldt. Diesen Namen hatte er sich gemerkt.

»Moment mal Freundchen, nicht so eilig. Was schleichst du hier herum? Der DOM eröffnet erst am Freitag.«

»Ich ... ich ... wir haben auch ein Geschäft hier auf dem DOM. Uns gehört ...«, kurz überlegte er, ob er den *Wurstpalast* von Susi erwähnen sollte, denn das wäre nicht so peinlich wie die alte Geisterbahn.

Er entschied sich für eine neutrale Antwort.

»Uns gehört ein Fahrgeschäft am anderen Ende des Platzes. Ich war gerade nur auf dem Heimweg.«

»Und was für ein Geschäft betreibt ihr?«

»Eine ... nostalgische Familienbahn«, fiel ihm auf die Schnelle ein.

»Ah, okay. Na ja, warum nicht. Jedem das Seine. Und, was sagst du?«, fragte der Mann und zeigte stolz mit einer ausladenden Geste auf die Geisterbahn.

»Das ist schon ... beeindruckend, irgendwie.«

»Beeindruckend? Das ist die größte transportable Geisterbahn aller Zeiten. 42 Meter Front, 25 Meter Höhe, 20 Meter Tiefe – die Wasserinstallation mit den Blutfontänen vor dem Eingangsbereich noch gar nicht mitgerechnet. Wir haben hier ein Gewicht von 120 Tonnen. Zum Umsetzen benötigen wir 15 Spezialtransporte. Ohne die Wohn- und Personalwagen versteht sich, die kommen noch dazu.«

»Jep, das ist schon nicht schlecht«, musste Wilbert zugeben.

»So etwas hat es noch nie gegeben. Das ist das modernste High-Tech-Spektakel, das es zurzeit auf dem Markt gibt. Der Fahrgast wird in vollelektronisch gesteuerten Käfigwagen auf eine Reise ins Ungewisse geschickt. Es ist ein Fahrgeschäft, aber auch ein Laufgeschäft, denn das letzte Drittel wird zu Fuß zurückgelegt. Und ich kann dir eines sagen:

Man ist dort drinnen nicht alleine unterwegs. Hier hat der Horror eine völlig neue Dimension erreicht. Damit ist die Bahn auch offiziell erst ab 16 Jahren freigegeben. Alle Effekte und Gruselszenarien habe ich aus den USA importiert. Das stellt alles bisher Dagewesene in den Schatten und ist so in dieser Form nur hier erlebbar.«

»Und wie hoch ist die Kapazität?«

»Bis zu 1000 Personen die Stunde.«

»Wow. Das ist krass«, räumte Wilbert ein.

Er überlegte, wie viele Personen die *Monsterhöhle* schaffen würde. Die Frage war kaum zu beantworten, da er sich nicht erinnerte, dass man bei ihnen jemals anstehen und warten musste. Er war nie auf die Idee gekommen, die Fahrgäste zu zählen. Wenn alles reibungslos lief, dann waren es geschätzt an die 25 Wagen mit ein bis zwei Personen, die er jede Stunde abfertigte. Das machte dann pro Stunde? Er konnte das Ergebnis nicht im Kopf ausrechnen. Ihm wurde jedoch bewusst, dass war es im direkten Vergleich verdammt wenig war.

»Da staunst du, was? Ich würde mich ja gerne noch länger mit dir unterhalten. Aber ich habe zu tun. Also vielleicht schaust du mal vorbei die Tage und fährst eine Runde. Du wirst es bestimmt nicht bereuen.«

»Ja, mal sehen. Ich überleg es mir.«

Mit diesen Worten machte sich Wilbert auf den Weg. Auf eine weitergehende Unterhaltung hatte er keine Lust. Schon gar nicht mit diesem Angeber Rosenfeldt. Was bildete sich dieser Typ überhaupt ein? Unverschämtheit. Die Wut stieg in ihm hoch, obwohl ihm nicht klar war, warum. Dieser Rosenfeldt war doch ganz nett gewesen. Sofern man das von einem ersten kurzen Gespräch sagen konnte. Aber dieses überdimensionierte Horrorhaus, es erschien ihm auf einmal fragwürdig. Er versuchte, seine Bewunderung in Ablehnung zu verwandeln. Da ist sicher mehr Schein als Sein dahinter. Auf das Innenleben kam es an. Und da brauchten sie sich nicht verstecken. Dafür würde er sorgen. Am *Wurstpalast* angekommen, hatten sich die Wolken am Himmel endlich verzogen, und die Sonne zeigte sich kurz. Der Regen hatte aufgehört. Die Imbissbude stand in Sichtweite zu ihrer Geisterbahn. Sie waren quasi Nachbarn. Und unter Schaustellern war es üblich, dass man sich kannte und half, wenn es Probleme gab. Susi war hinter ihrer Theke am Rotieren. Sie verstaute Kisten in allen erdenklichen Ecken, öffnete Kartons und räumte Verpackungen von links nach rechts. Er schaute einen Moment aus sicherer Entfernung zu und beobachtete sie heimlich. Faszination pur. Wie schaffte sie es, sich die Haare zu einem perfekten Turban hochzustecken? Auch als er näherkam, hatte sie ihn noch nicht bemerkt. Während er sich weiter seinen Gedanken hingeben wollte, merkte er, wie etwas an seiner Hose zwickte und bellte.

»Rüdiger! Aus! Komm sofort her«, keifte es ihm entgegen in einem Ton, der keine Missverständnisse zuließ.

Rüdiger war der Hund von Susi. Ein Chihuahua. Reinrassig, wie sie ihm erzählt hatte. Er war genauso, wie er sich kleine kläffende Köter vorstellte. Wilbert kannte Rüdiger von früheren Begegnungen. Und beide hatte ein teilweise problematisches Verhältnis zueinander. Wilbert mochte keine Hunde. Und Rüdiger mochte Wilbert nicht. Scheinbar duldete er grundsätzlich keine Männer in seinem Revier. Mit aufgestellten Ohren und sichtlich erregt, kam er erneut auf ihn zugerannt. Kurz vor dem Zusammenprall blieb er jedoch von alleine stehen und fletschte die Zähne, ohne eine weitere Ermahnung von Susi. Unsicher blickte der Köter sich um, als wüsste er nicht, wie weit er gehen könnte.

»Verschwinde, du kleines Biest, sonst endest du als Spanferkel auf dem Grill«, dachte Wilbert und fauchte zurück.

Diesem kleinen Scheißer würde er am liebsten den Garaus machen, aber bisher hatte sich keine Gelegenheit ergeben. Um nicht ins Fettnäpfchen zu treten, tätschelte er Rüdiger, der inzwischen direkt vor ihm stand, über den Kopf und schob ihn sachte, aber bestimmt beiseite. Rüdiger quiekte und war nicht einverstanden. Ein komischer Vogel, dieser Hund. Die meiste Zeit seines Lebens schlief Rüdiger unter dem Grill in einem kleinen abgewetzten Weidenkörbchen, das ringsherum schon halb abgekaut war. Aber das durfte niemand wissen. Also dass der Korb dort stand. Schon gar nicht jemand vom Gesundheitsamt. Die übrige Zeit, wenn Susi nicht gerade beschäftigt war, verbrachte er auf ihrem Arm und kuschelte sich an ihren üppigen Busen. Bei dieser Vorstellung lächelte Wilbert verschmitzt. Bevor er sich diesen Gedanken weiter hingeben konnte, wurde er erneut an der Wade gezwickt.

»Rüdiger! Pfui. Komm jetzt schnell zur Mami.«

Doch Rüdiger dachte gar nicht daran. Susi drehte sich um, und Wilbert nutzte die Gelegenheit und versetzte Rüdiger mit dem freien Fuß einen leichten Tritt. Rüdiger hatte nicht mit Gegenwehr gerechnet, lief übertrieben jaulend hinter den Wohnwagen und schien beleidigt. Dieser Kampf war entschieden. Und dieses Mal hatte Wilbert gewonnen.

»Soll ich mir deinen Vorbau, äh ich meine den Stromkasten mal ansehen«, fragte er Susi, als er vor ihrem Wagen stand.

»Ja das wäre prima. Ich muss das ganze Ding hier bis morgen unbedingt zum Laufen bringen.«

Wilbert öffnete die Abdeckung des Verteilerkastens. Mit fachmännischem Blick versuchte er, den Fehler zu finden. Mit Elektrik kannte er sich aus. Eines der wenigen Dinge, in denen er schlauer war als manch anderer.

»Hier ist ein Kabel, das nicht richtig sitzt. Kannst du mal eben die Sicherung ausschalten«, kommandierte Wilbert selbstbewusst.

»Moment, da muss ich erst nach hinten gehen«, antwortete Susi. »Der Sicherungskasten muss hier hinter dem Schrank sein. Warte, ich muss dafür nur einige Kartons wegräumen. So, gleich hab ich es.«

»Das sieht hier aber schon mehrfach geflickt aus« bemerke Wilbert, als er sich mit den Stromkabeln näher beschäftigte.

»Ja, ich habe da schon mehrfach selbst Hand angelegt. Du weißt doch, selbst ist die Frau. Bisher konnte ich alles selbst reparieren oder zumindest notdürftig flicken. Aber jetzt gerade weiß ich wirklich nicht, woran es liegen könnte. Habe schon alles ausprobiert. Ich bin wirklich verzweifelt.«

»Lass das aber mal nicht den TÜV hören. Wenn die mitbekommen, dass du hier selbst Kabel verlegst oder reparierst, dann ist hier schneller Schluss, als du dir denken kannst.«

»Ach, ich habe das im Griff. An dieser Stelle, da unter dem Spülbecken, kommt keiner auf die Idee nachzuschauen.«

»Wir wollen ja nicht, dass jemand hier zu Tode kommt«, scherzte Wilbert und schraubte fleißig weiter unter den aufmerksamen Augen von Susi.

Als er fertig war und unter der Spüle hervorkroch, hatte Susi bereits zwei Biere aus dem Kühlschrank geholt und sie auf dem Tresen abgestellt. Geschickt öffnete sie mit einem Feuerzeug beide Flaschen. Wilbert streckte den Rücken durch und stemmte die Hände in die Hüften. Das Bier in der Hand setzte er sich mit Schwung auf die Kühltruhe, die in der linken Ecke stand. Sie prosteten einander zu, und er ließ fröhlich und zufrieden die Beine baumeln. Nach drei hastigen Schlucken hatte er den Inhalt fast komplett geleert und konnte sich ein lautes Rülpsen nicht verkneifen.

»So, dass hätten wir geschafft. Läuft wieder.«

»Wilbert, was würde ich nur ohne dich tun? Du bist meine Rettung. Immer wieder.«

»Vermutlich jemanden holen, der Ahnung von der Materie hat? Sag mal, Susi, soll ich mir die Kühltruhe zur Sicherheit auch noch mal anschauen, ob da auch wirklich Strom drauf ist?«, fragte er und sprang, ohne ihre Antwort abzuwarten, von der Kühltruhe herunter. »Wir wollen ja nicht, dass die Schätzchen da drinnen auftauen.«

Susi lächelte zufrieden, und Wilbert wusste, dass er sich auf sie verlassen konnte. Genauso wie sie auf ihn. Und dass ihr kleines Geheimnis niemals ans Licht kommen würde.

»Nein, das sollte besser nicht passieren. Guck mal, die Kontrolllampe ist an. Alles paletti also. Mal eine ganze andere Frage, Wilbert. Die neue Geisterbahn hier auf dem Platz, die macht euch bestimmt ganz schön zu schaffen, oder? Ich kann doch von hier aus sehen, dass bei euch in den letzten Jahren immer weniger los ist. Und jetzt dieses Monster. Außer ein paar Familien mit ihren Kindern, denen die *Nightmare* zu heftig ist, kommt doch dann kaum noch einer zu euch, oder?«

»Ja, kann schon sein, keine Ahnung«, entgegnete Wilbert trotzig und nippte an der leeren Bierflasche, »aber den echten Horror kann man nur bei uns erleben.«

»Na wenn du meinst. Bist du eigentlich schon mal mit der neuen Bahn gefahren? Es gab ja schon erste Testfahrten mit Freiwilligen vom Platz. Ich meine, nur so, um zu wissen, mit wem du es zu tun hast und was da drinnen abgeht?«

»Nein, noch nicht. Hatte noch keine Zeit.«

»Der Besitzer ist übrigens ein sehr gepflegter und attraktiver Mann im besten Alter«, schwärmte sie auf einmal aus heiterem Himmel. »Der hat hier bei mir schon einen Kaffee getrunken, obwohl ich noch gar nicht auf hatte. Wirklich ein sehr netter Typ, auch wenn er mehr mit seinem Handy als mit mir beschäftigt war.«

Wilbert kochte innerlich vor Wut und versuchte, die dreiste Aussage von Susi zu ignorieren.

»Hier, guck mal, was er mir geschenkt hat.« Susi wühlte in der Schublade unter der Theke und hielt dann voller Stolz ein schwarzes Stück Plastik mit der Aufschrift *FREIKARTE* in der Hand. »Bitte schön, das ist doch eher was für dich. Du weißt doch, ich bin so ein Angsthase. Kannst mir ja mal erzählen, wie es war.«

Wortlos nahm Wilbert das Geschenk an. Er wusste, wem er bald einen Besuch abzustatten hatte. Dafür war er gerade in der richtigen Stimmung.

»Na gut, ich muss dann mal wieder. Wenn noch was ist, du weißt ja, wo du mich findest.«

Kapitel 5

Vier Monate später. Es war Ende Juli. Der Hamburger Sommer zeigte sich von seiner schönsten Seite. Strahlender Sonnenschein legte sich über die Stadt, und eine leichte Brise sorgte für frische Luft. Max saß an den Landungsbrücken auf einer kleinen Anhöhe auf einer Bank und schaute dem regen Treiben auf dem Wasser zu. Barkassen pflügten durch das kühle Nass und manövrierten geschickt zwischen großen Pötten und Freizeitseglern. Die Sonne schien ihm direkt ins Gesicht; er kniff die Augen zusammen und blinzelte, da er seine Sonnenbrille vergessen hatte. Er schaute auf das Display seines Handys, denn er war mit Paula verabredet, aber zu früh dran, sodass er noch in Ruhe auf der Bank sitzen konnte. Die Sonne brannte unerbittlich. Es war einer dieser rar gesäten heißen Tage in Hamburg, die seiner Vorstellung von einem Hochsommer gerecht wurden. Er hatte sich den perfekten Tag ausgesucht, um freizunehmen.

Es war Freitag. Der Beginn eines langen Wochenendes. Den Tag heute hatte er seiner Chefin Ute mühsam aus dem Kreuz geleiert. Und Glück gehabt. Weder hatte sie ihn nach dem Grund dafür gefragt noch darauf bestanden, dass er erst einmal entsprechende Plusstunden vorwies. Vermutlich lag es daran, dass sie seit Kurzem einen festen Freund hatte. Nicht, dass sie dadurch ihre Arbeit vernachlässigen würde oder umgänglicher geworden wäre. Nein, das nicht. Sie wirkte insgesamt nur etwas ausgeglichener. Was regelmäßiger Sex doch ausmachen kann. Details wollte er sich lieber nicht ausmalen. In Liebesangelegenheiten war er kein Experte. Sein letztes Mal war eine Weile her. Vielleicht war dadurch seine zeitweilige Unzufriedenheit begründet. Die Hitze umspielte seinen Kopf und raubte ihm jeden klaren Gedanken. In der Sonne sitzend ohne eine Spur von Schatten, brutzelte er vor sich hin, trotz der leichten und angenehmen Brise, die hier am Hafen fast immer wehte.

»Jetzt was Kühles zu trinken wäre perfekt. Ich könnte mir am Kiosk ein kaltes Bier holen. Aber dann sitze ich hier mit einer Dose auf der Bank wie ein Penner. Und dann kommt Paula und drückt mir einen dummen Spruch rein. Nee nee, das lasse ich mal lieber. Aber ich brauche irgendetwas zu trinken, sonst gehe ich hier ein.«

Getrieben vom Durst, raffte er sich auf. Zum Kiosk an der Bahnstation Landungsbrücken war es nicht weit, nur einige Treppen hoch. Seinen Platz auf der Bank würde er durch diese Aktion mit Sicherheit verlieren, aber er hätte es nicht noch länger ohne eine Erfrischung von innen ausgehalten. Nun war die Rettung in Sicht. Ein prall gefülltes und gekühltes Getränkeregal wartete auf ihn. Zwei Jugendliche diskutierten mit der Kioskverkäuferin, ob sie alt genug wären, um eine Schachtel Zigaretten zu erwerben. Max schnappte sich eine Flasche Wasser aus dem Kühlschrank und betrachtete die Zeitungsauslage im Regal. Die *Abendpost* stach mit einer Schlagzeile hervor: *Verschwundene Frau seit Monaten vermisst. Es fehlt bisher jede Spur.*

»Wie kann denn jemand einfach so verschwinden? Das gibt es doch gar nicht.«

Er schaute rüber zum Verkaufstresen. Die Verkäuferin war mit den Jugendlichen beschäftigt. Er stellte die Wasserflasche auf den Boden, nahm die Zeitung aus dem Regal und blätterte zum Artikel auf Seite drei.

»Junger Mann, das geht aber nicht«, krächzte es aus dem Hintergrund in einer fiesen hohen Stimmlage.

Max drehte sich um. Die Verkäuferin hatte ihn im Visier. Die Jugendlichen waren nicht mehr da.

»Wer lesen will, muss kaufen. So einfach ist das.«

»Ja ist ja schon gut, du olle Zippe«, hätte er ihr am liebsten entgegnet, beließ es aber mit einem verunsicherten Blick.

Er faltete die Zeitung wieder zusammen, so gut es ging, und legte sie kurzerhand zurück ins Regal. Die würde er jetzt aus Prinzip nicht kaufen. Trotzdem fühlte er sich ertappt und hatte fast ein schlechtes Gewissen. Von wegen der Kunde ist König. Servicewüste Deutschland. Er blickte auf die Wasserflasche, die er auf dem Boden abgestellt hatte. Durst hatte er noch immer. Da war sie, die klassische Zwickmühle. Entweder konsequent bleiben und nichts kaufen oder etwas gegen den Höllenbrand in seiner Kehle tun. Es gab eine dritte Möglichkeit, doch die kam nicht in Betracht: mit der Flasche aus dem Laden rennen, ohne zu bezahlen. Er entschied sich für das Wasser und hoffte darauf, dass die Verkäuferin ihm keinen weiteren blöden Spruch reindrückte. Angesäuert scannte sie die Flasche. Wenn Blicke töten könnten, dann wäre sie die Mörderin.

»Das macht 1 Euro und 25 Cent inklusive Pfand.«

Max kramte in seiner Geldbörse nach Münzgeld. Aus dem hinteren Fach lugten einige braune Scheine hervor, die er später noch brauchte. Ein DOM-Besuch war ein tolles, aber auch teures Vergnügen. Zum Glück verdiente er – trotz aller Widrigkeiten mit Ute – bei Tangelmann & Söhne ganz ordentlich, sodass er nicht knausern musste. Mit Kleingeld sah es allerdings gerade nicht allzu gut aus. Viel war da nicht zu holen. Er zählte zusammen: ein Euro und 20. Fünf Cent fehlten. So ein Mist. Dann würde er eben mit Karte bezahlen. Erwartungsvoll hielt er ihr seine Bankkarte hin.

»Kartenzahlung erst ab 10 Euro«, entgegnete sie ihm energisch und schüttelt den Kopf.

»Ich dreh hier gleich durch«, dachte sich Max. »Ich will doch nur ein Wasser kaufen, und ich habe verdammt noch mal Durst.«

Aus dem hinteren Fach seiner Geldbörse lugte ein brauner Schein hervor.

»Kein Problem«, lächelte er listig und hielt ihr einen Fünfzigeuroschein unter die Nase.

»Kleiner haben sie's wohl nicht?«, meinte sie schnippisch in ihrer passiven destruktiven Art.

Die Verkäuferin sah aus, als wäre sie ihm am liebsten ins Gesicht gesprungen, und blieb weiterhin konsequent unfreundlich. Ihr Kopf leuchtete mittlerweile in rötlichen Pastelltönen, was aber auch an der Hitze liegen konnte.

»Nein, habe ich nicht. Hören sie mal, gute Frau, wenn ich es kleiner oder anders hätte, dann wären wir vor fünf Minuten schon einen Schritt weiter. Ich habe einen so großen Durst wie fast noch nie in meinem Leben und möchte jetzt endlich dieses Wasser bezahlen und vor allem trinken. Verstehen sie meine Situation. So, und nun machen sie einfach ihren Job.«

Wortlos und sichtbar beleidigt nahm sie den Fünfziger zögernd an und fummelte in der Kassenschublade nach Wechselgeld. Sie händigte ihm eine ganze Handvoll Münzen und Scheine als Rückgeld aus, aber das störte ihn nicht. Im Gegenteil. Perfekt für den DOM später. Max freute sich. Eins zu null für ihn. Schade, dass Paula nicht dabei war. Sie hätte ihm auf die Schulter geklopft, dass er so konsequent und pfiffig war. Er verließ den Laden mit einem kräftigen Schluck aus der Flasche. Das eiskalte Wasser war eine Wohltat und erfrischte ungemein. Es war die Rettung.

Ein Blick auf die Uhr zeigte ihm, dass er Zeit vertrödelt hatte. Zügig ging er zurück zum vereinbarten Treffpunkt. Die Bank war noch frei. Erleichtert nahm er Platz. Er musste an die Schlagzeile in der Zeitung denken, die er eben nicht zu Ende lesen konnte. Bei dem Gedanken, dass Menschen einfach so spurlos verschwinden, lief ihm ein Schauer über den Rücken. Bevor er den Gedanken vertiefen konnte, sah er Paula. Da war sie, seine allerbeste Freundin. Die Einzige, wenn er ehrlich war. Im Gegensatz zu ihm, der ja erst vor vier Monaten die 30 gerundet hatte, war sie jugendliche 29 Jahre alt. Obwohl es heute trotz der leichten Brise für sein Verständnis schon fast unerträglich heiß war, kam Paula in einem fröhlichen grauen Zweiteiler mit halben Armen und Beinen aus Jerseystoff die Treppenstufen der S-Bahn Haltestelle heruntergelaufen. Im Prinzip war es ein Jogginganzug, wie man im Volksmund sagt, aber damit hätte er ihr vermutlich Unrecht getan. Als sie vor ihm stand, war sie aus der Puste und schnappte nach Luft.

»Paula, was ist los. Bist du etwa hergejoggt? Für so sportbegeistert hätte ich dich gar nicht gehalten.«

Max schmunzelte bei diesem Satz, denn obwohl ihr Outfit sportlich anmutete, schnaufte sie wie ein alter Ofen nach Dauerbefeuerung. Paulas Gesichtsausdruck deutete jedoch darauf hin, dass sie nicht amüsiert war.

»Ich habe die Haltestelle verpasst«, keuchte sie und musste sich erst mal sammeln.

»Wie ist das denn passiert? Du fährst doch nicht zum ersten Mal die Strecke.«

»Ich war so vertieft in mein Buch und dann hatte ich noch Kopfhörer auf. Ich hab gar nicht mitbekommen, dass ich hätte aussteigen müssen. Am Rödingsmarkt bin ich dann in allerletzter Minute noch aus der Bahn gesprungen und zu Fuß hergelaufen.«

»Warum hast du nicht angerufen? Ich wäre dir entgegenkommen. Setz dich erst einmal. Ich hatte eben, ob du es glaubst oder nicht, ein Erlebnis der dritten Art mit einer zickigen Verkäuferin da oben am Bahnhofskiosk. Das wäre was für dich gewesen. Davon muss ich dir später unbedingt erzählen.«

»Na, da bin ich gespannt, was du wieder angestellt hast. Wenn ich einmal nicht auf dich aufpasse. Dich kann man nicht alleine auf die Menschheit loslassen. Ach was soll's. Nun bin ich ja da. Wollen wir gleich weiter?«

»Wohin überhaupt? Hast du eine Idee?«

»Du fragst mich, was wir machen wollen? Ernsthaft jetzt. Heute beginnt der Sommerdom, und du fragst mich, was wir machen wollen? Aber können wir vorher noch mal kurz in die Mönckebergstraße fahren? Hab noch das ein oder andere zu erledigen.«

Aus der Ferne ertönten Böllerschüsse. Der DOM war eröffnet.

Fünf Stunden später kamen Max und Paula am Heiligengeistfeld an. Der Bus der Linie 3 hielt direkt in der Nähe. Es war inzwischen fast 19 Uhr, und sie brauchten sich nur den Menschenmassen anzuschließen, die nach St. Pauli strömten. Von hier aus gab es zwei Möglichkeiten, wenn man was erleben wollte. Linker Hand auf die Reeperbahn oder geradeaus über die Kreuzung Millerntorplatz zum DOM. Die letzten Stunden hatten sie damit verbracht, durch die Stadt zu bummeln. Max hatte Paula auf ihrer ausgedehnten Shoppingtour durch sämtliche Bekleidungsgeschäfte auf der Mönckebergstraße begleitet. Nicht, dass sie etwas Passendes gefunden oder gekauft hätte. Sie wollte erst mal »nur gucken«. Hin und wieder probierte sie ein Teil an. Wenn sie ihn dann nach seiner Meinung fragte, kam es zu heiklen Momenten. Was war die richtige Antwort auf die Frage, ob die Hose zu eng ist oder das Shirt zu ihrem Stil passte? Zum Glück hatte er inzwischen gelernt, sich diplomatisch auszudrücken und nicht mit einer unbedachten ehrlichen Äußerung in eine Falle zu tappen. Und er wusste, wann es besser war, nichts zu sagen. Erfolgreicher verlief es in Paulas Lieblingsbuchladen in der Europa Passage, was nicht bedeutete, dass sie hier schneller rauskamen. Der Laden war riesig und erstreckte sich über mehrere Ebenen. Nach einer Stunde, die Max meist mit seinem Handy auf einem der zahlreichen gemütlichen roten Wartesessel verbrachte, war das Ziel in Sicht. Paula stand in der Nähe der Kasse; das schien ihm ein gutes Zeichen dafür, dass ein Ende absehbar war. Sie hatte mehr Bücher auf dem Arm, als sie tragen konnte. Zwischendurch hatte er einen Blick in die *Abendpost* geworfen. Was ihm am Kiosk verwehrt wurde, hier im Buchladen konnte er ungehindert stöbern und lesen. Sogar die Tageszeitung. Jetzt konnte er in Ruhe den Artikel zu der Schlagzeile lesen. Anders als erwartet, handelte es sich nicht um einen konkreten Fall, sondern um grundlegende Fakten: Täglich gibt es rund 200 bis 300 neue Vermisstenfälle in Deutschland, fast ebenso viele werden wieder als erfolgreich gelöst eingestuft. Rund 8600 Menschen gelten in Deutschland Ende 2020 als vermisst. Rund die Hälfte der Fälle löst sich innerhalb einer Woche. Innerhalb eines Monats werden 80 Prozent der Vermissten gefunden. Nur drei Prozent bleiben länger als ein Jahr vermisst. Das zeigt die Statistik des Bundeskriminalamtes über vermisste Personen. Sollte eine Person nicht gefunden werden, läuft die Fahndung 30 Jahre lang weiter. Max klappte die Zeitung zu. Unheimlich. Da kam Paula um die Ecke. Sie schien guter Dinge und hatte vor Aufregung rote Bäckchen. Sie berichtete von ihren Erfolgen der letzten Stunde. Sie war um 70 Euro erleichtert, aber um einen Stapel neuer Bücher und Magazine reicher. An der Kasse musste sie sich vermutlich spontan und aus Platzgründen von einigen Exemplaren verabschiedet haben. Trotzdem war ihr Rucksack bis oben hin mit der Beute vollgestopft, sodass Max beinahe Mitleid bekam. Allerdings hatte er auch keine Lust, den schweren Tornister den ganzen Abend für sie über den DOM zu tragen. Gentleman hin oder her. Das hätte Paula ohnehin nicht zugelassen. Sie war ja kein Mädchen, wie sie stets sagte.

»Ich brauche gleich als Erstes ein kaltes Bier«, stellte Max erschöpft fest. »Ich bin echt fertig. Als professioneller Shoppingbegleiter bin ich einfach nicht geeignet, fürchte ich.«

Da Paulas Kapazitäten ausgereizt waren und er erste Ermüdungserscheinungen zeigte, machten sie sich ohne weitere Diskussion auf den Weg raus aus der Geschäftszone. Am Rathausmarkt fuhr die U3. Er ließ sich auf die schmale und ungemütliche Wartebank der Bahnhaltestelle fallen. Die nächste Bahn sollte laut Anzeigetafel in drei Minuten eintreffen. Von hier aus war es nur eine kurze Fahrt von knapp acht Minuten bis nach St. Pauli und zum Heiligengeistfeld.

»Bist du denn gar kein bisschen erledigt? Wo nimmst du bloß die ganze Energie her?«

»Ich doch nicht«, erwiderte Paula grinsend, »ich könnte noch Stunden so weitermachen. Aber dein Bier sollst du bekommen. Das erste Bier geht auf mich. Das zweite auch. Als Dank dafür, dass ich dich heute durch sämtliche Geschäfte in der Innenstadt geschleift habe.«

»Wie schaffst du das eigentlich?«

»Was meinst du?«

»Na ja, wie schafft du es, aus jedem Laden, auch nach Stunden, wieder rauszukommen, ohne etwas gekauft zu haben?« Das erschien Max höchst uneffektiv und unlogisch.

»Ich hab doch was gekauft«, hielt sie dagegen und schielte zu ihrem vollgestopften Rucksack.

»Bücher zählen nicht. Ich meine Klamotten und so.«

»Du hast ja keine Ahnung. Das ist nicht so einfach, wie du dir das vorstellst. Auch wenn du das vielleicht nicht glaubst, aber ich kann nicht alles tragen. Wenn ich was Passendes gefunden hätte, dann hätte ich es auch gekauft. Aber ich habe nichts gesehen, was mir gefallen hat.«

»War Grau schon ausverkauft?«, scherzte Max.

»Sehr witzig. Du hast wohl einen Clown gefrühstückt. Sei doch froh. Mein Rucksack ist so voll mit Büchern, dass nichts mehr reinpasst. Hättest du Lust gehabt, meine Tüten mit Klamotten durch die Gegend zu tragen?«

»Solange ich nicht deine schweren Bücher schleppen muss, aber so ein paar Klamotten hätte ich gerade noch geschafft.«

»Max, du stöhnst doch jetzt schon, ohne dass du überhaupt etwas tragen musst. Los, hopp, steh auf. Da hinten kommt der Zug.«

Max parierte folgsam und stieg kurze Zeit später mit ihr in die Bahn Sie hatten Glück und erwischten einen Sitzplatz. Die Gelegenheit für Paula, ihre Bücher in Ruhe noch mal neu zu sortieren und einzuräumen. Wenigstens ließ sich der Rucksack jetzt verschließen, leichter wurde er durch die Maßnahme vermutlich nicht. Max schaute aus dem Fenster, sah die dunkle Strecke im Untergrund der Stadt an sich vorbeiziehen und freute sich auf das erste Bier. Am DOM-Eingang angekommen, atmete er tief durch. Er liebte den Geruch von gebrannten Mandeln, Popcorn und Zuckerwatte. Das hatte er die letzten Monate vermisst. Vor ihm thronte das große Riesenrad. Auch wenn es jedes Jahr am selben Platz stand, war es für ihn immer wieder ein faszinierender Anblick. Direkt davorstehend, wirkte es noch höher als von dem Ausblick aus seinem Bürofenster. Er dachte an seine Chefin Ute. Hoffentlich traf er sie hier nicht zufällig. Man wusste nie, wer hier rumlief, und er hatte schon die tollsten Überraschungen erlebt. Bestimmt nicht, redete er sich ein. Sie hat einen neuen Freund. Und hoffentlich Besseres zu tun. Er wünschte sich inständig, dass wenigstens ihr neuer Freund sie zufriedenstellen konnte und er sich nicht auch anhören musste, was er für einen Bockmist verzapft hatte, wenn er bei ihr nicht die richtigen Knöpfe drückte. Bei diesem Gedanken hätte Max am liebsten laut losgelacht, aber er verkniff es sich, auch weil er nicht wollte, dass ihn die anderen Leute merkwürdig anschauten. Paula hatte unterdessen die erste Bude geentert und kam mit einem knallig roten Liebesapfel zurück. Der Apfel hatte die Farbe ihres Lippenstifts, und beides zusammen wirkte ungewohnt farbenfroh an ihr.

Rechts rotierte der DOM Dancer. Max konnte den Fahrtwind spüren, obwohl sie einige Meter weit entfernt standen.

Paula lief näher heran, und als Max aufschloss, hielten die Gondeln direkt vor seiner Nase. Sie zerrte bereits an seiner Jacke, um ihrem Ansinnen nach einer Fahrt Nachdruck zu verleihen.

»Moment, wollen wir nicht erst mal gucken?«

»Max, das ist ein Breakdance. Du weißt doch, wie der geht.«

»Neue Runde, neue Reise«, mischte sich der DOM Dancer aus den Lautsprechern dröhnend in das Gespräch ein.

»Ja, stimmt, aber ist schon lange her, seit ich das letzte Mal damit gefahren bin«, log er hilflos.

Insgeheim war er sich nicht sicher, ob er überhaupt irgendwann mal mit einem ähnlichen Gerät gefahren war. Verunsichert, ob seine Ausrede schlau oder einfach nur dumm war, hatte Paula ihm bereits ein Ticket in die Hand gedrückt.

»Wo hast du das denn so schnell her?«

Ohne auf die Frage einzugehen, sagte sie: »Los, da ist eine Gondel frei. Komm mit, schnell.«

Einen Augenblick später saß er in einer der schnittigen bunten Gondeln. Sofort wurde der Bügel von einem Typen in lässiger Sportkleidung heruntergezogen und der Fahrchip eingesammelt, während sich die Drehscheibe bereits in Bewegung setzte. Hier wurde keine Zeit verschwendet, die Motoren und das Material zu schonen, soviel war sicher.

»Alles klar, jetzt geht es los hier. Alles drin, alles dran. Wir sind bereit. Jetzt geht's los hier. Achtung!«, tönte es aus den Lautsprechern, begleitet von einem Signalton und einem undefinierbaren Zischen.

Weißer dichter Nebel hüllte die Fläche komplett ein. Die eben noch gleißend grellbunten Lichter schalteten aus. Zunächst beschleunigte nur das Gondelkreuz, sodass alle vier Wagen, die sich rundherum gruppierten, munter im Kreis wirbelten. Kurze Zeit später setzte auch die Drehscheibe in den Kanon ein. Max wurde jetzt schon übel.

»Okay, wir fahren los«, sagte er leise zu sich selbst, als wollte er sich beruhigen und Mut zusprechen.

Angespannt lehnte er sich zurück, geblendet von Tausenden Lichtern, die wie auf Knopfdruck ansprangen. Aus den Boxen dröhnte »I have got the power«, der Song einer Popformation, deren Namen er sich einfach nicht merken konnte. Und dann ging es richtig los. Die Scheinwerfer tanzten wild über die Fläche im Takt der Musik und spiegelten sich in einem der zahlreichen glitzernden Dekorationselemente. Schon wurde er sanft, aber spürbar in den Sitz gepresst. Unbewusst hielt den Atem an.

»Jetzt geht's los, jetzt geht's los«, schrie eine Stimme erbarmungslos ins Mikrofon. »Hasta la vista, baby. Und tschüss.«

Entgegen seiner Erwartung ging es direkt von null auf hundert. Die Gondeln wirbelten scheinbar außer Kontrolle um eine glitzernde Skulptur mit drei auf der Kante stehenden Würfeln als Mittelpunkt. Um ihn herum raste alles aufeinander zu, voneinander weg und wenn ein Aufprall mit der Nachbargondel zu befürchten war, schleuderten sie zurück. Aus dem Inneren dieses Höllengerätes war ein lautes Motorengeräusch zu vernehmen, das immer höher aufdrehte und erst jetzt so richtig auf Touren kam. Krampfhaft hielt er sich am Bügel fest, während die Umgebung um ihn herum verschwamm. Er blickte zu Paula und in ihr von der Geschwindigkeit verzerrtes Gesicht. Ein unnatürlich lang gezogen wirkendes Grinsen verriet ihm, dass sie im Gegensatz zu ihm viel Spaß hatte.

»Das ist das geilste Teil hier«, schrie der Breaker ihm entgegen.

Unterdessen überlegte er, ob es besser gewesen wäre, mit leerem oder mit vollem Magen Karussell zu fahren, konnte aber so schnell keine Antwort darauf finden. Jetzt war es ohnehin zu spät. Für einen kurzen Moment reduzierte sich die Geschwindigkeit, auch wenn sich die Gondel nach wie vor drehte. Es sah aus, als ließe einzig und allein das Stroboskoplicht die Wagen wirbeln. Noch nie hatte er ein Zeitlupentempo gesehen, das sich so verdammt schnell anfühlte. Trotzdem war es wenigstens ein kurzer Moment, um ein wenig zu verschnaufen. Daraufhin heulte der Motor erneut auf, als würde der letzte Funke aus ihm herausgepresst. Obwohl es nur ein akustisches Signal war, drehte das Teil merklich auf. Eine Höllenmaschine.

»Jetzt geben wir Gummi. Whoop, whooop, whoooop.«

Max versank im Rausch der Geschwindigkeit und fand Gefallen an dem Kontrollverlust. Paula stieß spitze Schreie aus, die er bisher bei ihr noch nicht wahrgenommen hatte.

»Jetzt ziehen wir durch hier. Ab durch die Mitte. Over the top baby. Let's do it.«

Als sich die Fahrt nach gefühlten unendlich langen Minuten dem Ende zuneigte, atmete er erleichtert auf. Die Drehscheibe wurde langsamer, trotzdem wirbelten die Gondeln nach wie vor wild, als wollten sie nicht akzeptieren, dass die Fahrt zu Ende war. Er guckte Paula an. Sie wirkte etwas blass um die Nasenspitze, aber sie konnte auch nicht so viel ab wie er.

Da tönte es aus den Lautsprechern: »Freunde, wollt ihr noch eine Runde? Hamburg, habt ihr noch Puste?«

Die Antworten fielen eindeutig aus. Das darauffolgende Programm kam ihm bekannt vor. Das Motorgeräusch und zweimal ein lang gezogenes »whop«, bis die Maximalgeschwindigkeit wieder erreicht war. Schnell gelang es ihm, den aufkommenden Brechreiz zu unterdrücken.

»Jetzt geben wir alles, Finaaale«, brüllte das Gerät ihm entgegen.

Max schrie aus vollem Hals ins Leere.

»Zurück, bitte zurück. Zurück«, kam die Erlösung.

Die Drehscheibe stoppte langsam, nur die Gondeln kreisten weiterhin wie außer Rand und Band um sich selbst, als könnte sie keiner aufhalten.

»Neue Runde, neue Reise« schallte es ihm entgegen, als die Gondeln stoppten und der Bügel nach oben gedrückt wurde. Schon standen zwei zappelnde, frisch blondierte Mädels mit bauchfreiem Top ungeduldig fragend vor ihm.

»Oder fahrt ihr noch 'ne Runde?«

Die Gemengelage aus dem wilden Ritt, dem Anblick der beiden Grazien sowie der Frage nach einer weiteren Fahrt führten daraufhin zu einer unschönen Situation. Max musste sich übergeben. Dank eines Wasserschlauchs, der überraschend schnell zum Einsatz kam, war die Gondel in Windeseile wieder betriebsbereit, was man von den partytauglichen Outfits der beiden Damen leider nicht sagen konnte. Geistesgegenwärtig klärte Paula die Situation für ihn, auch wenn sich die beiden nicht beruhigen wollten. Schnell verließen sie den Ort des Geschehens und tauchten in der Menge unter. Noch kodderig fühlend und wackelig auf den Beinen, fragte Max: »Und was ist jetzt mit meinem Bier?«

»Alles klar, wie legen los. Wir starten. Achtung. Vorsicht bitte. Bügel schließen. Jetzt geht's ab hier. Attacke. Und Abschuss!«, dröhnte es aus der Ferne.

»Bekommst du. Schau mal, da hinten gibt es einen Biergarten mit anschließender Verpflegungsmöglichkeit. Der sieht doch ganz nett aus.«

Die Bauernkate sah nicht nur gemütlich und einladend aus, es war genau der richtige Ort, um Paulas Enthusiasmus kurz zu bremsen. Er brauchte dringend eine Verschnaufpause. Der immer noch vorherrschende säuerliche Nachgeschmack in seinem Mund bestätigte seinen Wunsch nach etwas zu trinken. Auf einem Schild, das sie am Eingang empfing, stand passenderweise in fett gedruckten Buchstaben: »Gepflegte Getränke«.

»Was das wohl immer bedeuten soll?«, fragte sich Max ernsthaft.

Diesen Spruch hatte er auf Jahrmärkten öfter gelesen, jedoch nichts damit anzufangen gewusst. Der Grillmeister an der Front sah tatsächlich sehr gepflegt aus. Die Schürze wies nicht die üblichen Fettspritzer oder Senfflecken auf, sondern blitzte in einem frischen Beige. Kunstvoll jonglierte er zum Zeitvertreib mit der Grillzange. Munter grillte ein einsames Nackensteak vor sich hin. Daneben ein Dutzend Grillwürste, die zu einem Turm gestapelt auf Abnehmer warteten. Max lief das Wasser im Mund zusammen. Hoffentlich gab es hier auch Pommes, denn eine Fritteuse konnte er auf den ersten Blick nirgendwo entdecken. Hoffnungsvoll blickte er zur Getränkeausgabe. Da blitzten die Gläser, die am Getränketresen ordentlich nebeneinander aufgereiht an der Decke hingen, im Sonnenlicht und glänzten um die Wette. Der Schankwirt lächelte und freute sich auf Umsatz. Es sprach nichts dagegen, hier einzukehren. Außerdem konnte man draußen sitzen, was bei den sommerlichen Temperaturen einfach herrlich war. Kurze Zeit später nahm er auf einer der wackeligen Bierbänke im Außenbereich Platz. Paula stand am Tresen und wartete, dass ihr das frisch gezapfte Bier ausgehändigt wurde. Vermutlich hatte sie den Hinweis »An den Tischen nur mit Bedienung« nicht gesehen. Trotzdem kehrte Sie nach kurzer Zeit mit zwei bis zum Rand gefüllten Humpen zum Platz zurück.

»So bitte schön. Lass uns erst mal anstoßen.«

»Prost. Auf uns«, antworte Max kurzerhand und hob das Glas bedeutungsvoll in die Höhe.

»Auf uns. So jung kommen wir nie wieder zusammen. Was wollen wir hier heute alles machen?«, fragte Paula aufgeregt.

»Ich kann dir sagen, was ich nicht machen werde. Ich werde in keine dieser Kotzschleudern mehr einsteigen. Da kriegen mich keine zehn Pferde rein. Auch du nicht. Nein danke. Sonst ist der Abend für mich komplett gelaufen«, erwiderte Max nüchtern.

»Schade. Aber vielleicht hast du recht. Du bist eben eher der gemütliche Typ. Für rasante Geschichten bist du einfach nicht gemacht. Und wenn ich ehrlich bin, bist du immer noch ziemlich grün um die Nase«, warf sie ein und nahm einen kräftigen Schluck.

»Grün um die Nase ist eine nette Umschreibung dafür, dass ich vor wenigen Minuten alles vollgekotzt habe. Zumal ja auch noch Unbeteiligte davon betroffen waren. Oh Mann, das gab einen Ärger eben.«

»Na ja, ist ja noch mal alles gut gegangen. Das war bestimmt nicht der erste Vorfall. So schnell, wie der Mann von der Kasse mit einem Wasserschlauch um die Ecke kam. Und die beiden blonden Hupfdohlen waren mit einem Ticket für eine Freifahrt doch auch schnell besänftigt. Außerdem ist Batik-Muster wieder in. Ich hoffe nur für Sie, dass sich der Geruch aus den Klamotten schnell verflüchtigt. Sonst dürften sie es schwer haben, heute noch was klar zu machen. Selbst bei dem knappen Outfit. Na ja, wechseln wir besser das Thema. Also was unternehmen wir jetzt? Wie wäre es mit Achterbahn fahren?«

»Da bin ich dabei. Nach dem zweiten Bier«, witzelte Max aus der Not heraus, denn er wollte auf keinen Fall, dass sich der Begriff des gemütlichen Typus in Zusammenhang mit seinem Namen bei Paula festsetzte. »Ich glaube, der Fünfer-Looping ist in diesem Jahr wieder dabei, falls das was für dich ist?«

»Okay, ist gebongt. Aber was ist das denn?«, fragte Paula und zeigte in die entgegengesetzte Richtung. »Das da hinten«.

In diesem Moment schob sich eine Wolke vor die Abendsonne und verdunkelte den Himmel. Das Fahrgeschäft stand in einiger Entfernung. Durch die Lücken in den Reihen konnte er den überdimensionierten Schriftzug deutlich lesen: *Nightmare.*

»Das müsste die große Geisterbahn sein«, sagte Paula. »Erinnerst du dich? Das war doch die Topneuheit auf dem Frühlingsdom. Und dann bekam die Bahn keine Freigabe vom TÜV und wurde die ersten drei Wochen stillgelegt. Das war auch der Grund, warum wir es beim letzten Mal nicht geschafft haben, damit zu fahren. Das sollten wir jetzt schleunigst nachholen.«

»Ja, ich erinnere mich. Da war irgendwas. Hm, keine Freigabe? Vielleicht war sie zu gruselig?«

»Das wird ja wohl kaum der Grund sein. Aber das können wir gleich rausfinden. Los komm. Nun mach schon.«

»Warte, ich trinke nur noch kurz mein Bier aus. Wollen wir da wirklich mitfahren? Du weißt doch, ich bin immer so schreckhaft.«

»Ja, aber du erschreckst dich ja schon, wenn irgendwo eine Tür zufällt. Du bist kein Maßstab. Sorry.«

»Boah, bist du fies«, lachte Max. »Ich bin nur wegen der Zombies noch ein wenig unschlüssig.«

»Welche Zombies?«

»Hattest du das nicht gelesen? Bei der Geisterbahn legt man doch einen Teil der Fahrt zu Fuß zurück und wird dabei von Zombies verfolgt.«

»Noch ein Argument mehr, da unbedingt mitzufahren. Du weißt doch, ich stehe total auf Zombies. Komm, das müssen wir uns unbedingt aus der Nähe anschauen.«

Max verdrehte die Augen. Einige von Paulas Vorlieben waren ihm äußerst suspekt.

»Ja okay. Ich bin ja schon ruhig. Du hast gewonnen. Ich ruf mal die Bedienung, dass wir zahlen wollen.«

Als sie die Bauernkate verließen, war auf dem DOM deutlich mehr los. Und je später der Abend, desto illustrer wurde das Publikum. Ein zügiges Vorankommen war kaum mehr möglich, und so lief Paula im Zickzack die Wegstrecke entlang, während Max versuchte, mit ihr Schritt zu halten. Endlich an der Geisterbahn *Nightmare* angekommen, verdichteten sich die Wolken, als ob anderes Wetter aufziehen würde. Max schaute in den dämmrigen Abendhimmel.

»Es sieht nach Gewitter aus«, unkte er.

»Ach so ein Quatsch, ein paar dunkle Wolken am Himmel haben noch nichts zu bedeuten. Komm, wir stellen uns an«.

»Paula, siehst du nicht die lange Warteschlange davor? Die reicht ja bis da hinten um die Ecke. Und warte mal, da steht ein Hinweisschild: *Ab hier 30 Minuten Wartezeit.* Darauf habe ich jetzt keinen Bock. So lange zu warten und sich die Beine in den Bauch zu stehen. Dann breche ich zusammen. Lass uns erst was anderes machen. Wir können ja später noch mal herkommen.«

»Hm, das ist jetzt aber total bescheuert, ich hatte mich so darauf gefreut. Ich glaube zwar nicht, dass es später anders aussieht. Aber du hast recht, mehr als eine halbe Stunde anstehen das ist mir auch zu heftig. Wir gehen erst mal weiter.«

Da sie Zeit gewonnen hatten, konnten sie ihren DOM-Bummel in Ruhe fortführen. Sie schoben sich durch die Menschenmassen vorbei an den Attraktionen. Den Freitagabend nutzen viele Kieztouristen und Partygänger, um mit einem Besuch auf dem DOM zu starten. Nachdem sie einige Bier nachgetankt hatten, war die Stimmung vollends fröhlich und ausgelassen. Max ließ sich zu einer Fahrt mit der Fünfer-Loopingbahn breitschlagen, und überlebte zwei Runden im Autoscooter, weitestgehend unfallfrei mit nur leichten Aufprallschäden. Kurz darauf verspürte er eine leichte Übelkeit. Zum zweiten Mal heute. Sein Magen meldete sich und verlangte nach fester Nahrung. Er hatte seit dem Frühstück nichts mehr Richtiges gegessen, und auf der Shoppingtour am Nachmittag war lediglich ein kurzer Kaffee-Stopp drin gewesen. Paula war wieder einen Schritt voraus und winkte ihn zu sich heran. Sie wollte zum Dosenwerfen. Etwas, das Max niemals in Betracht gezogen hätte, außer wenn er sich Utes Gesicht auf den Dosen vorstellte. An der Wurfbude angekommen, hielt sie bereits ein Körbchen mit drei Bällen in der Hand. Ein nahezu am ganzen Körper tätowierter Mann mit Zigarettenstummel im Mundwinkel nuschelte etwas von drei Euro für drei Wurf. Max war beeindruckt, dass reden und rauchen gleichzeitig funktionierte. Die Zigarette war wie angeklebt fixiert und qualmte beständig vor sich hin. Wie eine Dampflokomotive im Stand-by-Modus. Max bemerkte, dass auch seine Fingerknöchel auffällig tätowiert waren. Er musste genauer hinschauen und erkannte die Buchstaben D-E-A-T-H. Death. Tod. Unheimlich, dieser Typ. An der Geisterbahn wäre das ein cooles Gimmick gewesen, hier wirkte es eher deplatziert und skurril. Bevor er weiter darüber nachdenken konnte, wollte Paula loslegen und verlangte seine volle Aufmerksamkeit. Sie war aus seiner Sicht, rein körperlich gesehen, zwar nicht die athletischste Erscheinung, obwohl ihr Trainingsanzug durchaus sportlichen Charakter hatte. Das alles sollte jedoch nicht darüber hinwegtäuschen, dass sie drahtig und auf Zack war. Und sie hatte Kraft. Das bekam Max immer dann zu spüren, wenn sie ihn aus Spaß in die Seiten kniff. Er hasste das, ließ sie jedoch gewähren. Paula nahm einen der Bälle in die Hand und eine professionelle Haltung ein. Wie eine Kugelstoßerin vor ihrem nächsten Wurf. Neben ihnen standen ein paar Halbstarke, die das Geschehen aufmerksam verfolgten. Max hörte, wie sie hinter vorgehaltener Hand, aber dennoch hörbar über sie witzelten.

»Hätte ich den Ball in der Hand, würde ich nicht auf die Dosen zielen, sondern auf eine dieser Hackfressen«, murmelte Max leise.

In Wirklichkeit hätte er niemals den Mut aufgebracht, so eine Aktion zu bringen. Paula schon, und er hoffte, dass sie es nicht gehört hatte und kein Theater anzettelte.

Sie holte weit aus, schnaufte tief ein und zielte, ohne zu zögern, auf den aufgestapelten Turm. Beim ersten Versuch schaffte sie es direkt, die Hälfte der zehn Dosen vom Brett zu werfen. Nicht schlecht für den Anfang. Er würde Mühe haben, überhaupt in die Nähe nur einer Büchse zu kommen. Der zweite Wurf war nicht weniger beeindruckend. Zwei weitere fielen krachend herunter. Beim dritten Mal räumte sie den Rest ab. Die Jungs am Rand hatten längst das Interesse verloren und waren davongezogen. Schade, dass sie das grandiose Finale und Endergebnis nicht mehr mitbekommen hatten. Obwohl Paula sämtliche Dosen ihres Turmes mit drei Bällen abgeräumt hatte, fiel der Preis eher bescheiden aus. Sie hatte die Wahl zwischen einem roten Riesenkugelschreiber oder einer Tasse mit DOM-Logo. Max hoffte, dass sie sich für den Stift entschied. Die Melange aus roten Lippen, Liebesapfel und Stift hätte das Trio an Farbigkeit komplettiert. Und es hätte prima zum ansonsten grauen Look gepasst. Doch sie nahm die DOM-Tasse.

Euphorisch über den unerwarteten Gewinn, schoben sie sich weiter durch die Massen. Kurze Zeit später kamen sie erneut zum Stehen. Eine Menschentraube hatte sich vor einer Schaubude versammelt. Max reckte seinen Hals, konnte aber nichts Genaues erkennen. Er schob Paula durch eine schmale Lücke mit dem Auftrag, rauszufinden, was es hier zu sehen gebe. Da sie nicht zurückkam, drängelte er sich weiter zu ihr vor. *Revue der Illusionen* prangte in großen Buchstaben an der bunt erleuchteten Fassade. Motive von Zauberern, Fakiren und barbusigen Nixen kündigten mystische und zauberhafte Darbietungen an. Der Schauplatz war hell erleuchtet. Etwas erhöht auf einer Freifläche und somit gut sichtbar, sprach eine Frau in einem eleganten weißen Kleid zum Publikum:

»Sie erleben eine geheimnisvolle, mystische Frau: Madame Afrana. Diese Frau kennt Sie nicht, sie hat Sie noch nie gesehen. Sie betritt die Bühne, bekommt die Augen fest verbunden. Sie äußern im Zuschauerraum nur den Wunsch, und sie kann Ihnen sagen, wann sie geboren sind. Sie wird Ihnen den Tag, den Monat und das Jahr sagen. Sie sagt Ihnen auch die Zukunft, wenn Sie das möchten. Hier draußen können Sie das glauben oder nicht, aber im Inneren der

Show kommen Sie aus dem Staunen nicht mehr heraus. Und wir zeigen Ihnen noch mehr.«

Ein Metallgestell auf Rädern wurde gut sichtbar in die Mitte geschoben. Auf einer Art Trage lag etwas Undefinierbares unter einem langen weißen Tuch verborgen. An dem einen Ende, wo man den Kopf erwartete, war eine merkwürdige beleuchtete Apparatur angebracht. Durch eine Art Sichtfenster konnte man komplett hindurchschauen.

»Aus Russland bei uns zu Gast. Arabella, die Dame ohne Unterleib. Arabella ist 25 Jahre alt, das Kind normaler Eltern, geboren in einem kleinen Bauerndorf bei St. Petersburg geboren. Sie spricht, sie unterhält sich mit Ihnen, sie freut sich immer wieder, viele Besucher zu begrüßen. Meine Damen und Herren, wir zeigen Ihnen hier, einmalig auf der ganzen Welt, aus der größten Sensationsshow, aus der Barnum und Bailey Show aus Nordamerika, das lebende Mädchen ohne Kopf. Und es ist keine Puppe, keine Wachsfigur, kein Spirituspräparat. Es ist ein lebender Mensch aus Fleisch und aus Blut, wie wir alle. Ich werde das Tuch jetzt öffnen, aber kommen Sie alle noch etwas dichter und näher ran. Kommen Sie dichter und näher, von dort hinten können Sie ja gar nichts sehen.«

Das Tuch wurde halbseitig beiseitegeschoben, und ein menschlicher Körper kam zum Vorschein. Das sonderbare Wesen bewegte elegant die Hände und winkelte gekonnt ein Bein an. Max war verblüfft und lauschte gespannt.

»Auf geht's, nicht so ängstlich, nicht so schüchtern. Hier draußen ist's umsonst. Und überzeugen Sie sich selbst davon. Hier draußen können Sie darüber denken, wie sie möchten; im Inneren der Show werden Sie sprachlos sein, denn dann sehen Sie die Frau natürlich, nicht wie hier auf dem Wagen liegend, sondern so wie dort auf dem Plakat abgebildet. Auf einer hell erleuchteten Bühne, aufrecht sitzend auf einem Stuhl. Ein Anblick, meine Damen und Herren, den Sie nicht vergessen werden. 15 Minuten dauert die Show.

Und weil Sie heute so ein nettes Publikum sind, geben wir jetzt einmal eine Sondervorstellung. Das heißt: für alle halbe Eintrittspreise. Die kleinen Kinder bis drei Jahre sind frei. Und alle anderen keine drei Euro wie nachher wieder. Jetzt 1,50 € auf allen Plätzen. Wenn Sie dabei sein wollen, auch wer Karten hat. Auf geht's, oben heraufkommen, oben anschließen. Halbe Eintrittspreise jetzt nur noch zu dieser Show. Es ist jetzt sofort Beginn und Start.«

Nach der Aufforderung drängte sich ein Pulk von Schaulustigen zur Kasse, um sich das Erlebnis nicht entgehen zu lassen. Max wurde bereits unruhig und drängelte.

»Paula, wollen wir das machen?«

»Nee, ich weiß nicht.«

»Ach komm schon. Sonst musst du mich immer überreden. Jetzt bin ich mal dran.«

»Dass du dir das anschauen möchtest.«

»Ja, warum denn nicht. Willst du nicht Madame Anabelle, die Frau ohne Kopf, sehen?«

»Arabella. Mit Kopf, aber ohne Unterleib.

»Wie?«

»Sie heißt Arabella. Steht da zumindest auf dem Plakat, auf dem sie abgebildet ist.«

»Okay, wie auch immer. Also was ist jetzt? Die Show fängt an. Komm schon.«

Max löste zwei Eintrittskarten an der Kasse. Durch einen Korridor gelangten sie ins Innere, wo sie in einem spärlich beleuchteten Salon auf einer der Holzbänke Platz nahmen. Der Raum war gefüllt mit Schaulustigen, die genauso gespannt warteten. Paula schien halbwegs interessiert, denn sie blickte gebannt nach vorne. Die Bühne war mit einem roten Samtvorhang vor neugierigen Blicken verdeckt. Das Licht ging aus. Pianomusik setzte ein. An den Wänden flackerten vereinzelt Lampen im Takt der Musik. Der Vorhang wurde beiseitegezogen, und eine zierliche Frau in einem blauen Paillettenkleid betrat die kleine Bühne. Es folgten

Zaubertricks mit einem Zylinder und bunten Tüchern. Ein weiterer schwarzer Vorhang im Hintergrund wurde freigelegt und eine der angekündigten Weltsensation präsentiert. Max staunte. Sie saß in einem kleinen weißen Kabinett auf einem Stuhl, bewegte elegant ihre Arme und Beine – nur der Kopf fehlte. Paula verdrehte die Augen. Max war begeistert. Er stellte sich Ute vor, wie sie ohne ihre Gedächtniszelle durch die Gegend lief. Ein lustiger Anblick. Wie sie mit ihren Armen wedelte, um ihm plausibel zu machen, was sie wollte. Sprechen funktionierte ja nicht. Schnell verwarf er die absurde Vorstellung von einer Chefin ohne Kopf. Der Vorhang wurde wieder zugezogen, und das Licht ging an. War das schon das Ende der Vorstellung? Die Frau im blauen Kostüm und eine weitere Dame, die Max zuvor noch nicht gesehen hatte, betraten die Bühne und stiegen die Treppen hinab in den Zuschauerraum. Sie wurde als Madame Afrana angekündigt. Die Frau, die in die Zukunft sehen konnte. Zunächst erriet sie blitzschnell das Geburtsdatum von einigen Freiwilligen. Und traf jedes Mal ins Schwarze. Da schien sogar Paula beeindruckt.

»Sehr geehrtes Publikum, wir danken Ihnen für den Besuch. Wenn es Ihnen gefallen hat, empfehlen Sie uns weiter, wenn nicht, behalten Sie es bitte für sich. Sie haben jetzt die einmalige Möglichkeit, gegen einen kleinen Obolus von zwei Euro sich von Madame Afrana die Zukunft vorhersagen zu lassen. Sie steht hier unten an der Bühne und wartet auf Sie. Bitte schön, treten Sie näher. Sie haben jetzt die Chance, dass Madame Afrana für Sie einen Blick in die Zukunft wirft.«

Max schielte zu Paula. Sie ahnte, was er vorhatte.

»Auf gar keinen Fall«, entgegnete sie ihm energisch.

»Ach bitte. Komm schon. Tu es mir zuliebe. Ich würde das wirklich so gerne machen.«

»Du glaubst doch nicht wirklich, dass sie dir oder mir die Zukunft voraussagen kann?«

»Warum denn nicht? Sie hat doch auch die Geburtsdaten von den Leuten hier im Zuschauerraum richtig vorhergesagt.«

»Ach Max.«

»Also, was ist jetzt? Wir müssen uns schnell entscheiden.«

»Na gut. Du gibst ja sonst keine Ruhe.«

»Perfekt. Los, wir stellen uns an. Madame Afrana scheint sehr begehrt zu sein.«

Es dauerte nicht lange, da waren sie an der Reihe. Sie waren die Letzten gewesen, die einen Blick in die Zukunft wagten. Alle anderen Besucher waren bereits gegangen. Max war aufgeregt und verspürte ein leichtes Kribbeln in seiner Magengegend, als er vor Madame Afrana stand. Sie trug einen langen Lodenmantel mit Pelzbesatz und hatte eindrucksvoll leuchtende Augen. Paula würde sagen, dass dies am flackernden Licht lag, aber er nahm die besondere Aura war, die sie ausstrahlte. Max legte zwei Münzen auf den kleinen Tisch.

Entgegen der Erwartung fragte Madame Afrana nach dem Sternzeichen und drückte ihnen dann einen kleinen ausgedruckten Zettel mit einem Horoskop in die Hand. Max war verunsichert.

»Verzeihung, aber wir wollten von Ihnen die Zukunft vorhergesagt bekommen.«

»Die steht auf dem Zettel«, zwinkerte ihm Madame Afrana zu.

»Ich will nicht unhöflich sein«, erwiderte Max. »Aber das habe ich mir ein wenig anders vorgestellt.«

»Ich sag euch mal was. Ich sehe voraus, dass die nächste Show in einer halben Stunde wieder von vorne losgeht. Es ist echt nett, mit euch zu plaudern, aber ich habe noch keine Zeit gehabt, etwas zu essen. Wenn ihr mich jetzt entschuldigen würdet. Ich habe einen Bärenhunger.«

Max war aufrichtig enttäuscht, und Paulas hochgezogene Augenbrauen sowie ihr süffisantes Lächeln gaben ihm den Rest. Madame Afrana stand auf und begab sich Richtung Seitenausgang. Dann drehte sie sich noch mal um.

»Ihr wollt wirklich einen Blick in die Zukunft wagen? Dann geht zur großen Achterbahn. Wenn ihr direkt davorsteht, seht ihr rechter Hand einen kleinen Schindelwagen. Dort findet ihr Esmeralda. Die kann euch weiterhelfen.«

Eine knappe Viertelstunde und etliche Überredungsversuche in Paulas Richtung später standen sie vor einem mit Holz vertäfelten, hübsch verzierten Wagen mit zwei trutzigen Lampen neben der Eingangstür. Verunsichert blickten sich beide an. Ein roter Teppich führte vom Vorbereich über die Treppen direkt zum Eingang. Die Tür stand offen, aber man konnte nicht in das Innere spähen. Neben der Tür auf der rechten Seite standen ein roter Polsterstuhl und eine goldene Laterne, in der eine Kerze im Takt der Musik des gegenüberliegenden Fahrgeschäfts flackerte. Eine Schautafel zeigte Zeitungsausschnitte und Fotos von prominenten Gesichtern. Max nickte zufrieden. Hier waren sie absolut richtig.

»Na, was sagst du, Paula? So habe ich mir das vorgestellt. Traust du dich?«

Max wusste, dass er sie mit dieser Frage locken konnte, auch wenn sie sich auf dem Weg hierher ziemlich geziert hatte.

»Was denkst du denn? Logo. Machen wir es. Nach dir bitte«, sagte sie und deutete ihm an, dass er vorausgehen sollte.

Er hasste es insgeheim, wenn sie ihm den Ball wieder zurückspielte. Entschlossen nahm er die erste Stufe der Treppe, zögerte dann jedoch für einen Moment. Von hier aus konnte er ins Innere sehen. An einem Tisch saß eine Frau in einem wallenden knallig roten Kleid und einer mit Rüschen verzierten weißen Bluse.

»Hallo. Kommt rein. Nur nicht so schüchtern. Ich beiße nicht«, kam es ihm entgegen.

Max drehte sich um und schob Paula nach vorne. Unsicher blickte er sich um, während er ihr die restlichen Stufen noch oben folgte und den Wagen der Wahrsagerin betrat.

»Mein Name ist Esmeralda. Was kann ich für euch tun?«

»Ja, ähm ... hallo. Das ist meine Freundin Paula, und ich bin Max. Können Sie für uns einen Blick in die Glaskugel werfen?«

»Ich habe zwar keine Glaskugel, aber ich kann euch in allen Lebenslagen mit Rat und Tat zur Seite stehen.«

»Das klingt gut. Das nehmen wir«, sagte Max, ohne darüber nachzudenken, was er da gerade eingekauft hatte.

»Können Sie mir aus der Hand lesen?«, fragte Paula von der Seite.

»Wenn ihr wollt, lese ich euch auch aus der Hand. Nehmt Platz, das müssen wir ja nicht im Stehen besprechen.«

Im Inneren des Wagens war das Licht gedämpft, es verlieh dem Raum eine mystische Atmosphäre. Auf sie warteten zwei plüschig aussehende rote Ohrensessel mit golden verzierter Holzumrandung. Der Tisch mit einem samtigen Tischtuch war passend in einem kräftig roten Farbton gehalten. Max deutete mit der Hand an, den gemütlichen Sessel an Paula abzutreten, aber sie setze sich direkt auf einen kleinen ebenfalls rubinroten Sitzwürfel in der Nähe der Tür. Er sah, wie sie nach oben schielte. An der Decke funkelten Tausend winzige Lichter an einem dunklen Dachhimmel. Für einen kurzen Moment vergaß er alles um sich herum und ließ seinen Gedanken freien Lauf, bis Paula ihn gegen das Schienbein trat, um ihn daran zu erinnern, warum sie hier waren.

»Soll ich dir alles sagen oder nur das Gute, das ich sehe?«, fragte Esmeralda.

»Fangen wir mal mit dem Guten an«, freute Max sich.

Esmeralda deutete an, dass er seine Hand vorzeigen und auf dem Tisch ablegen sollte. Mutig streckte er den Arm aus. Kaum merklich und behutsam fuhr sie mit ihrem Zeigefinger an den Linien in der Handinnenfläche entlang. Ein wohliger Schauer überkam ihn. Erst jetzt fielen ihm ihre rabenschwarzen Haare auf, und während sie ihm aus der Hand las, lauschte er gebannt den Worten von ihren knallroten Lippen.

»Aus deiner Hand kann ich die Vergangenheit, die Gegenwart und die Zukunft lesen«, sagte sie.

Mit großen Augen verfolgte er ihre Aussagen und sah, dass Paula mittlerweile näher herangerückt war und zu seiner Verwunderung mehrmals mit dem Kopf nickte. Alles, was sie sagte, stimmte auf eine Art und Weise, die unheimlich war.

Esmeralda sah ihn eindringlich an und schloss ihre Augen für einen Moment. Ihre Hände umfuhren langsam und rhythmisch seinen Kopf, ohne ihn zu berühren. Dabei atmete sie hörbar tief ein und aus.

»Ich sehe es ganz deutlich. Du stehst vor einer großen Veränderung«, orakelte sie, »schon bald wird sich dein Leben entscheidend verändern.«

»Okay Max, jetzt bin ich dran«, bestimmte Paula ungeduldig, als könne sie es auf einmal nicht erwarten, an der Reihe zu sein. »Sie können mir alles sagen, ich möchte alles wissen.«

Mutig streckte sie den Arm aus. Max zögerte, gab sich dann jedoch geschlagen. Warum hatte sie sich anfangs so geziert, wo sie jetzt genau fasziniert schien wie er? Nun gab es auch für Paula keinen Weg zurück.

»Ich sehe etwas auf dich zukommen. Eine Begegnung, die dir in der Zukunft widerfahren wird. Und ich sehe Dunkelheit. Diese Dunkelheit ist nicht in dir, aber sie umgibt dich. Du musst vorsichtig sein.«

Esmeralda stoppte abrupt, ihre Stimme klang ernst und entschlossen. Paula zog instinktiv die Hände zurück. Erschrocken schaute sie Max an, ehe er Blick zurück zu der Wahrsagerin wanderte. Plötzlich sprang Paula auf, schnappte sich ihren Rucksack und rannte aus der Tür ins Freie. Bevor Max hinterhereilen konnte, zog ihn Esmeralda am Arm näher zu sich heran und hauchte ihm einen Rat ins Ohr.

»Ich habe etwas gesehen. Erst war es noch schemenhaft, aber jetzt sehe ich es ganz deutlich. Ein unvorhergesehenes Ereignis wird euch ereilen. Vertrau nicht blind dem Schicksal, das könnte gefährlich sein. Pass gut auf deine Freundin auf. Sie ist vielleicht in großer Gefahr«, sagte sie in Max' Richtung.

»Was hat das zu bedeuten?«

»Du brauchst keine Angst vor der Zukunft zu haben. Ich habe etwas angedeutet, was passieren kann, aber nicht muss. Jeder Mensch lenkt sein Leben selber, ich gebe nur die Ratschläge, um den richtigen Weg einzuschlagen und eventuelle Hindernisse zu umgehen. Du solltest dir und deinem Gefühl vertrauen«, sagte sie entschlossen und ohne zu zögern.

»Ich verstehe nur Bahnhof«, platzte es aus ihm heraus.

»Ich habe dir alles gesagt, was du wissen musst. Du wirst den Weg erkennen, wenn es an der Zeit ist. Wenn du mich jetzt entschuldigst. Ich bin erschöpft und würde mich gerne zurückziehen.«

Sie wirkte ernsthaft besorgt, strahlte dabei jedoch eine Ruhe aus, die ihn sogleich mit Zuversicht füllte. Bevor er erneut nachfragen konnte, war sie hinter einem Vorhang verschwunden.

»Esmeralda«, rief Max ihr hinterher.

Seine Rufe blieben unbeantwortet.

Draußen vor dem Wagen traf er auf Paula. Inzwischen hatte sie sich beruhigt und lachte wieder. Max beschloss, den letzten Satz der Wahrsagerin erst mal für sich zu behalten.

»So ein Blödsinn da drinnen. Fast wäre ich darauf reingefallen.«

»Hm, ich weiß nicht, was ich davon halten soll. Jahrmarktattraktion hin oder her. Ich fand das schon ... na ja, sagen wir mal ... beeindruckend.«

»Mag sein. Beeindruckend schlecht. Zumindest, was meinen Part der Vorhersage angeht. Aber deine Zukunft sieht doch ganz gut aus. Du solltest dich nicht beschweren. Eine große Veränderung kommt auf dich zu. Wow. Das hätte ich dir auch voraussagen können. Dazu muss ich keine Wahrsagerin sein. Das trifft doch auf jeden zu. Mehr oder weniger. Ach was soll's. Wir lassen uns dadurch nicht den Abend verderben, oder?«

Max legte seine Stirn in Falten. Esmeralda hatte auf ihn nicht den Eindruck gemacht, als verbreite sie unbedarft ihre Vorhersagen. Irgendetwas hatte sie gesehen, etwas, das nichts Gutes erahnen ließ. Dunkle Wolken am Horizont deuteten auf das aufziehende Unwetter oder bereits auf drohendes Unheil hin. Prüfend schaute er in den nächtlichen Himmel, ließ sich jedoch nichts anmerken. Sie gingen weiter, aber Max bekam die Worte von Esmeralda nicht mehr aus dem Kopf. Paula hingegen war schon wieder ganz die Alte und ließ sich die Laune nicht verderben. Später würde er noch einmal in Ruhe mit ihr reden müssen.

Da sich bisher niemand um seinen knurrenden Magen gekümmert hatte, schlug er vor, beim nächsten Imbiss einen Zwischenstopp einzulegen. Sie hatten Glück, nach wenigen Metern kündigte sich die Rettung an: ein *Wurstpalast.* Das klang vielversprechend. Je näher sie kamen, desto lauter knurrte sein Magen. Es war allerhöchste Zeit, dass er etwas zu futtern bekam. Hoffentlich gab es hier nicht nur Wurst, sondern auch Pommes. Paula folgte ihm auf den Schritt, das konnte nur heißen, dass sie ebenfalls Hunger hatte. Am

Wurststand angekommen, tauchte ein blonder Kopf hinter dem Tresen auf, und eine Frau begrüßte sie freudig, ja beinahe überschwänglich. Ihre Haare waren zu einem Turban hochgesteckt. Sie war eine sonderbare Erscheinung auf den ersten Blick, hatte jedoch zugleich etwas Faszinierendes an sich.

»Was kann ich für euch beiden Süßen denn Gutes tun?«, fragte die Frau hinter dem Tresen.

Max blickte zu Paula, die die Augen verdrehte.

Er studierte die überschaubare Angebotstafel und entschied sich für den Klassiker, den er immer nahm.

»Ich nehme eine Currywurst mit Pommes«, ging er mutig voran.

»Mayo oder Ketchup auf die Pommes?«

»Beides bitte.«

»Ja, mach ich fertig. Dauert aber einen kleinen Moment. Und für dich Schätzchen? Das Gleiche wie für deinen Freund?«

Paula lief rot an wie ein Liebesapfel. Prompt passte die Gesichtsfarbe zu ihrem Lippenstift.

»Ich bin zwar nicht Schätzchen, aber ich nehme dasselbe. Und zwei Colas. Einmal normal, einmal light. Und dazu noch ein Bier.«

»Na, da hat aber jemand Durst«.

»Du nimmst doch ein Bier, oder?«, rief sie zu Max rüber. Er nickte.

»Gute Wahl, Kleiner.« Die Tresenfrau zwinkerte ihm zu. »Macht es euch schon mal an dem Stehtisch gemütlich. Ich sag euch Bescheid, wenn das Essen fertig ist. Hier, Cola und Bier.«

»Kann ich noch ein Glas dazu haben?«, fragte Paula.

»Bist wohl kein Flaschenkind? Klar, hier bitte.«

Max und Paula gingen zu einem der beiden Stehtische. Paula hatte eine merkwürdige Angewohnheit, wenn sie Cola trank. Sie mischte normale Cola mit der Light-Variante, weil das ihrer Meinung nach am besten schmeckte und einen ausgewogenen Mix aus Kalorien und Geschmackserlebnis darstellte. Max schaute skeptisch, obwohl er das Prozedere kannte. Paula wirkte zufrieden, wenn er ihren Gesichtsausdruck richtig deutete.

»Das ist ja mal eine Persönlichkeit«, stellte Paula fest. »Nicht auf den Mund gefallen.«

»Ja, ein heißer Feger«, scherzte Max unbedarft und versuchte, es bewusst ironisch klingen zu lassen.

Paula ahnte vermutlich nicht, dass er sie tatsächlich auf eine Art attraktiv fand, aber sie verdrehte wieder die Augen. Bereits zum zweiten Mal in kurzer Zeit. Irgendetwas schien sie zu stören, aber er wusste nicht was. Während sie auf ihr Essen warteten, blickte Max in Richtung des Grills. Rauchschwaden stiegen auf und verbreiteten den Duft nach leckeren Pommes. Der heiße Feger hinter dem Tresen werkelte vor sich hin. Sie bestückte die Fritteuse mit einer ordentlichen Portion Pommes, die Würstchen brutzelten munter im Fett der Warmhalteplatte. Es roch köstlich. Und noch mal doppelt gut, wenn man einen Bärenhunger hatte. Er blickte auf den Verkaufswagen, der einfach gehalten war, aber immerhin gerade ihre Grundversorgung sicherstellte. Auf den Fahnen am Wagen stand in deutlichen Buchstaben *Susis Wurstpalast*. Das passte. Schon war die Bestellung fertig zubereitet, und die vermeintliche Susi platzierte die zwei Teller fachgerecht auf dem Tresen. Max beglich zunächst die Rechnung. Auf einem Schild weiter hinten am Wagen stand: *Aushilfe gesucht.* Max fiel ein, dass es früher fast an jedem Fahrgeschäft ein Schild gab mit dem Spruch: Junger Mann zum Mitreisen gesucht. Heutzutage hatte das eher Seltenheitswert, es war wohl nicht mehr zeitgemäß.

»Hier Kleiner, lasst es euch schmecken. Ist mit Liebe zubereitet. Wenn du noch was brauchst, lass es mich wissen.«

Max lächelte verschmitzt. Auf dem Schild an ihrem drallen Busen stand der Name Susi. Er hatte richtig getippt, sie war die Inhaberin. Unter dem Tresen hörte er ein leises Fiepen. Für einen kurzen Augenblick war er irritiert, denn er konnte das Geräusch nicht zuordnen. Vielleicht eine Ratte? Ein hohles Kläffen folgte, das ihn an ein Eichhörnchen erinnerte. In diesem Moment guckte der fauchende und Zähne fletschende Kopf eines Hundes im Handtaschenformat um die Ecke. Das musste ein Chihuahua oder so was Ähnliches sein. Das würde zu dem Kopf und dem Verhalten passen. Seine Nachbarn hatten so einen. Nur in anderer Farbe. Ein ungemein gefährliches Tier. Es war fast unmöglich, unbemerkt an ihm vorbei die Treppen in seine Wohnung zu kommen, ohne dass er Alarm schlug. Er blickte zu Paula, sie war mit ihrem Handy so vertieft beschäftigt, dass sie nichts um sich herum mitbekam.

»Rüdiger! Aus! Platz! Zurück mit dir in dein Körbchen. Aber schnell.«

Der Hund zuckte kurz zusammen und spitzte die Ohren. Es sah aus, als wenn er abwog, entweder zu gehorchen oder rebellisch zu sein. Dann verschwand er wieder dahin, woher er gekommen war. Nur ein leises Knurren war noch zu vernehmen. Max überlegte, ob er etwas sagen sollte, aber ihm fiel nichts Gescheites ein. Verdammt, warum war er nicht so schlagfertig wie Paula. Die hätte bestimmt einen flotten Spruch auf Lager gehabt. Er nahm die beiden Teller mit einem Berg Pommes und zwei üppigen Würstchen vom Tresen und versuchte, alles unbeschadet an den Tisch zu balancieren. Der Ketchup schwappte über und tropfte an seinen Fingern runter. Er sah, wie Susi ihm hinterherpfiff und zuzwinkerte. War das gerade wirklich passiert? Hatte sie mit ihm geflirtet? Wenn er dafür nur etwas empfänglicher wäre und nicht so schüchtern, hätte er zurückgezwinkert. So sah er zu, dass er mit dem Tablett in Richtung Paula vorankam. Zum Glück hatte sie nichts mitbekommen, sonst würde sie die Augen verdrehen. Er blickte sich noch mal um in Richtung Tresen. Susi wedelte ihm mit einer Handvoll Papierservietten zu, die er dankend annahm.

»Also, dann mal einen guten Appetit.«

»Danke. Dir auch. Das sind ja mal ordentliche Portionen. Ich hoffe, du wirst satt«, scherzte Paula. »Du hattest doch einen mega Hunger.«

»Na ja, schauen wir mal. Du weißt ja, zu Hause futter ich sogar eine Großpackung Pommes aus dem Ofen alleine weg.«

Paula lachte. Fünf Minuten später waren beide Teller zur Hälfte leergeputzt.

»Übrigens, suchst du nicht einen neuen Job? Hier wäre einer frei«, fragte er sie mit seiner naiven Unbekümmertheit.

»Hier? In der Pommesbude? Um Gottes willen. Nee, lass mal. Dann stinke ich ja den ganzen Tag nach Bratfett.«

»Ich stehe total auf diesen Geruch, ich könnte jeden Tag Pommes essen«, sagte Max unverbesserlich.

Auch wenn er gerade mit seinem Verdacht zu kämpfen hatte, dass hinter den großzügig gesalzenen Fritten eiskaltes Kalkül steckte, um den Getränkeabsatz anzukurbeln.

»Na, dann sollte ich es mir vielleicht doch noch mal überlegen.«

»Nee, lass mal lieber. Deine Eltern würden durchdrehen, wenn du ihnen erzählst, dass du auf dem DOM arbeitest.«

Paula legte ihre Stirn in Denkfalten und schien plötzlich eine Eingebung zu haben.

»Max. Du hast recht. Die würden durchdrehen. Und somit finde ich deine Idee gar nicht so schlecht.«

»Hä? Wie jetzt? Wie meinst du das? Ernsthaft?«

»Ich hab im Moment eh nichts Besonderes zu tun. Da wäre ein Nebenjob gar nicht so schlecht. Wäre ja auch nur für einige Wochen. Ich wollte schon immer mal auf dem DOM arbeiten. Außerdem könntest du mich dann jeden Tag besuchen kommen. Stell dir mal vor, wie lustig das wäre. Hier scheint es auch gar nicht so stressig zu sein, das Angebot ist ja überschaubar. Abgesehen von der Tante hinter dem Tresen, die bestimmt ordentlich Dampf macht.«

»Susi!«

»Wie bitte?«

»Na, sie heißt Susi. Das steht zumindest in großen Buchstaben über dem Grill und auch auf ihrem Schild an der Bluse.«

»Machst du hier jetzt einen auf Sherlock Holmes? Na ja, wie auch immer sie heißt. Irgendwie finde ich sie ja ganz witzig auf ihre Art.«

»Sie ist ein Original«, stellte Max fest, wobei er dabei unabsichtlich träumerisch schaute. »Aber du kennst Rüdiger noch nicht.«

»Rüdiger? Wer soll das sein? Ihr Typ? Sag mal, woher hast du eigentlich so viel Informationen?«

»Ich bin einfach aufmerksam und laufe mit offenen Augen durch die Welt. Rüdiger ist ein Hund. Ein Chihuahua, wenn du es genau wissen willst.«

»Max, du machst mich fertig. Komm, wir essen jetzt erst mal weiter. Heißer wird es nicht. Ich werde danach mal mit dieser Susi reden.«

Fünf Minuten später war ihr Hunger gestillt, und Paula brachte das Tablett zum Tresen zurück. Max schaute ihr hinterher. Er war gespannt, ob sie tatsächlich das Gespräch suchte. Susi stand seitlich vom Wagen auf den Treppenstufen und feilte sich die Nägel. Zu ihren Füßen lag Rüdiger. Dieses Mal schien er keine Gefahr zu wittern, da er nicht kläffte. Max sah, wie sich beide angeregt unterhielten. Susi gestikulierte temperamentvoll, stemmte die Hände in die Hüften, nickte mehrmals mit dem Kopf. Zwischendurch glaubte er, dass sie zu ihm rüber schielte. Nach kurzer Zeit kam Paula zurück und berichtet von dem Ergebnis.

»Darf man gratulieren?«, fragte Max erwartungsvoll.

»Ja, ich denke schon. Ab morgen bin ich offizielle Bratwurstwenderin und Fritteusenbeauftragte. Dann mache ich mein Pommes-Diplom. Um 14 Uhr soll ich zum Probearbeiten kommen. Wenn alles gut klappt, kann ich zwei- bis dreimal die Woche hinter dem Grill stehen. Oh Mann, das muss ich meinen Eltern erzählen. Die flippen aus.« Paula grinste bis über beide Ohren.

»Na komm, keine Müdigkeit vortäuschen. Wir sind jetzt ordentlich gestärkt. Trink aus, dann können wir weiter. Wir haben noch viel vor.«

Paula sprang auf. Nach dem Essen und mit der Aussicht auf einen neuen Job war sie voller Energie. Max fühlte sich pappsatt, war aber auch hundemüde. Er wäre am liebsten hier stehen geblieben, hätte sich ausgeruht und mit Susi geflirtet. Doch Paula zerrte schon wieder an ihm, sodass diese Option nicht zur Verfügung stand. Er warf einen letzten Blick zum *Wurstpalast*. Susi hatte Kundschaft und beachtete ihn nicht mehr. Er würde morgen noch mal vorbeischauen. Mit Paula hatte er einen Freibrief gezogen. Er könnte sie an ihrem Probetag hier am Grill besuchen und nebenbei mit Susi plaudern. Sein Herz fing an zu klopfen. Das waren extrem gute Aussichten.

Sie drehten eine weitere Runde über den DOM. Langsam begannen die Füße zu schmerzen. Es war kurz vor Mitternacht, als sie wieder an der Geisterbahn *Nightmare* vorbeikamen; die Warteschlange war immer noch erschreckend lang.

»Das ist ja verrückt. Was die wohl an so einem Tag wie heute verdienen? Die Kasse würde ich abends gerne mal sehen«, sagte Paula.

»Das hat heute keinen Zweck. Wenn wir uns jetzt anstellen, dann ist der DOM schon geschlossen, bevor wir überhaupt drankommen. Guck mal, die Kasse ist eh schon zu. Vielleicht ist das ein Zeichen? Soll einfach nicht sein.«

»Ach bitte, nun komm schon. Beim letzten Mal haben wir es auch nicht geschafft, damit zu fahren. Wer weiß, ob die

Bahn zum nächsten DOM wiederkommt. Das ist vielleicht unsere letzte Chance.«

»Wenn die Kasse schon dicht ist, bekommen wir auch keine Tickets. Der DOM hat doch gerade erst angefangen. Ich verspreche dir, dass wir beim nächsten Mal auf jeden Fall damit fahren.«

»Hm …«, knurrte Paula. »Ich hatte mich schon so auf ein wenig Horror gefreut.«

»Ich hab den Horror jeden Tag auf der Arbeit. Ich kann gut darauf verzichten. Außerdem kann ich dann wieder die ganze Nacht nicht pennen.«

»Vielleicht hast du recht. Komm, wir gehen dann weiter. Hier vor der Geisterbahn zu stehen, aber nicht damit fahren zu können, das deprimiert mich irgendwie.«

Sie gingen weiter. Max hatte das Gefühl, dass Paula schmollte. Das kannte er nicht von ihr. Sie war nicht der Typ dafür, sondern blieb eigentlich immer eine unverbesserliche Optimistin. Der tollste Mensch, den er kannte. Er merkte, wie der mittlerweile bedenkliche Alkoholkonsum die Zunge und Gedanken lockerer machte. Wie konnte er sie wieder aufmuntern? Er musste etwas anderes finden, um sie abzulenken. Hauptsache, er fand etwas, wo sie nicht Ewigkeiten in einer Schlange stehen mussten und nur im Schritttempo vorwärtskamen. Das hätte er jetzt nicht mehr geschafft, nicht nach dem heutigen Tag mit dem Shoppingmarathon am Nachmittag. Jetzt waren sie seit Stunden auf den DOM. Er war Paula etwas schuldig und überlegte, wie er sie aufmuntern konnte. Bevor ihm eine Antwort auf die Frage einfiel, sah er in einer Kehre, abseits vom Hauptbesucherstrom, eine unscheinbare Geisterbahn. Die *Monsterhöhle.* Der Name klang altbacken, er erschien in der heutigen Zeit eher unpassend. Die Fassade bestätigte erste Befürchtungen. Verwittert und gezeichnet von den Spuren der Vergangenheit. Die aufgemalten Gruselfiguren waren alles andere als furchteinflößend. Gespenster, Wölfe und Zwerge mit hervorstehenden Vampirzähnen bildeten die Szenerie. Eine pummelige Eule über der Kasse blinkte planlos mit ihren gelben Augen, sie konnte den Kopf gänzlich um sich selbst drehen.

»Irgendwie putzig«, befand Max in einem Anflug von Nostalgie.

Dass dieses Fahrgeschäft über Jahrzehnte auf- und abgebaut wurde, sah man trotz der Dunkelheit an aufgeplatzten Ecken und deutlich erkennbaren Rostflecken. Merkwürdig, diese Geisterbahn war ihm hier zuvor nie aufgefallen; dabei sah es so aus, als ob sie immer dort verweilte. Auf den wehenden Fahnen stand: *Neue Geister eingetroffen.* Sie kamen näher, Max zog Paula in Richtung Kasse. *Jede Fahrt heute nur 1,50 Euro* stand auf einem billig wirkenden, handgeschriebenen Pappschild. Die durchgestrichene *Zwei* war noch zu erkennen. Drei als Bergwerksloren gestaltete Wagen mit klapprigen Bügeln warteten im Einstiegsbereich auf Fahrgäste. Die Glühbirnen am Eingang flackerten im Rhythmus des Karussells gegenüber mit dem Unterschied, dass hier nur jede zweite Lampe leuchtete. Der Rest schien vor langer Zeit den Geist aufgegeben zu haben. An der Kasse saß ein grimmig dreinblickender älterer Mann, der auf Kundschaft wartete. Eine provisorische Funzel spendete im Inneren schummriges Licht. Ohne würde er komplett im Dunkeln sitzen. Er las die *Abendpost,* schielte zwischendurch über den Rand, um nach potenziellen Mitfahrern Ausschau zu halten. Ein Autoscooter mit wummernder Technomusik auf der gegenüberliegenden Seite zog die Menschenmassen an. Auf den Stufen davor hatte sich eine Horde Jugendlicher versammelt, die den überlauten Verstärkern mit zuckenden Gliedmaßen lauschten. Die Geräusche von übertrieben knarzenden Türen und schrill aufheulenden Fratzen hatten gegen den irrsinnigen Krach nebenan keine Chance. An den Wagen der Geisterbahn stand ein jüngerer, ungepflegt aussehender Typ, der eine Zigarette rauchte. Er schien nicht auf

Kundschaft zu warten, denn er war mit seinem Handy beschäftigt und schaute gebannt auf das Display.

»Wie wäre es mit einer atemberaubenden Fahrt mit der legendären Geisterbahn *Monsterhöhle*?«, frotzelte Max.

»Ist das dein Ernst? Das soll jetzt der Ersatz für die ausgefallene Fahrt im *Nightmare* sein? Der größten und besten Geisterbahn aller Zeiten?« Paula wirkte zutiefst enttäuscht.

»Na ja, nicht ganz vielleicht, aber schau doch mal. Das sieht hier doch auch ganz *nett* aus. Das ist ein wahrer Klassiker seiner Zeit. Es gibt noch andere Vorteile, die nicht von der Hand zu weisen sind. Guck doch mal, die Wartezeit gerade beträgt, ich kann ja mal den netten Mann an der Kasse fragen: null Minuten«. Max zwinkerte vergnügt, er freute sich über die unschlagbaren Argumente, die ihm spontan in den Sinn gekommen waren.

»Kein Wunder. Hier fahren entweder Leute mit, die schon vor 50 Jahren damit gefahren sind, oder kleine Kinder, die zum ersten Mal in ihrem Leben Geisterbahn fahren wollen.«

»Ach komm schon, Paula. Lass uns mal was Verrücktes machen. Das Schlimmste, was passieren kann, ist, dass wir die Geisterbahn ungegruselt verlassen. Aber das wird bestimmt ein Spaß. Du wirst schon sehen. Für mich genau das Richtige. Ich bin doch so schreckhaft. Auf dieser Fahrt wirst du mich immerhin zum ersten Mal nicht schreien hören.«

»Das ist ein Argument. Also warum nicht. Es fängt sowieso gerade an zu regnen. Da sitzen wir wenigstens für ein paar Minuten im Trockenen«.

Kurzerhand lief Max zur Kasse, um die Fahrchips zu besorgen. Statt der erwarteten drei Euro wurden ihm vier abgeknöpft. Bevor er reagieren konnte, bekam er ungefragt eine passende Erklärung geliefert. Der Mann an der Kasse konnte seinen verunsicherten Blick deuten und sehen, dass er auf das Schild mit den ausgewiesenen 1,50 Euro schielte.

»Das ist der Kinderpreis. Erwachsene zahlen zwei Euro. Das war schon immer so«, grummelte der Alte. »Also ja oder nein? Wir machen hier gleich zu. Das ist die letzte Fahrt.«

»Das soll einer einfach so verstehen? Warum machen die kein vernünftiges Schild«, dachte Max genervt, hatte aber keine Lust, wegen 50 Cent ein Fass aufzumachen und zu diskutieren. In einem Anflug von Empathie stellte er erstaunliche Parallelen zu der Frau vom Kiosk am Nachmittag fest. Wortlos schob er die Münzen durch das Loch in der Plexiglasscheibe und erhielt im Gegenzug zwei abgewetzte Fahrchips ausgehändigt. Es regnete stärker. Er hatte es eilig, um nicht komplett durchnässt zu werden. Der Mann war bereits wieder mit der Lektüre seiner Zeitung beschäftigt. Max' Blick fiel flüchtig auf die *Abendpost.* Die Schlagzeile lautete: *Unheimliche Serie von vermissten Personen in Hamburg reißt nicht ab – gibt es mehr Fälle als bekannt?* Dieses Thema verfolgte ihn auf penetrante Weise. Er hatte keine Zeit, darüber nachzudenken, denn ein paar Meter weiter wurden sie aufgefordert, sich gleich in den ersten Wagen setzen. Außer ihnen gab es scheinbar keine anderen Mitfahrer. Der junge Mann mit der Zigarette hinter dem Ohr schien genervt, dass er sein Handyprogramm unterbrechen musste. Er kaute genüsslich an einem Kaugummi, den er hin und wieder zu einer Blase formte und schnalzend platzen ließ. Seine Hände sahen rau und rissig aus, als Paula ihm die beiden Fahrchips übergab. Außerdem waren sie dreckig und die Fingernägel ganz schwarz. Max schüttelte es innerlich vor Ekel. Er trug ein T-Shirt, auf dem *Chef im Dienst* stand. Wie originell. Er schaute zu Paula und sah ihr an, dass sie sich auch gruselte. Er hatte nicht zu viel versprochen und war zufrieden. Ein leerer Wagen kam von hinten und fuhr unsanft auf die wartenden Fahrzeuge auf. Nachdem sie Platz genommen hatten, setzte sich ihr Gefährt ruckartig in Bewegung und ächzte mühsam um die erste Kurve. Es ging los. Endlich. Eine ganze Geisterbahn für sie allein. Er hatte Paula nicht zu viel versprochen. Ein Tor mit einem aufgemalten Maul wurde ruppig aufgestoßen. Im Inneren war es dunkel, unterbrochen von gelegentlichem Lichteinfall von außen durch eines der zahlreichen Löcher in der Plane. Wie musste das hier bei Tageslicht aussehen? Wie ein Schweizer Käse. Es war stickig, und es roch modrig. Die Blechkarre, in der sie saßen, rumpelte und ratterte derart unsanft, als wären die Räder des Fahrzeugs achteckig. Ein zottelig ausgefranster Bär hob zuckend die Tatzen und zeigte fletschend seine Kauleiste. Aus einem sich langsam öffnenden Sargdeckel schauten skelettartige Finger hervor. Ein weiteres Skelett mit einem Zylinder auf dem Kopf saß unbeweglich auf einem Fahrrad und grüßte beinahe freundlich mit zum Victory-Zeichen gespreizten Zeige- und Mittelfinger. Abgesehen davon, boten die ersten Kurven keine weiteren Überraschungen. Im weiteren Verlauf leuchteten etliche undefinierbare Monsterfiguren auf, und einige wenige setzten sich ruckartig in Bewegung, sobald der Wagen an ihnen vorbeifuhr und einen Mechanismus auslöste. Alles wirkte altbacken und verstaubt. Eine alte Hexe mit einem Besen in der Hand und einer Nase, die im Vorbeifahren aussah, als sei ein Stück abgebrochen.

»Was hatte die denn für einen Unfall?«, überlegte Max, ohne die Frage auszusprechen.

In diesem Moment stieß die vermeintliche Hexe einen derart schrillen Schrei aus, dass Max kurz zusammenzuckte. Das war eindeutig die Rache dafür, dass er sich über sie lustig machte. Paula saß neben ihm und gähnte übertrieben laut. Sie schien sich nicht zu gruseln. Immerhin saßen sie im Trockenen. Der Wagen zuckelte weiter in Schrittgeschwindigkeit. Die folgende Kurve wurde, wie die anderen zuvor, unsanft und ruckelig durchfahren. Nach einem Hund mit zwei Köpfen, der furchtbar schielte, ansonsten jedoch keinerlei Geräusche von sich gab, wechselte die Szenerie schlagartig. Sie kamen in einen Raum, der in blutrotem Licht grell ausgeleuchtet war. Der Wagen fuhr spürbar abgebremst in einem engen Kreis um eine Figur herum, sodass

Max die Details genauer betrachten konnte, die auf den ersten Blick verblüffend realistisch wirkten. Von der Decke hing ein lebensgroßer, abgetrennter Zombie-Schädel, dessen nach oben gezogene, gepiercte Augenlider an einer Metallkette befestigt waren. Der Kopf war durch die einsetzende Verwesung purpur verfärbt. Mit Mühe erkannte er ein schiefes Lächeln. Der weit aufgerissene Mund zeugte von quälendem Entsetzen.

»Das ist ja abgefahren, Paula« flüsterte Max. »Hast du das gesehen?« Ihm lief ein eiskalter Schauer den Rücken runter.

»Pst ... ich war gerade eingeschlafen«, unkte Paula.

»Guck dir mal die Figur an« zischte Max, als wäre es besser, wenn ihn niemand hören würde.

»Du meinst diesen abgetrennten Kopf? Ja, der ist nicht schlecht. Sieht echt aus. Echter als alle anderen Figuren auf jeden Fall.«

Schlagartig wurde es wieder dunkel, und der Wagen knallte gegen eine Tür, die sie kurzerhand wieder ins Freie entließ. Das Fahrzeug stoppte, und Max stieg hastig aus. Paula folgte ihm gemächlich, sie schien es nicht eilig zu haben.

»Alles okay mit dir?«, fragte sie.

»Ja, geht schon. Aber ich fand es nicht gut. Ich weiß auch nicht. Ich kann es nicht beschreiben. Das war jetzt irgendwie gruseliger, als ich mir vorgestellt hatte. Das hätte ich der Bahn hier gar nicht zugetraut. Besonders die letzte Figur sah unheimlich krass aus. Fast realistisch. Findest du nicht auch?«

»Hm, ich weiß ja nicht. Aber die passte auf jeden Fall so gar nicht zu den anderen Gestalten, an denen wir vorbeigefahren sind«.

»Vielleicht war das eine der neueren, moderneren Figuren. Der Rest wirkte ja ziemlich trashig und oldschool.«

»Das kann auch sein. Aber weißt du was? Ich hatte irgendwie das Gefühl, dass mir die letzte Figur bekannt vorkam. Irgendwo habe ich die schon mal gesehen.«

»Bist du dir sicher? Vielleicht aus einem Horrorfilm?«

»Dann müsstest du sie ja auch erkannt haben. Nein, ein Film war das nicht. Ach, ich weiß auch nicht. Ich komme jetzt einfach nicht drauf. Vermutlich habe ich mich geirrt. Es ist schon verdammt spät, und ich bin hundemüde. Wir sollten jetzt nach Hause gehen.«

»Zu dir oder mir?«, scherzte Paula.

Sie schien seinen Gedanken nicht zu folgen.

»Sehr witzig. Jeder zu sich, dachte ich«, sagte Max voreilig, ohne nachzudenken.

Es schauderte ihm bei dem Gedanken, auf dem Nachhauseweg das letzte Stück zu Fuß, ohne Begleitung zurücklegen zu müssen. Kopfkino. Im Fernsehen sah er sich Horrorfilme nur an, wenn er einen Stuhl vor die Tür schob. Sicher war sicher. Das durfte Paula allerdings nicht wissen. Sie würde ihn auslachen. Sie war hart im Nehmen und würde jeden in die Flucht schlagen. Oder im Zweifelsfall totquatschen. Am Horizont donnerte es, ein Windzug wehte durch die Bäume. Der Regen hatte kurzzeitig aufgehört, aber es war immer noch schwülwarm. Die Dunkelheit der Nacht wirkte finsterer als zuvor. Es war zu spüren, dass etwas in der Luft lag. Ein richtiges Unwetter zog auf. Die Fahnen an der Geisterbahn wehten ungezügelt im Wind. Kurz darauf blitzte es urplötzlich gewaltig, und der Donner krachte grollend hinterher. Max und Paula zuckten zusammen. Sie sahen einen gleißenden Lichtkegel. Der Blitz hatte direkt nebenan in »Planten un Blomen« eingeschlagen. Die anderen Besucher auf dem DOM suchten das Weite. Der Vorplatz der Geisterbahn war innerhalb kurzer Zeit gespenstisch leer. Vereinzelt liefen Personen schnellen Schrittes an ihnen vorbei. An der *Glückskutsche* nebenan begannen erste Aufräumarbeiten. Überdimensionierte Plüschfiguren wurden abgehängt und sicher verstaut. Eine halbe Stunde bis Feierabend, aber bei diesem Wetter kämen ohnehin keine neuen Besucher mehr. Paula ächzte unter ihrem Rucksack. Er sah ihr an, dass sie hoffte, ihre geliebten Bücher trocken nach Hause zu bringen. Der Weg zur U-Bahn war nicht weit, wenn sie hier an der Station Feldstraße einstiegen. Sie liefen den Nebenweg mit den Markthändlern am Feldstraßenbunker entlang. Es war finster, eine einsame Laterne spendete trotzig flackerndes Licht. Die Händler hier in der Nebengasse hatten ihre Marktstände zurückgebaut und verschlossen. Der Wind peitsche um die Ecken. Blitze zuckten am Firmament, gefolgt von rumpelndem Donner. In der Ferne bellte ein Hund. Max zupfte Paula am Arm und gab ihr zu verstehen, dass sie die Gasse besser schnellen Schrittes durchliefen. Nicht nur wegen des Wetters.

An der U-Bahn-Station Feldstraße angekommen, waren beide bis auf die Haut durchnässt und vom Wind zerzaust. Max hatte auf dem Weg dorthin kein Wort mehr gesprochen. Er war erledigt. Der Tag war anstrengend und ereignisreich. Er dachte an Madame Afrana und ihre Vorhersage, aber auch die *Monsterhöhle* ließ ihn nicht zur Ruhe kommen. Der abgetrennte Schädel spukte in seinem Kopf. Die U-Bahn fuhr ein, und sie nahmen Platz.

»Du bist ja so ruhig«, stelle Paula fest.

»Ach, ich bin irgendwie erledigt. Ich freue mich auf mein Bett.«

»Ich sehe eine große Veränderung auf dich zukommen«, ulkte sie und ahmte eine rhythmische Bewegung nach wie ein Fakir, der eine Schlange beschwört.

»Hm, was Esmeralda damit wohl gemeint hat?«

»Du denkst jetzt nicht immer noch ernsthaft daran, ob ihre wirren Worte irgendetwas bedeuten könnten. Also ich kann die Worte nicht ernst nehmen. Zumindest nicht das, was sie zu mir gesagt hat.«

»Oder was sie dir nicht gesagt hat«, dachte er und überlegte für einen kurzen Moment, ob er die Warnung von der Wahrsagerin nicht beichten sollte.

»Ich hoffe, wir sind bald zu Hause«, gähnte er erschöpft.

»Das wird noch ein wenig dauern. Wir müssen erst eine Station zurück zu den Landungsbrücken fahren, dann können wir in die S1 umsteigen. Die fährt dann durch. Aber ich bin auch knülle.«

Paula legte den Kopf auf den Rucksack, den sie auf ihren Schoß platziert hatte, und blickte ins Dunkle.

»Na ja, und du musst ja morgen fit sein.«

»Fit? Warum das?«

»Na hast du das schon vergessen?«. Langsam taute Max wieder auf. »Du hast doch einen *Job.*« Das Wort *Job* sprach er dabei so lang gezogen aus, dass er sich selbst ein wenig komisch vorkam.

»Ach ja. Das hatte ich schon vergessen. Oder verdrängt. Ich muss ja morgen an den Grill.«

»Willst du das ernsthaft machen. Ich meine, du könntest auch absagen.«

»Nein«, sagte sie resolut. »Wenn ich mir etwas vornehme, dann ziehe ich das auch durch. Zumindest werde ich es morgen einmal ausprobieren. Ich habe sowieso nichts Besseres vor. Du bist ja auch beschäftigt. Also werde ich mein Pommes-Diplom machen.«

»Dann sehen wir uns morgen? Ich komme dich am Stand besuchen. Gleich nach Feierabend. Das lasse ich mir doch nicht entgehen.«

Kurze Zeit später hatten sie die Landungsbrücken erreicht. Sie kamen am Kiosk vorbei, der Max am Nachmittag Nerven gekostet hatte. Um diese Uhrzeit war er geschlossen, sodass sie der Verkäuferin keinen Besuch abstatten konnten. Er wäre ohnehin zu müde. Sie stiegen die Treppen hinab zur S-Bahn und liefen nach vorne durch, um in den ersten Wagen einzusteigen. Der Bahnsteig war gespenstisch leer. Bis auf eine Gruppe Jugendlicher am Gleis gegenüber, die eine Bierdose durch die Gegend kickten. Ungewöhnlich unbelebt, das musste am Wetter liegen. Vermutlich hatten alle anderen rechtzeitig die Flucht nach Hause angetreten. Da sahen sie in der Ferne die Lichter der S-Bahn im Tunnel. Kurze Zeit später ließen sich beide erschöpft auf die Sitze fallen. Nur vereinzelt stiegen weitere Personen zu. Max lehnte seinen Kopf gegen die Fensterscheibe. Er schloss die Augen, zumindest für einen Moment. Als er sie wieder öffnete, war er der einzige Passagier. Wo war Paula? Er sah sich um. Und wo waren die anderen Fahrgäste? Er war mutterseelenallein. Max schaute auf den freien Platz, wo sie kurz zuvor gesessen hatte. Was war das? Ihr Rucksack lugte unter dem Sitz hervor.

»Moment mal. Hier stimmt was nicht. Paula ist weg, aber der Rucksack ist da? Wie kann das sein? Wo ist sie hin? Und warum hat sie sich nicht von mir verabschiedet?«

Etwas ließ ihn aufhorchen. Die Bahn ratterte über die Schienen in einem ungewöhnlich rasanten Tempo, als wollte der Fahrer schnell nach Hause und Feierabend machen. In den Kurven ging er ordentlich in die Eisen, sodass die Räder bedenklich quietschten. Wo war er? Hatte er seine Ausstiegshaltestelle bereits verpasst? Kurzerhand blickte er auf die digitale Anzeigetafel, um sich zu orientieren. *Endstation* blinkte es in schnellem Tempo. Erschrocken sprang Max auf. Welche Endstation überhaupt? Die Bahn beschleunigte derart, dass Max sich festhalten musste, um nicht das Gleichgewicht zu verlieren. Wo verdammt noch mal war er und wo fuhr er hin? Er schnappte sich Paulas schweren Rucksack und kämpfte sich vorwärts zur Fahrerkabine. Er wollte aussteigen, sofort. Mit jeder Kurve, die die Bahn unsanft nahm, schleuderte es ihn zur Seite; deswegen konnte er sich nur mit Mühe wieder aufrichten. Vorne angekommen, versuchte er durch die verdunkelten Scheiben zu sehen, die den Fahrerarbeitsplatz vom Fahrgastabteil trennten. Es traf ihn fast der Schlag. Unter der Mütze verbarg sich ein bekanntes Gesicht. Paula. Langsam, wie in Zeitlupe, drehte sie den Kopf in seine Richtung. Sie schaute ihn mit leeren schwarzen Augen an. Sie wirkten abweisend und leblos.

»Ich sehe eine Veränderung auf dich zukommen. Du bist in großer Gefahr«, zischte sie mit fauchender Stimme über die Bordlautsprecher. Dabei lachte sie ungewohnt teuflisch, und dann passierte es. Durch die rasende Geschwindigkeit löste sich in einer Kurve der Bodenkontakt. Der Zug entgleiste. Ein gewaltiger Knall, gefolgt von zerberstenden Fenstern. Max flog zu Boden und ihm wurde schwarz vor Augen.

»Max. Max, wach auf. Du musst aussteigen. Los. Jetzt schnell. Mach's gut. Wir hören morgen voneinander. Bis dann.«

Perplex wie Max war, gehorchte er brav und schaffte es mit einem beherzten Sprung gerade noch rechtzeitig in Richtung Ausstiegstür. Paula winkte ihm vom Platz aus zu und lachte. Er drehte sich noch mal zu ihr um. Eines musste er ihr unbedingt mit auf den Weg geben.

»Paula. Pass auf dich auf, okay. Und eine Sache noch. Versprich mir, dass du niemals einen Job als Zugführerin annimmst.«

Zu Hause angekommen, fiel Max todmüde auf sein Sofa. Er überlegte, ob er gleich liegen bleiben sollte oder ob er den Weg ins Schlafzimmer schaffen würde. Obwohl er erledigt war, fühlte er sich aufgekratzt und hibbelig. Was für ein krasser Tag. In Gedanken ließ er ihn Revue passieren. Sie hatten viel erlebt heute. Auf Paula konnte er sich verlassen. Mir ihr hatte er immer Spaß, es wurde nie langweilig. Hätte er ihr Angebot annehmen sollen? Jetzt alleine in der Wohnung war ihm doch ein wenig unheimlich. Er ging ins Badezimmer und überlegte, ob er das Zähneputzen heute ausnahmsweise vernachlässigen konnte. Nach kurzem Nachdenken entschied er sich, wenigstens einmal schnell drüberzuputzen, um kein schlechtes Gewissen zu haben. Schläfrig kaute er auf seiner Zahnbürste herum. Der Tag hatte ihn geschlaucht. Die Shoppingtour am Nachmittag, danach die Stunden auf dem DOM. Er dachte an die weit aufgerissenen Augen dieser absonderlichen Figur in der *Monsterhöhle.* Sie gingen ihm nicht mehr aus dem Kopf. Sie wirkten real. Echt. Und sie kamen ihm bekannt vor. Er hatte sie schon mal gesehen, da war er sich sicher. Aus einem Horrorfilm konnte es nicht sein, das Rätsel hätte Paula sofort gelöst. Sie war ein wandelndes Lexikon in dieser Hinsicht. Dazu noch die sonderbare Prophezeiung der Wahrsagerin. Er nahm sich ein Glas Wasser mit ins Schlafzimmer und stellte es auf den Nachttisch neben seinem Bett. Darunter lag ein Berg Klamotten mit allerlei anderem Zeug, was er an Ort und Stelle hatte fallen lassen. Er müsste hier dringend aufräumen. Gut, dass Paula nicht mitgekommen war, sie hätte sich über die Unordnung lustig gemacht. Wo er doch sonst ein ordentlicher, strukturierter Mensch war. Er schaltete die kleine Lampe am Tisch aus und starrte nachdenklich in die Dunkelheit. Da waren sie wieder. Diese eindringlichen Bilder des abgetrennten Kopfes! Sie fraßen sich in sein Gedächtnis. Diese Augen, die ihn scheinbar verzweifelnd angeschaut hatten. Wieso kamen sie ihm bekannt vor? Woher kannte er sie? Übermüdet versuchte er, die Gedankengrübeleien beiseitezuschieben, doch immer, wenn er kurz vor dem Einschlafen war, schreckte er wieder hoch.

Etliche Zeit später zeigte der Wecker halb vier in der Nacht an. Er musste eingeschlafen sein. Nach dem durchzechten Abend fühlte sich sein Mund unangenehm trocken an und er hatte eine Zunge wie ein Wellensittich. Der Flüssigkeitsmangel an alkoholfreien Getränken machte sich bemerkbar. Er hatte Durst. Blind in der Dunkelheit wanderte seine Hand den Nachttisch entlang. Durch eine unbedarfte

Handbewegung hörte er, wie das Wasserglas zu Boden fiel und zerbrach.

»Mist. Zum Glück nur Wasser. Aber die Scherben, da will ich morgen früh nicht reintreten.«

Er knipste das Licht an und stieg schlaftrunken aus seinem Bett. Das Wasserglas war in fünf übersichtliche Teile gesprungen, ließ sich jedoch ohne Mühe oder Verletzungen einsammeln. Das Wasser, das in einer Lache vom Rand tropfte, wurde praktischerweise von der Zeitung aufgesogen, die unter dem Tisch lag. Er nahm die durchnässte *Abendpost* in die Hand und warf sie zielsicher in den Mülleimer. Das Foto einer jungen Frau auf der Titelseite war wegen der Nässe nicht mehr deutlich erkennbar, doch die Schlagzeile konnte er noch lesen. Was stand da? Die Titelstory auf der ersten Seite lautete: *Mysteriöser Vermisstenfall in Hamburg – Prostituierte von Freier ermordet?* Irgendetwas kam ihm daran bekannt vor, aber er wusste nicht was. Schläfrig blätterte er zum Artikel auf Seite drei. Er las: *Seit mehr als drei Monaten fehlt von Elara S. jedes Lebenszeichen. Weil sie plötzlich nicht mehr erreichbar war, meldete eine Arbeitskollegin die Frau (schlank, 1,59 m) als vermisst. Ihre Spur verliert sich im Rotlichtmilieu. Die Kriminalpolizei in Hamburg schließt ein Verbrechen nicht mehr aus. Von der öffentlichen Fahndung erhofft sich die Kripo neue Hinweise. Wer die 57-jährige Frau gesehen hat, ihren aktuellen Aufenthaltsort kennt oder sonstige Hinweise hat, sollte sich bei der Polizei Hamburg unter der Rufnummer +49 40 428 650 melden.* Rechts neben dem Artikel war ein weiteres Foto der jungen Frau abgebildet. Ein Strandfoto. Sie lehnte an einer Palme, hatte eine Sonnenbrille auf und lächelte.

Kapitel 6

Der Geruch von feinstem Frittierfett wehte ihm bereits etliche Meter vor seinem eigentlichen Ziel um die Nase, als die überdimensionalen Buchstaben an *Susis Wurstpalast* in seinem Blickfeld auftauchten. Je näher er kam, desto gespannter war er auf das Ensemble, das er vor Ort antreffen würde. Paula mit hektischen Flecken im Gesicht mit einer Hand die Würste von links nach rechts drehend, mit der anderen die Fritteuse bespielend? Susi in ihrem kecken Outfit und eine gelangweilte Paula, die nicht mehr als schmuckes Beiwerk war? Auf alles gefasst, hatte er sich für jeden der möglichen Fälle den passenden Spruch zurechtgelegt. Dafür hatte er auf der Arbeit fast den ganzen Tag gebraucht, aber Schlagfertigkeit war keine Gottesgabe. Er kam an der Geisterbahn *Monsterhöhle* vorbei. Der merkwürdige Typ von gestern stand im Eingangsbereich, kaute hoch konzentriert an seinen Nägeln und wartete auf Kundschaft. Max dachte an die skurrile Fahrt. Was für ein Schrott. Kein Wunder, dass keiner damit fahren wollte. Er ging weiter und entgegen der Erwartung traf er Paula allein am Stand an. Von Susi war weit und breit nichts zu sehen. Selbstbewusst gab Paula bereits eine Portion Pommes rot-weiß raus und kassierte das Geld ein. Sichtbar zufrieden wanderten die Gäste mit ihrer Beute an einen der Stehtische.

»Hey Paula, wie laufen die Geschäfte? Bist du ganz alleine?«

»Hi Max. Wie du siehst, bin ich tatsächlich gerade alleine. Ist bisher zum Glück nicht allzu viel los heute. Pommes und 'ne Wurst rausgeben kriege ich aber gerade noch hin. Außerdem hatte ich eine knapp zehnminütige Intensiveinweisung, kurz bevor es losging. Ich bin also gut vorbereitet und für alle Fälle gewappnet. Nee, aber mal im Ernst. Der Aufgabenbereich ist überschaubar, außerdem ist es ja nicht mein erster Job in der gehobenen Gastronomie.«

»Na, da bin ich aber beruhigt. In meinem Kopf hatte ich mir schon die wildesten Szenen ausgemalt. Aber sag mal, wo ist denn deine Chefin? Oder schmeißt du den Laden an deinem ersten Tag schon ganz alleine?«

»Da sagst du was. Keine Ahnung. Die musste was erledigen. Ist schon eine Weile weg. Aber bist du hier, um sie zu sehen, oder wegen mir«, fragte Paula und lächelte verschmitzt.

»Nur wegen dir natürlich«, stammelte Max und hoffte, die richtige Antwort getroffen zu haben.

Paula nickte zufrieden und deutete mit der Grillzange an, dass Max beiseitetreten sollte, da Kundschaft im Anmarsch war. Die Anfrage hatte sich jedoch schnell erledigt, da vegetarische Bratwurst nicht zum Sortiment des *Wurstpalasts* gehörte. Paula stöhnte auf und verdrehte die Augen. Das schien nicht die erste Nachfrage heute zu sein.

»Gibst du mir 'ne Limo?«

»Was ist denn mit dir los? Bist du krank? Willst du nicht lieber ein Bier?«

»Ich merke schon, du liest deinen Gästen jeden Wunsch von den Augen ab. Ja, warum eigentlich nicht.«

»Mit Strohhalm oder ohne?«

»Sehr witzig.«

Max nahm das Bier, legte drei Euro auf den Tresen und schaute sich zufrieden um.

»Du machst dich nicht schlecht hinter dem Tresen. Das hat was. Stell dir mal vor, das wäre dein Laden. Dann könnte ich dich jeden Tag besuchen kommen.«

»Also nee …«, erwiderte sie energisch. »Für die Dauer ist das nichts. Spaß bringt es trotzdem. Soweit ich das noch so kurzer Zeit schon sagen kann. Man lernt viele Leute kennen, hat gut zu tun, aber man schuftet sich nicht tot. Hatte schon weitaus schlimmere Jobs. Doch eines weiß ich jetzt schon. An diesen Fettgeruch muss ich mich gewöhnen. Ich bin gespannt, ob ich das heute Abend aus den Klamotten und aus den Haaren rausgewaschen bekomme.«

»Guck mal da hinten. Ist das nicht deine Chefin?«, fragte Max und zeigte in die entgegengesetzte Richtung.

Sie schauten rüber zu der alten Geisterbahn. Es war eindeutig Susi. Auch Rüdiger schlich auf dem Vorplatz herum und kläffte vorbeigehende Besucher an. Sie war mit diesem schmierigen Typ zugange, die beiden schienen in eine angeregte Unterhaltung vertieft zu sein. Zwischendurch klopfte sie ihm mehrmals auf die Schulter. Max spürte einen Anflug von Eifersucht. Diesen Gedanken schob er jedoch sofort wieder beiseite. Irritiert über sich selbst, ließ er die beiden aus den Augen und wandte sich ab. Paula hatte inzwischen mit einer Großbestellung zu kämpfen, der Stapel an vorgegrillten Bratwürsten, der auf der Warmhalteplatte brutzelte, schrumpfte auf ein bedenkliches Maß zusammen. Max staunte, wie souverän und gelassen sie den Laden schmiss. Sie machte eine äußerst gute Figur als Dame vom Grill. Mit Witz und Charme erledigte sie auch die folgenden Bestellungen, bis nichts mehr da war. Er süffelte an seiner Bierflasche und beobachte das rege Treiben. Gerade als er den letzten Schluck aus der Flasche nahm, schlangen sich von hinten warme Hände um seine Hüften.

»Na, wen das mal nicht der kleine Freund von Paula ist«, hauchte ihm jemand ins Ohr. »Und was sagst du, wie macht sie sich?«

Bevor Max antworten konnte, kam Paula ihm zuvor.

»Susi. Die Bratwurst geht zur Neige. Ich wollte gerade was nachlegen, aber die Kühltruhe ist abgeschlossen. Kann das sein?«

Susi stieg in ihren Wagen und übernahm das Ruder. Rüdiger fletschte die Zähne ohne Anlass, zog es jedoch vor, die Stufen hochzuhüpfen, um dann hinter dem Tresen zu verschwinden.

»Warte mal, Schätzchen. Ich sorge mal eben für Nachschub.«

Susi drehte sich weg, aber Max konnte sehen, wie sie einen kleinen Schlüssel, der an einer Kette um ihren Hals hing, aus ihrem Dekolleté hervorzauberte. Mit spitzen Fingern bezwang sie in Sekundenschnelle das Vorhängeschloss an der Kühltruhe. Sie hob den Deckel nur ein wenig an und holte etwas umständlich eine Großpackung mit Würstchen heraus. Zügig schloss sie den Deckel.

»Hier, Paula, sei so gut, nimm mir das mal ab. So, nun zu dir. Max, richtig? Wie wäre es mit einem Bier? Du sitzt ja schon auf dem Trockenen.«

»Ach, äh danke. Ich hatte gerade eines«, stammelte er.

»Auf einem Bein kann man nicht stehen«, sagte sie energisch und griff in den Kühlschrank. Schon hatte er die nächste Flasche vor der Nase; leider fiel ihm nichts ein, womit er diese hätte ablehnen können.

Max nahm einen kräftigen Schluck und beobachte, wie Paula eifrig an der Fritteuse zugange war, um die nächste Bestellung auszuliefern. Da die Schütte mit den Fritten leer war, bewegte sie sich zielsicher in Richtung Kühltruhe. Er sah, wie sie kurzerhand den Deckel öffnen wollte, als Susi unerwartet und sichtlich nervös zu ihr eilte. Zügig drückte sie die Klappe wieder zu.

»Autsch, da war meine Hand noch dazwischen«, protestierte Paula und pustete Luft auf die schmerzenden Fingerkuppen. »Ich wollte doch nur die Pommes nachfüllen.«

»Sorry. Aber das lass mal schön so, wie es ist«, sagte Susi. »Wenn du Nachschub brauchst, dann sag mir einfach Bescheid. Ich kümmere mich dann darum, okay.«

»Ja, kein Problem. Wollte ja nur eine Packung Pommes rausholen. Ich wusste nicht, dass ich dafür eine Genehmigung brauche.«

»Du darfst alles fragen, aber nicht alles wissen. Vor allem nicht alles anfassen. Eine Frau hat schließlich so einige Geheimnisse, die nicht jeden etwas angehen. Das gilt auch für das Grillgeschäft«, sagte sie betont freundlich, aber ungewohnt bestimmend.

Max sah, wie Paula mit den Augen rollte. Eine abgeschlossene Kühltruhe, die nur durch einen Schlüssel, der an einem Busen hing, geöffnet werden konnte? Das ließ Raum für Fantasie. Lagerte sie dort drinnen eine Leiche, oder warum machte sie daraus so eine Sache? Es schien, als wenn dieses Geheimnis vorerst nicht gelüftet werden konnte.

Kapitel 7

Zwei Wochen später, als sie erneut vor dem *Nightmare* standen, lief Max beim Anblick des Gruselkabinetts ein Schauer über den Rücken. Paula gluckste vor Freude. Sie war kein ängstlicher Typ, schon gar nicht bei einem Fahrgeschäft. Er jedoch war ein Angsthase, auch wenn er das nie zugeben würde. Vor ihr machte es keinen Sinn, sich zu verstellen. Sie kannte ihn besser als er sich selbst. Und neben ihr war er mutiger als ohne sie. Eines war sicher. Das hier bescherte ihm ein Gefühl des Unbehagens. Sie schien weiterhin begeistert. Das wunderte ihn nicht. Sie war eine Expertin in Sachen Horror, kannte jeden Film und las jedes Buch, was mit diesem Thema auch nur annähernd zu tun hatte. Bevor er sich weitere Gründe zurechtlegte, die gegen eine Fahrt sprachen, schob Paula ihn in Richtung des Ticketcounters. Sieben Euro Eintritt. An normalen Tagen. Heute am Familientag waren es sechs. Ein Schnäppchen geradezu. Diesen Gefallen musste er ihr tun, da gab es kein Zurück. Sie wollten die Bahn längst gefahren sein, aber bisher kam immer etwas dazwischen. Beim Frühlingsdom machte ihnen der TÜV einen Strich durch die Rechnung. Am Premierentag beim Sommerdom, vor knapp zwei Wochen, herrschte solch ein Andrang, dass ihnen die Wartezeit viel zu lang war. Heute endlich sollte es so weit sein. Er war gespannt, was ihn erwartete und ob er das Grauen ohne seelische Blessuren aushielt. Auf den ersten Blick schien die Warteschlange auch dieses Mal nicht kürzer, doch es ging zügiger voran als gedacht. Ein Schild mit einem Hinweis auf Wartezeiten entdeckten sie nicht. Er schielte zu Paula. Zögerte sie? Nein, sie schien fest entschlossen. Um weiteren Diskussionen aus dem Weg zu gehen und es endlich hinter sich zu bringen, ging Max zum Counter. Hier musste er wieder warten, bis er die Tickets lösen konnte, jedoch nur kurz. Als er an der Reihe war, sah er, dass die Dame an der Kasse eine auffällige Narbe an der Stirn hatte, zudem eine klaffende, täuschend echt aussehende Wunde auf der Wange. Sie war komplett in Schwarz gekleidet und hatte einen gleichfarbigen Schleier über ihr Gesicht gezogen. Ihren Kopf hatte sie nach unten gesenkt. Dazu hatte sie passende Spitzenhandschuhe an, mit denen sie die Scheine sorgfältig sortierte.

»Sehr originell«, dachte sich Max und hatte schon genug gesehen.

»Zwei Erwachsene«, sagte er mutig.

Die Dame hob langsam den Kopf, gleichzeitig lüftete sie den Schleier ein Stück weit nach oben. Strahlend blaue Augen blitzten darunter hervor, die wegen des schwarzen Gewandes eindrucksvoll zur Geltung kamen. Geheimnisvoll legte sie ihren Zeigefinger an ihre Lippen, als würde sie ihn auffordern, leise zu sein und nicht zu sprechen. Sie deutete mit ihrem Finger auf das Schild mit den Preisen, sagte aber weiterhin kein Wort. Verdutzt schob Max einen Schein sowie ein Münzstück über den Tresen. Er erhielt zwei Karten aus Plastik, die durch eine kleine Luke geschoben wurden. Sie zwinkerte ihm zu und wies ihn an, dass er Platz für die nächsten Gäste machen sollte. Er trat an die Seite und betrachte die Fahrchips genauer. Der eine hatte die Form eines Totenkopfes, der andere die eines Sarges. Er schüttelte verdutzt den Kopf, da winkte Paula ihn zu sich. Sie hatte sich in der Zwischenzeit in die Warteschlange der Fahrgäste eingereiht und einige Plätze gut gemacht.

»Hier«, sagte er und hielt ihr die beiden Fahrchips hin. »Du hast die freie Auswahl. Tod oder Verderben?«

Sie entschied sich für den Sarg.

Max blickte sich um in Richtung Ausgang der Geisterbahn. Das Tor zur Hölle sprang auf, eine Gruppe junger Mädchen kam schreiend und kreischend herausgelaufen. Eine Person mit einer Zombiemaske lugte durch das Tor, verschwand aber kurz darauf wieder im Inneren der Bahn. Sie lachten und gluckten erleichtert, ehe sie weiterzogen.

»Frauen sind halt einfach schreckhaft«, dachte er sich, »die perfekten Opfer.«

Insgeheim hoffte er, dass es seinerseits nicht zu ähnlichen Szenen kam. Ihm schwante Böses. Über die Bahn war etliche Male in der Presse berichtet worden. Die misslungene Premiere beim Frühlingsdom, wo die Bahn keine Freigabe bekommen hatte, heizte den Hype nur noch mehr an. Gerüchte machten die Runde, dass die Bahn geschlossen wurde, weil mehrere Gäste während der Fahrt einen Nervenzusammenbruch erlitten hätten. Das waren zwar nur unbestätigte Gerüchte, aber die trugen nicht zu seiner Beruhigung bei. Bis heute war die Geisterbahn *Nightmare* das unangefochtene Highlight auf dem Platz. Die lange Schlange an wartenden Mitfahrern zeugte von der anhaltenden Begeisterung. Mit Paula hatte er nun noch jemanden am Start, die den neuesten DOM-Gossip aus erster Hand berichte. Und vor knapp einer Woche erzählte sie ihm, dass genau auf dieser Bahn ein Mann einen Herzinfarkt erlitten hatte und mit dem Krankenwagen in die Notfallambulanz nach St. Georg gebracht worden war. Was aus ihm wurde? Unbekannt.

Max war mit seiner erhöhten Reaktionsbereitschaft in Sachen Horror mit Sicherheit auch ein idealer Kandidat für einen Herzkasper. Vor seinem geistigen Auge sah er bereits die Titelzeile: *Mit Anfang 30 in der Geisterbahn zu Tode erschrocken.* Grauenvoll, unter solchen Umständen abzuleben. Es gab da eine Sache, vor der er sich besonders fürchtete. Lebende Geister für unberechenbare Schockmomente. Er hasste Live-Erschrecker wie die Pest. Schlimmer noch als Clowns im Zirkus. Wer war jemals auf die Idee gekommen,

Mitarbeiter zu verkleiden und auf ahnungslose Besucher loszulassen? Er konnte sich beim besten Willen nicht vorstellen, dass darauf überhaupt irgendjemand abfuhr. Vielleicht sollte es aber auch gar nicht witzig sein, sondern ausschließlich der Verbreitung von purer Angst und Schrecken dienen. Und diese Bahn setzte noch einen drauf. Im Inneren musste man einen Teil der Strecke zu Fuß zurücklegen, verfolgt von blutrünstigen Zombies, bis man den rettenden Ausgang erreichte. Auch das hatte er im Internet recherchiert. Er war vorbereitet und für alle Fälle gewappnet. Trotzdem mied er Geisterbahnen, die zu Fuß durchquert wurden, noch mehr als die zum Fahren. Als Kind war er in einem Geisterhaus gewesen, bei dem man zu Fuß durchlief. Bis heute, über 20 Jahre später, erinnerte er sich immer noch an den Namen: *Horror-Trip.* Wie passend. Er war sieben und hatte so lange gequengelt, bis sein Vater nachgegeben hatte. Er hatte anfangs gezögert und ihn dann noch mal mit ernster Miene gefragt, ob er *wirklich* da rein wollte. Er wollte es unbedingt. Nach hartnäckigem Betteln hatte er seinen Vater überredet. Weit kamen sie nicht. Es war stockdunkel. Zunächst ging es über Treppen in den ersten Stock und durch eine Tür auf einen Balkon ins Freie. Wieder im Inneren erwartete sie ein Bildschirm, der einen Mann mit einem blutüberströmten Kopf zeigte. Aus allen Poren spritze das rote Blut. Dazu diese lauten, markerschütternden, fürchterlichen Schreie. Es war grauenvoll. Aus heutiger Sicht zumindest unappetitlich und fragwürdig. Der kleine Max erschreckte sich wie noch nie in seinem Leben und fing sofort an zu weinen. Sein Vater hob ihn auf den Arm, wollte zum nächsten Raum übergehen. Doch er trommelte mit seinen kleinen Füßen und Beinen so wehrhaft und heftig, dass sie den Rückzug antraten, um den Weg zurück Richtung Eingang zu nehmen. Nach diesem Erlebnis hatte er nie mehr eine Geisterbahn betreten. Weder eine zum Fahren noch eine zu Fuß. Bis vor einem Jahr, als er Paula kennenlernte und der gemeinsame DOM-

Bummel zu einer geliebten Routine wurde. Die Fahrt in einer Geisterbahn gehörte mittlerweile dazu.

In diesem Moment bremste ein Wagen, stoppte abrupt vor ihnen. Sie waren die Nächsten. Max blickte auf seine Armbanduhr. Mal schauen, wie lang das Spektakel hier dauerte. Er hoffte, schnell wieder draußen zu sein. Meistens war so eine Fahrt ja immer eine Sache von wenigen Minuten. Inzwischen war es auch draußen stockdunkel, die flackernde Beleuchtung tauchte die ganze Bahn in eine bedrohliche gelb-rote Szenerie. Das Feuer war entfacht.

»Komm schon, Max. Wir sind dran. Es geht los.«

»Ich glaube, ich muss aufs Klo …«, versuchte er es mit einem letzten Vorwand.

»Das glaube ich nicht. Dafür ist es jetzt zu spät. Los, mach schon, hüpf rein. Kneifen ist jetzt nicht.«.

Der Wagen war genauer gesagt ein Käfig aus Stahl. Kaum hatten sie sich hingesetzt, wurde zunächst der Bügel und dann ihr Gefängnis auf Zeit fest verschlossen. Max schaute auf sein Handy. Er hoffte, dass der Spaß schnell vorbei war. Das Fahrzeug setzte sich mit einem Ruck in Bewegung. Ein Tor mit aufgemaltem Feuer sprang auf, und der Eingang zur Hölle öffnete sich. Anfangs schraubte sich das Gefährt im Dunklen immer höher. Bis auf ein paar Lichtblitze und Geräuscheffekte passierte nichts Unerwartetes. Hin und wieder kam eine unecht aussehende Zombiefigur blitzschnell aus der Dunkelheit hervorgeschossen. Angespannt wie ein Flitzebogen saß er im Wagen und erschreckte sich bei jedem Geräusch. Verbissen hielt er sich an den Gitterstäben fest und lugte hindurch. Für Außenstehende musste es ein Anblick zum Schreien sein, doch das war ihm egal. Sie waren ohnehin alleine unterwegs. Es schien, als wurde penibel darauf geachtet, den Abstand zwischen den Wagen ausreichend groß zu halten, sodass es zu keinen Begegnungen mit den anderen Fahrgästen kam. Warum saß er eigentlich in einem Käfig? Unschlüssig, ob das für Paula und ihn ein Vorteil oder ein Nachteil war, vermittelte es immerhin ein Gefühl der Sicherheit, obwohl sie gefangen waren.

Paula hingegen war eine coole Socke. Sie verzog keine Miene. Zumindest war das anzunehmen, denn sie saß wortlos neben ihm. Sie hatte sich untergehakt und gab ihm damit unbewusst moralischen Halt. Da erreichten sie das nächste Tor, das den Wagen für kurze Zeit ins Freie entließ. Augenscheinlich an der höchsten Stelle angekommen, offenbarte sich ein grandioser Ausblick auf den Festplatz. Von da an ging es nur noch abwärts. Das kannte er. Alle Geisterbahnen waren ähnlich aufgebaut und schlängelten sich von oben nach unten. Die Freude währte nur kurz, denn das nächste Tor verschlang sie wieder. Der Wagen fuhr merklich bergab, eine Ebene tiefer, und quietschte beim Abbremsen. Ein Stroboskoplicht blitzte pausenlos. Die Bewegungen um sie herum liefen nun in Zeitlupe ab. Die fiese Fratze eines Horrorclowns schnellte unaufhörlich vor und zurück wie ein Presslufthammer. Aus dem aufgerissenen Maul lugten messerscharfe Zahnreihen hervor. Paula streckte fasziniert die Hand nach ihm aus, wurde jedoch von den Gitterstäben zurückgehalten. Grelles Licht und schwarze Dunkelheit wechselten einander in einem rasanten Tempo ab.

Plötzlich gab es einen dumpfen Aufprall. Was war das? Wo kam das her? Es trommelte von oben gegen die Stäbe. Jemand war auf den Käfigwagen gesprungen. Max erkannte einen Schatten, und in einem lichten Moment sah er ihn. Ein Mann mit einer Zombiemaske grinste ihn feixend an. Der Irre vollzog ruckartige Bewegungen, so als ob er den Käfig auseinandernehmen wollte. Paula schrie unerwartet auf und lachte vor Freude. Er hingegen saß mucksmäuschenstill auf seinem Platz. Das Herz pochte ihm bis zum Hals. Der Wagen nahm eine Kurve, und der Zombie sprang hörbar ab. Es war wieder stockdunkel. Aus der Ferne vernahm er Schreie. Waren das die anderen Fahrgäste, die vor oder hinter ihnen fuhren? Überhaupt war die ganze Fahrt bisher ein einziger nicht endender Albtraum. Der Wagen steuerte unvermittelt weiter. In der vollkommenen Dunkelheit wummerte ein permanenter Bass, dessen Vibrationen Max bis in seinen Unterleib spürte. Zu allem Überfluss hörte er die beständigen Schreie in der Ferne. Als Nächstes kamen sie in einen Raum mit grausamen Folterszenen. Ein Mensch wurde enthauptet, und das Blut spritzte in einer Fontäne nach oben. Bei einer anderen Figur wurde der Brustkorb mit einem merkwürdig aussehenden Foltergerät auseinandergebrochen und das Herz herausgerissen. Das war nicht mehr nur unheimlich, sondern einfach eklig. Selbst Paula schaute ihn verdutzt an. Er hatte genug gesehen und presste die Augen fest zusammen. Die fürchterlichen Geräusche waren besser zu ertragen, wenn er nichts sah. Er klammerte sich an Paula. Sie würde die Augen niemals schließen. Es ging unaufhörlich weiter, ohne Erbarmen oder Verschnaufpause. Ein Windhauch wehte ihm um die Nase. Fuhren sie wieder draußen entlang? Vorsichtig öffnete er die Augen. Erst das eine, dann auch das andere. Kurz darauf wurden sie erneut von der Dunkelheit im Inneren verschluckt. Die Fahrt kam ihm endlos vor. Nach einer gefühlten Ewigkeit in höchster Anspannung stoppte der Wagen abrupt. Um sie herum blieb es finster.

»Nanu, warum halten wir denn an?«, flüsterte er ihr mit flatterndem Herzen zu.

»Ich habe auch keine Ahnung«, entgegnete sie ihm ebenso verunsichert.

»Da stimmt doch was nicht. Oder ist das geplant? Vielleicht soll das ein Teil des Erlebnisses sein? Die totale Verunsicherung mit dem, was nicht zu erwarten war. Etwas ist jedoch merkwürdig. Ich höre keine Schreie mehr, und auch der wummernde Bass ist nicht mehr zu spüren.«

»Du hast recht. Es ist alles ruhig. Vielleicht gab es einen Stromausfall? Das darf doch nicht wahr sein, was sollen wir denn jetzt machen?«

»Gar nichts. Wir bleiben einfach hier im Wagen sitzen. Das Ganze kann ja nicht ewig dauern. Bestimmt geht es gleich weiter, oder wenigstens kommt eine Durchsage.«

Es war stockdunkel. Eine Totenstille breitete sich aus. Die unheimlichen Geräusche, die aufflackernden Lichter, alles war mit einem Mal verstummt und erloschen. Max lief ein eiskalter Schauer über den Rücken, und er bekam einen Anfall von Panik. War Paula noch neben ihm? Er fasste nach ihrem Arm, da hörte er sie aufstöhnen. Vermutlich aus Frust und Langweile? Gefühlte lange, quälende Minuten saßen sie nebeneinander und schwiegen sich an. Bis sie die Initiative ergriff.

»Das ist ja vollkommen bescheuert. Es ist total stickig hier drinnen. Ich habe keine Lust, zu warten. Das kann ja ewig dauern, bis die Ursache für den Stromausfall gefunden wird.«

»Warte, ich leuchte mal mit meinem Handy.«

Max griff in seine Tasche. Akku leer. Na toll. Immer wenn man diese Dinger benötigte, funktionierten sie nicht oder waren aufgebraucht.

»Paula, kannst du mal leuchten?«

Sie zog ihr Mobiltelefon aus der Vordertasche des Rucksacks und schaltete es ein, doch der Lichtschein des Bildschirmes war nicht hell genug, um die Umgebung vollständig abzutasten. Das brachte sie nicht weiter.

»Kannst du jemanden anrufen?«

»Anrufen? Wen den? Wir sind doch nicht bei einer Quizshow, wo ich mal eben den Telefonjoker bemühen kann.«

»Mach keine Witze. Ich meine es ernst. Ich habe kein gutes Gefühl. Wir sollten Hilfe holen.«

»Und wen soll ich deiner Meinung nach anrufen? Meine Mutter?«

»Sehr witzig. Echt jetzt. Wie wäre es mit der Polizei?«

»Das finde ich so was von übertrieben. Aber wenn du unbedingt willst …«

Sie hielt ihm ihr Telefon hin. Max wählte die 110, doch das schien nicht zu funktionieren. Er schaute auf das Display. Kein Empfang.

»Was, wenn es kein Stromausfall ist, Paula? Ich habe wirklich das merkwürdige Gefühl, dass hier was nicht stimmt. Wann kommt denn endlich mal eine Durchsage?«

»Was soll denn hier nicht stimmen? Das Teil hier hat seinen Geist aufgegeben. Kein Strom, keine Durchsage. Ist doch logisch. Komm, wir steigen aus und gehen zu Fuß weiter. Wir müssen ja nur dem Schienenstrang folgen.«

Kurzerhand klappte sie das Gitter des Käfigwagens hoch, sodass der Ausstieg frei war.

»Wieso ließ es sich so einfach öffnen? Ich dachte, wir wären hier drinnen fest eingeschlossen und in Sicherheit vor allem, was da draußen lauert. Mich kriegen freiwillig keine zehn Pferde aus dem Wagen. Komm schon, Paula, setz dich wieder hin. Du musst hier nicht die Heldin spielen.«

»Bist du ein Mann oder ein Mädchen? Jetzt steig schon aus und komm einfach mit.«

Max saß wie versteinert in dem Wagen und wägte ab, welche der beiden möglichen Varianten die weniger bedrohliche war. Warum konnten sie nicht hier sitzen bleiben und auf Strom oder Rettung warten? Auszusteigen und zu Fuß weiterzugehen, das war in seinen Augen keine gute Idee. Er musste an seine Erfahrung mit dem Geisterhaus in seiner Kindheit denken. Nein, das war keine Option für ihn. Ängstlich versuchte er, nach Paulas Arm zu greifen.

»Paula, bist du noch da?«

Sein Ruf verhallte ohne Reaktion. Es kam keine Antwort mehr. Die Dunkelheit verschluckte ihn, und schlagartig musste er an die warnenden Worte von Esmeralda und denken.

Kapitel 8

Ich verstehe nicht, warum dieser Feigling nicht mitgekommen ist. Stattdessen hockt er bestimmt immer noch in dem verdammten Käfigwagen und hofft auf seine Rettung. Das ist mir aber zu blöd. Ich kann nicht einfach nur rumsitzen und darauf warten, dass es endlich weitergeht. Ich muss doch nur den Schienen folgen, die werden mich sicher zum Ausgang führen. Da muss ich also mal wieder die Heldin spielen. Das ist so was von typisch für Max, so ein Schisser. Der wird sich noch wundern. Was ist wohl schlimmer? Mutterseelenallein in dem Käfig zu sitzen oder mit mir den Ausgang zu suchen?

Doch halt, was ist das? Die Schienen nehmen eine Kurve und führen scheinbar wieder zurück. Wie kann das sein? Ich gehe besser weiter geradeaus. Wo ist bloß dieser verdammte Ausgang? Es ist immer noch stockdunkel. Wenn ich ins Freie komme, müsste die Dunkelheit doch anders aussehen, selbst wenn der ganz DOM stillgelegt ist und keinen Strom mehr hat. Aber ich kann meine eigene Hand nicht vor Augen sehen, und ohne die Schienen unter den Füßen fehlt mir jetzt jegliche Orientierung. Mist, was mache ich jetzt? Hatte Max nicht erzählt, dass ein Teil des Weges in der Geisterbahn zu Fuß durchlaufen werden muss? Ja genau, das wäre eine logische Erklärung. Die Strecke, die mit dem Käfigwagen zurückgelegt wird, endet hier; nun muss ich nur noch den Fußweg entlanglaufen. Oh Mann, es ist so stickig hier drin. Ich muss dringend an die frische Luft. Ich versuche, mich ganz langsam und vorsichtig in eine Richtung voranzutasten. Ja, so geht es. Ich muss nur aufpassen, dass ich nicht über irgendetwas stolpere. Das Gute am Stromausfall ist wenigstens, dass mich keine dieser Figuren erschrecken kann.

Leichter gesagt als getan. In der Dunkelheit war die Gefahr groß, über ein Hindernis zu Fall zu kommen. Hastig kramte sie in der Vordertasche ihres Rucksacks nach ihrem Telefon. Daran hatte sie vorhin nicht gedacht. Ihr Handy hatte doch eine Taschenlampenfunktion. Die war heller, als wenn nur der Bildschirm eingeschaltet war. Konnte sie sich damit einen Weg hinaus leuchten? Sie fand die Funktion und tastete mit dem Lichtkegel die Umgebung ab. Stumme Requisiten schauten sie an, wirkten auf sie wenig bedrohlich. Sie kam langsam voran, denn das Licht spendete bloß für wenige Meter Sicht.

»Aber was ist das da hinten? Sieht aus wie ein Lichtpunkt.«

Paula schalte das Handy aus, um die Lichtquelle in der Dunkelheit besser wahrzunehmen.

»Das gibt es doch nicht. Jetzt ist es wieder verschwunden. Bin ich jetzt auch schon völlig verrückt? Nein, eindeutig, da hinten es ein kleines Licht zu sehen. Jetzt blinkt es sogar.«

Sie war irritiert. Da bewegte sich doch etwas.

»Hallo, ist da jemand?«

Ihr Ruf blieb unbeantwortet.

»Ich werde in die Richtung gehen, woher das Licht kommt. Bestimmt ist das nur einer der Mitarbeiter, die uns hier rausholen wollen. Ja, das scheint zu funktionieren, das Licht wird deutlicher und stärker. Noch ein paar Schritte, dann bin ich da. Doch halt, jetzt ist es wieder aus.«

Genervt und verunsichert versuchte sie es erneut.

»Hey hallo, können Sie mich hören? Machen Sie die Taschenlampe an, damit ich weiß, wo ich hingehen muss. Noch wenige Meter, dann habe ich es geschafft. Da scheint ein Mann zu sein. Sein Gesicht kann ich nicht erkennen, da er sich die Taschenlampe direkt vor das Gesicht hält.« Sie erhielt weiterhin keine Antwort.

»Hallo, können Sie mir helfen? Es gab einen Stromausfall, mein Freund ist noch im Wagen«.

Paula schalte das Handy wieder auf Lichtmodus und hielt es in die Dunkelheit. Sie erkannte einen Mann mit einer Zombiemaske auf dem Kopf. Kurz war sie irritiert, befand dann aber, dass dieses Zusammentreffen in einer Geisterbahn gar nicht so ungewöhnlich war.

»Moment mal, hier stimmt was ganz und gar nicht. Was hat er da in seiner Hand? Ist das eine Axt? Warum denn das? Und warum hebt er jetzt die Arme mit der Axt nach oben? Ach du Scheiße. Wer auch immer das ist, der will mir nicht helfen. Der will etwas ganz anderes. Und er kommt direkt auf mich zu.«

In diesem Moment ertönte ein krachendes Geräusch von zersplitterndem Knochen, gefolgt von einem Aufschrei. Paula spürte einen stechenden Schmerz und konnte sich kaum aufrecht halten. Das Handy fiel aus ihrer Hand auf den Boden. Sie sah, wie der beleuchtete Bildschirm außer Reichweite in eine Ecke rutschte. Die Beine knickten weg. Sie versuchte, Halt zu finden. In ihrer Verzweiflung griff sie nach dem Erstbesten. Sie bekam einen Vorhang zu fassen, den sie mit zu Boden riss. Eine warme Flüssigkeit lief an ihren Waden hinunter. War das Blut? Unfähig, einen klaren Gedanken zu fassen, wurde ihr in diesem Moment bewusst, dass ihr persönlicher Albtraum gerade erst begann. Der Mann mit dem Taschenlampengesicht hatte ihr von der Seite mit voller Wucht die Axt in die Kniekehlen gerammt. Mit schmerzverzerrtem Gesicht krümmte sie sich am Boden. Sie wollte schreien, aber als sie den Mund öffnete, kam kein Laut heraus. Obwohl es stockdunkel war, wurde ihr schwarz vor Augen. Ihr war übel. Mühsam versuchte sie, vorwärts zu robben. Das grelle Licht der Taschenlampe flackerte auf, und der Kegel schien ihr direkt ins Gesicht. Sie blinzelte, erkannte lediglich schemenhafte Umrisse. Der Mann stand unmittelbar vor ihr. Sie spürte, wie der Verrückte sie an ihren Haaren packte und hinter sich herzog. In der anderen Hand schleifte die Axt auf dem Boden. Er atmete unkontrolliert und heftig. Ihre Bemühungen, mit den Beinen zu strampeln, liefen ins Leere. Sie hatte die Kontrolle über ihre Bewegungsabläufe verloren. Hilflos ruderte sie mit den Armen, griff immer wieder ins Nichts. Mit jedem Versuch, sich von ihm zu befreien, schwand ihre Energie. Er schleifte sie weiter erbarmungslos hinter sich her die Gänge entlang, bis er heftig schnaufend eine Pause machte. Auch er schien am Ende seiner Kräfte. Dann ließ er von ihr ab und hob die Axt in die Höhe. Paula schloss instinktiv die Augen. Sie spürte einen heftigen Schmerz, der sich durch den ganzen Körper zog. Kurz darauf versank sie in Dunkelheit.

Als Paula langsam wieder zu sich kam, fühlte sie sich wie eine Sardine in der Blechbüchse. Eingelegt und konserviert. Sie war mit einer Art Plane überzogen und lag auf dem Boden mit dem Gesicht nach unten. Ihre Nasenspitze war in eine Pfütze eingetaucht. Sie schüttelte sich und prustete. Ihre Hände waren an ihren Körper gepresst, und dieser war in etwas eingewickelt. War das ein Teppich, in den man sie eingerollt hatte? Ihren Kopf konnte sie zwar ein wenig heben, der Rest ihres Körpers ließ sich jedoch auch mit größter Anstrengung keinen Zentimeter bewegen. Was war passiert? Wo war sie? Um sie herum war es dunkel, aber als sie den Kopf zur Seite drehte, konnte sie durch ein Loch in der Plane nach draußen schauen. Durch den kleinen Schlitz konnte sie kaum etwas erkennen. Doch was war das? In der Ferne funkelten Lichter. Sie horchte auf, aber sie konnte keine Geräusche wahrnehmen. Es war unheimlich, sie fühlte sie wie in einer Luftblase gefangen. Sie spürte nichts, auch wenn sie ein innerlicher Schmerz wie eine dunkle Vorahnung durchzog. Dann fiel es ihr schlagartig wieder ein. Sie war auf dem DOM. Sie war mit der Geisterbahn gefahren.

Mit Max. Es gab einen Stromausfall, sie war aus dem Wagen ausgestiegen. An das, was dann passierte, konnte sie sich nicht mehr erinnern. Nun lag sie hier. Verzweiflung machte sich in ihr breit, doch auch Zuversicht, sich aus dieser misslichen Lage zu befreien. Sie stöhnte und öffnete den Mund, aber sie brachte keinen Laut heraus. Sie versuchte zu schreien, um auf sich aufmerksam zu machen. Es war vergebens. Eine Zeit lang blieb sie regungslos liegen, den Kopf wieder nach unten gesenkt, um Kräfte zu sammeln und einen neuen Anlauf zu wagen, als es neben ihr raschelte. Zwei Knopfaugen schauten sie an. Eine winzige Maus war über das Zusammentreffen genauso erstaunt wie sie. Zögerlich schnupperte das Tier an ihrer Nase, piepste und verabschiedete sich dann so plötzlich, wie es aufgetaucht war, in die Dunkelheit.

»Halt, bleibe doch bitte noch etwas. Lauf nicht weg«, wollte Paula ihr hinterherrufen, doch die Stimme gehorchte nicht ihrem Willen; außerdem war der Nager ohnehin bereits über alle Berge.

Es vergingen weitere Minuten oder vielleicht Stunden. Wer wusste das schon? Paula hatte jegliches Zeitgefühl verloren. Nach zwei weiteren vergeblichen Befreiungsversuchen war sie erschöpft und müde. Ihr blieb nichts anderes, als bis auf den nächsten Tag und den Morgen zu warten, um dann hoffentlich bei Tageslicht gefunden zu werden. Ein leises Quietschen ließ sie aufschrecken. Sie horchte genauer hin. Es klang, als wenn ein Bollerwagen mit wackelnden Reifen über den Asphalt gezogen wurde. Kurz darauf hörte sie vermeintlich Schritte. Jetzt war es so weit. Sie drehte völlig durch. Doch dann wurde die Plane angehoben und ein Stück weit beiseitegeschoben. In der Dunkelheit konnte sie nichts sehen, aber das war die Rettung. Endlich. Geradewegs blickte sie in ein Gesicht, das jedoch nur schemenhaft zu erkennen war. Es war eingerahmt von einer Kapuze, die bis über die Augen gezogen war.

»Hallo.«

Paula zappelte innerlich.

»Warte, ich helfe dir«, flüsterte ihr jemand zu.

Voller Zuversicht liefen ihr spontan Tränen über die Wangen. Sie versuchte, ihre Lippen zu bewegen, um einen Satz nach außen dringen zu lassen, aber dieser Versuch blieb wie alle davor ohne Erfolg.

»Halte durch. Gleich bist du erlöst«, hauchte der Unbekannte.

Mit einem Ruck drehte er sie samt der Rolle um, dass sie in den mit Sternen übersäten Nachthimmel schaute. Das Universum breitete sich in seiner Schönheit vor ihr aus, das ihr Raum und Luft zum Atmen gab.

»Mach mich einfach nur schnell los«, wollte sie ihm zurufen.

Beherzt und begleitet von einem Stöhnen wurde sie in eine senkrechte Position gebracht. Jetzt konnte sie es erkennen: Sie war hinter einem Fahrgeschäft abgelegt und unter einer Plane versteckt worden. Es waren wenige Meter bis zum rettenden Besucherweg, auch wenn zu dieser Uhrzeit sämtlicher Betrieb eingestellt war und niemand mehr durch die Gassen lief. Ohne ein Wort zu sagen, drehte sich ihr Retter um und holte etwas aus der Dunkelheit. Sie hörte wieder das quietschende Geräusch. Mit Erstaunen stellte sie fest, dass es aussah wie eine Sackkarre.

»Gleich hast du es geschafft. Kleinen Moment noch.«

Der Retter kramte in seiner Tasche. Vermutlich suchte er nach einer Schere oder einem Messer, um sie loszuschneiden. Mit einem kleinen länglichen Gegenstand in der rechten Hand kam er auf sie zu. Die Kapuze rutschte nach hinten, seine finster funkelnden ausdruckslosen Augen kamen zum Vorschein. Sie blickte direkt hinein und zuckte zusammen. Das, was sie dort sah, ließ sie erschaudern. Sie war dem Teufel persönlich begegnet. Gedanken rasten durch ihren Kopf und versuchten, sich einen Weg in die Wirklichkeit zu bahnen. In diesen Moment legte er seine linke Hand auf ihren Mund und drückte sie nach hinten gegen die Wand. Mit der anderen Hand nahm er die Kapuze ab und lächelte sie an. Paula zuckte zusammen.

»Oh nein. Nein! Das konnte doch nicht sein.«

Ein Pikser, den sie an ihrem Hals spürte, riss sie aus ihren Gedanken. Er hatte sie gestochen. Dann sah sie es. Die silberne Nadelspitze funkelte unschuldig im Mondschein. Seine Hand löste sich von ihrem Mund, und sie fiel in einen tiefen, finsteren Strudel, der sie immer mehr aus der Wirklichkeit zog.

Der Raum war nur spärlich mit einer flackernden Deckenlampe beleuchtet. Einige Kerzen, die er eilig aufgestellt hatte, tauchten die Szenerie in ein stimmungsvoll melancholisches Bild. Er vergewisserte sich, dass die Tür von innen fest verriegelt war, sodass niemand ihn stören konnte. Die Werkbank, die sonst am hinteren Ende des Raumes stand, hatte er in die Mitte geschoben und zu einem Tisch umfunktioniert. Eine zweite befand sich auf ihrem angestammten Platz an der linken Seite. Die Präzisionsinstrumente hatte er sich vorausschauend zurechtgelegt. Ein Meißel, eine Säge, ein Hammer sowie Messer in verschiedenen Größen lagen fein säuberlich nebeneinander aufgereiht. Dazu eine Schüssel mit Wasser und zwei Plastikeimer unter dem Tisch. Sein Herz schlug bis zum Hals. Nervenaufreibend. Auch für ihn. Er schaute sich um. In einem Eckregal im hinteren Bereich, das sonst durch einen Vorhang verdeckt war, standen diverse Gläser, gefüllt mit Flüssigkeiten und besonderem Inhalt. Seine Ersatzteile. Dazu ein Werkzeugkoffer aus Metall sowie eine große, abgenutzt aussehende Flasche mit der Aufschrift *Formaldehyd.* Erleichtert schaute er sich um. Es war alles bestens vorbereitet. Zufriedenheit breitete sich in ihm aus, während er aus einer Schublade ein Paar Latexhandschuhe zog und sich überstreifte. Im Radio lief *Tonight you belong to me* von Nancy Sinatra. Für einen kurzen Moment stoppte er.

In seiner Hosentasche hatte er das Handy, das er vorhin zum Glück noch schnell vom Boden aufgehoben hatte. Er legte es auf die Werkbank und schlug mit einem Hammer darauf ein, bis es deformiert und unbrauchbar aussah. Mit Blick auf die bevorstehende Anstrengung seufzte er tief durch. Die ganze Operation würde bis in die frühen Morgenstunden dauern. Auch wenn er mittlerweile geübt war und jeder Handgriff saß, nahm er sich gebührend Zeit. Er war ein Künstler. Und als Künstler war er erst dann mit dem Ergebnis zufrieden, wenn alles perfekt arrangiert war. Sollte er vorher noch eine Zigarette rauchen? Für die nächsten Stunden musste er ohne durchhalten, außerdem war drinnen in dem Raum das Rauchen verboten. Ohnehin wäre das zu gefährlich, schließlich standen hier verschiedene Flüssigkeiten herum, die laut Etikett leicht entflammbar waren. Nicht, dass die ganze Bude abfackelte und ihm um die Ohren flog. Damit wäre keinem gedient. Gefahrenabwehr am Arbeitsplatz war nicht nur dem Alten, sondern mittlerweile auch ihm wichtig. So streifte er sich die Latexhandschuhe wieder ab und zog die Schürze aus. Seine Arbeiterhände fühlten sich rau und rissig an, aber er war nicht der Typ, der eine Handcreme benutzte. Zur Sicherheit löschte er die Kerzen, bevor er vor die Tür ging.

Draußen zündete Wilbert sich genüsslich eine Zigarette an und blies den fahlen Rauch in die Luft. Er musste daran denken, wie es dazu gekommen war. Wie er es geschafft hatte, seine verrückte Idee in die Tat umzusetzen. Das alles so schnell gehen würde, hatte er sich in seinen kühnsten Träumen nicht ausgemalt. Glücklicherweise war er zur richtigen Zeit am richtigen Ort und hatte die Gunst der Stunde erkannt und genutzt. Es war an einem dieser langweiligen Abende. An der Geisterbahn *Monsterhöhle* war wieder mal nichts los, sodass die Aushilfe auch ohne ihn klarkam. Der Alte hatte sich bereits in seinen Wohnwagen zurückgezogen und zwitscherte sich einen, wie fast jeden Abend. So hatte er

Zeit, über den Platz zu stromern. Überall um ihn herum drehten sich die Fahrgeschäfte, und der Rubel rollte. Kinder lachten, Erwachsene schrien vor Vergnügen. Es war eine ausgelassene und fröhliche Stimmung. Ganz anders als sein Gemütszustand. An der *Nightmare* blieb er wie angewurzelt stehen und beobachte das Treiben. Er fühlte sich magisch angezogen, auch wenn der Neid ihn dabei fast zerfraß. Frustriert wollte er durch die Wohnwagengasse wieder zurückgehen, als er abseits der Bahn an einem Container vorbeikam; das Vorhängeschloss an dessen Tür stand halb offen. Entzückt von der Gelegenheit, öffnete er es und fand sich überraschenderweise im Elektroschaltraum wieder. Ein Geschenk des Himmels! Ohne weiter nachzudenken, riss er kurzerhand einige Kabel aus der Verankerung. Dazu drückte er einen verlockend aussehenden roten Knopf. Er war sich selbst nicht sicher gewesen, was er damit angerichtet hatte. Schnell und heimlich verließ er seinen Posten, bevor ihn jemand sehen würde. Wie in Trance hängte er das Vorhangschloss wieder ein und drückte die Tür zu. Draußen war jetzt eine Menge los, obwohl Geräusche und Lichter verstummt waren. Die Wagen an der Bahn standen still, einige Leute liefen aufgeregt hin und her. In diesem Augenblick erkannte er die Chance, die sich so vermutlich nie wieder ergeben würde. Es gelang ihm, unbemerkt durch einen Notausgang an der Seite der Bahn ins dunkle Innere zu gelangen. Zum Glück hatte er eine kleine leistungsstarke LED-Taschenlampe an seinem Schlüsselbund, sodass er sehen konnte, an welcher Stelle er sich befand. Dann ging alles ganz schnell. Wie fremdgesteuert vollzog er seinen kühnen Plan. Leider verblasste die Erinnerung daran Zunehmens. Er schnappte sich eine Axt aus der Szenerie, die zu seinem Erstaunen aus Metall war. Es hatte sich bezahlt gemacht, dass er die Bahn inzwischen unzählige Male gefahren war und mittlerweile aus dem Effeff kannte. Er wusste, an welcher Stelle er sich befand, und brauchte nichts weiter zu tun, als zu warten. Entweder schwirrten hier noch Besucher herum, die einen Weg nach draußen suchten, oder er musste sich gedulden, bis die Bahn wieder hochgefahren wurde. Zwischendurch wäre er dabei fast von einem der Live-Erschrecker überrascht worden, der immer noch nichts ahnend durch die Gänge stapfte. Ihn auszuschalten war ein leichtes Spiel gewesen. Dazu genügte ein beherzter Schlag mit der Rückseite des Axtstiels gegen den Kopf des Mannes. Diesen Move hatte er sich beim Billardspielen abgeschaut, auch wenn die Kugel bzw. der Kopf hier um einiges größer war. Kurz überlegte er, ob er mit dem Mann nicht jemanden gefunden hatte, zog es jedoch vor, kein so prominentes Opfer zu nehmen. Mühelos hievte er den erschlafften Körper an die Seite, zog die Zombiemaske vom Kopf und setzte sie sich auf. Was für eine perfekte Tarnung! So erkannte ihn niemand. Ein Gefühl von Macht und Stärke überkam ihn, für einen Moment fühlte er sich nahezu unbesiegbar. Plötzlich wurde er von einer Stimme aus der Dunkelheit überrascht.

»Hallo, ist da jemand?«

Wilbert schaltet die Taschenlampe ein und leuchtete die Person an. Jackpot. Eine junge Frau mit hervorragenden baulichen Merkmalen. Es entbrannte ein kurzer Kampf, den er für sich verbuchen konnte, auch wenn es dabei zu einigen ungewollten Kollateralschäden an seinem Objekt kam. Zudem war sie bewusstlos. Er hoffte inständig, dass sie nicht tot war. Das wäre zu diesem frühen Zeitpunkt unnötig. Sie dann nach draußen zu schaffen war noch mal eine Herausforderung für sich, denn trotz ihres kompakten Körperbaus war sie äußerst unhandlich. Niemals hätte er mit ihr ungesehen über den Platz laufen können. Er musste sie direkt hinter der Geisterbahn *Nightmare* ablegen, um sie dann zu späterer Stunde abzuholen. Die Glückssträhne schien nicht abreißen zu wollen, denn Backstage wartete allerlei Gerümpel auf ihn. Neben einem ausrangierten Teppich fand er Kabelbinder. Eine Plane diente als Unterschlupf und Versteck, bis er sie nach Feierabend abholen und in Sicherheit bringen konnte.

Paula öffnete blinzelnd die Augen. Ihr Blick war verschwommen und trüb. Sie konnte nur auf einem Auge sehen und spürte einen straffen Verband um ihren Kopf, der ihr linkes Auge abdeckte. Sie fühlte sich benommen und schläfrig. Was war passiert? Sie konnte sich an nichts erinnern. Wo war sie? Warum war es so dunkel? Nur eine kleine Lampe über ihr spendete etwas Licht. Träumte sie? Sie verspürte keinerlei Schmerzen, sondern fühlte sich fast schon angenehm wie in Watte gepackt. Warum war sie so müde? Vergeblich versuchte sie, den Kopf zu bewegen, aber sie war an irgendetwas fixiert.

Die Versuchung überkam sie, die schweren Augenlider wieder zu schließen und weiterzuschlafen. Doch als sie weder ihre Arme noch ihre Beine spürte, schreckte sie auf. Ihr rechtes Auge wanderte ziellos in ihrem eingeschränkten Sichtfeld hin und her. Die Wimpern zitterten vor Anstrengung. Sie schaute zur Wand und entdeckte Gläser, in denen in einer Flüssigkeit merkwürdige Teile konserviert waren. Was genau, konnte sie nicht ausmachen. Ihr Auge bewegte sich zur anderen Seite, und sie blickte direkt in eine hässliche Fratze. Der Kopf eines Monsters. Für einen Moment war sie sich sicher, dass es nur ein Albtraum sein konnte und sie gleich schreiend aufwachen würde. Aber der Schrei kam nicht, der Albtraum wurde zur Realität. Sie schaute an sich herunter und erkannte, dass sie auf einer Art Tisch lag und mit dem Oberkörper sowie an den Beinen und Füßen festgebunden war. Ihre Hände waren mit einem silbernen Klebeband vor ihrem Bauch zusammengefaltet und so streng gefesselt, dass sie sie nicht bewegen konnte. Die Beine waren straff mit einem weißen Kompressionsverband umwickelt. Etwas Rötliches zeichnete sich darunter ab. Panik stieg in ihr auf. Sie ahnte die unmittelbare Gefahr, wenngleich sie sich nicht erinnerte, wie sie in diese Lage gekommen war. Hastig wollte sie sich freistrampeln, aber die Riemen ließen keinen Zentimeter Spielraum. Mit dem unbändigen Willen, hier nicht hilflos liegen zu bleiben, schaffte sie es, ihre zusammengeklebte Faust in Richtung ihres Kopfes zu ziehen. Sie öffnete den Mund so weit, dass sie mit den Zähnen das Band bearbeiten konnte; mühsam versuchte sie, die einzelnen Fasern abzubeißen oder zu durchtrennen. Schweißgebadet von der Anstrengung, hatte sie es nach einer Weile geschafft, die Hände zu befreien. Hastig tastete sie sich in Richtung Kopf vor und suchte verzweifelt nach der Schnalle des Riemens, um die Fixierung der Arme zu lösen. Sie horchte auf. War das ein Geräusch oder nahm sie ihren eigenen, wie verrückt pochenden Herzschlag war? Für einen Moment hielt sie inne, um Kräfte zu sammeln. Es gelang ihr, die Schnalle am Oberkörper zu lösen, sodass sie sich ein wenig aufrichten konnte. Ihre Beine spürte sie nicht. Sie schaute an sich herunter und sah, dass sie komplett mit einem Verband umwickelt waren. Eine rötlich aussehende Flüssigkeit trat an einigen Stellen aus. War das Blut? War das ihr Blut? Ihr wurde schwindelig, sie hätte am liebsten für einen Moment innegehalten, aber sie hatte keine Zeit zu verlieren. Mit einem unterdrückten Stöhnen riss sie die letzte Schnalle an ihren Beinen ab. Wie wild trommelte sie auf ihnen herum in der Hoffnung, wieder etwas zu spüren. Es war zwecklos. Trotzdem kein Grund, hier liegen zu bleiben und aufzugeben. Immerhin hatte sie sich befreit. Es musste einen Weg aus dieser Folterkammer geben. Wer immer sie in diese Lage gebracht hatte, sie hoffte inständig, dass er nicht zurückkam. Beherzt rollte sie sich mit unbändiger Kraft vom Tisch ab. Sie versuchte, Halt zu finden, und stützte sich mit ihren Armen an einer Werkbank ab. Weit kam sie nicht. Prompt knickte sie zusammen und konnte nicht verhindern, dass ihr ein lauter Aufschrei entfuhr. Da war er. Der vermisste Schmerz. Mit letzter Kraft griff sie ziellos in die Luft, konnte sich am Eckregal ein Stück weit hochziehen, rutschte jedoch wieder ab. Unter einem ohrenbetäubenden Krach riss sie einige lose Gegenstände mit sich zu Boden. Sie lag am Boden und war am Ende. Um sie herum Scherben und ein sich ausbreitender, stechender Geruch nach Krankenhaus. Ein Kasten mit Werkzeug hatte sie zu allem Überfluss am Kopf gestreift. Hoffnungslos gab sie sich geschlagen. Wer immer ihr das angetan hatte und was immer er mit ihr vorhatte, er hatte gewonnen. In dieser Ausweglosigkeit erfasste ihre rechte Hand einen spitzen Gegenstand. Ein Schraubenzieher war bei dem Sturz des Kastens in ihre Richtung gerollt.

Durch den lauten Krach der umstürzenden Gegenstände aufgeschreckt, stürmte er zurück in den Raum.

»Oh nein, nein, nein. Was tust du denn da? Warum bist du überhaupt aufgewacht? Das sollte doch gar nicht passieren«, rief er mit unterdrückter Stimme.

Es kam keine Antwort, nur ein leises Stöhnen war zu hören. Jetzt durfte er nicht den Kopf verlieren. Auf gar keinen Fall. Er musste nachdenken. Was sollte er tun? Er hätte das Ganze hier auf die Schnelle beenden können. Der Hammer lag griffbereit. Aber er wollte nicht riskieren, dass sein Modell im Kopfbereich sichtbaren Schaden nahm. Diese Variante wollte er nur im äußersten Notfall anwenden. Das Naheliegendste war, noch mal die Dosis zu erhöhen. Hastig kramte er in den Schubladen und wurde fündig. Erneut zog er sich die Latexhandschuhe an, denn sauberes und sicheres Arbeiten lag ihm am Herzen. Selbst in der größten Hektik warf er seine Vorsätze nicht über Bord. Kurz darauf hatte er eine zweite Spritze einsatzfertig aufgezogen. Er kniete sich vor sie hin, wobei das eine Bein ihren Brustkorb fixierte. Gegenwehr erfolgte nicht. Mit einer Hand stütze er sich ab, in der anderen hielt er die Kanüle. Ein leises Winseln drang unangenehm in seine Ohren. Es tat ihm aufrichtig leid, dass sich die ganze Prozedur in die Länge zog. Das war nicht eingeplant. Für das nächste Mal sollte er auf jeden Fall noch mal die Abläufe optimieren und vor allem die Dosis anpassen. Soviel war sicher.

»Keine Sorge, es tut nicht annähernd so weh, wie du denkst, das müsstest du doch mittlerweile wissen«, sagte er und setzte die Spritze punktgenau am Hals an.

Unerwartet spürte er einen heftigen stechenden Schmerz in der Hand, mit der er sich auf den Boden aufstützte. Spontan schrie er laut auf. Die Spritze fiel herunter und rollte in die Ecke unter die Werkbank. Neben seiner Handfläche breitete sich langsam eine Blutlache aus. In seinem Handrücken steckte ein Schraubenzieher.

»Nimm das, du Arschloch.«, hörte er sie mit einem letzten Atemzug sagen, bevor ihm schwarz vor Augen wurde.

Kapitel 9

6.00 Uhr. Der Wecker klingelte. Max lag wach in seinem Bett. Er hatte die ganze Nacht kein Auge zugetan und musste immer wieder über diesen seltsamen Abend auf dem DOM nachdenken. Was war passiert? Er starrte an die Decke und grübelte.

Max hatte in dem Käfigwagen ausgeharrt, bis Hilfe kam. Es schien ihm wie eine Ewigkeit, bis die Stromversorgung wieder anlief. Dann gingen Lichter an. Plötzlich wurde es taghell. Überrascht hielt er sich die rechte Hand vor die Augen und blinzelte ins grelle Licht. Vorsichtig blickte er sich um. Selbst im Hellen erschien ihm alles unwirklich. Aus der Ferne glotzte ihn eine Geisterbahnfigur doof an. Er schaute auf seine Armbanduhr. Seit dem Beginn der Fahrt war knapp eine Viertelstunde vergangen. Auf einmal setzte sich der Käfigwagen wieder in Bewegung. Die Szenen, an denen er vorbeifuhr, wirkten jetzt wie ausgestorben. Nichts bewegte sich, er hörte keine Geräusche bis auf das Klackern seines Wagens, der kurz darauf stoppte. Ein Mann kam ihm entgegen. Das musste einer der Mitarbeiter der Geisterbahn sein. Zum Glück sah er normal aus und war nicht verkleidet. Max solle aussteigen und ihm folgen. Der Weg führte durch die Kulissen, eine Treppe abwärts, dann gelangten sie ins rettende Freie. Max atmete erleichtert auf. Nach und nach setzten die ersten Lichter an den Fahrgeschäften und Buden wieder ein, und die Geräuschkulisse nahm Fahrt auf. Es regnete in Strömen, obwohl das Wetter beim Betreten der Bahn gut gewesen war. Doch wo war Paula? Im Getümmel erkannte er sie nicht. Angesichts der Dunkelheit und bei den vielen Menschen nicht verwunderlich. Das Kettenkarussell gegenüber drehte bereits wieder seine Runden. Vor dem *Nightmare* tummelte sich eine Schar Leute vor dem Ticketcounter. Was war da los? Neugierig ging er näher. Er traf sowohl Personen an, die fahren wollten, als auch welche, die aufgrund des Stromausfalles die Reise unterbrechen mussten. Anhand der lauten Stimmen hörte er, dass einige Fahrgäste ihr Eintrittsgeld zurückforderten. Dafür hatte Max keinen Kopf, das Geld war ihm egal. Er war auf der Suche nach Paula. Irgendwo hier musste sie doch auf ihn warten. Hastig sah er sich um, konnte sie aber nirgends entdecken. Hatte sie sich untergestellt, weil es so regnete, und wartete dort auf ihn? Er ging zur Bauernkate nebenan und schaute durch die Reihen. Hier hatten sie doch schon oft bei einem Bier zusammengesessen. War es nicht sinnvoll, wenn sie vielleicht an diesen Ort zurückgekehrt war? Aufgrund des schlechten Wetters herrschte kaum Betrieb, sodass er sich sicher war, Paula nicht zu übersehen. Merkwürdig. Wo steckte sie nur? Er spielte im Kopf alle Möglichkeiten durch. Hatte sie ihn im Stich gelassen und zog ihr eigenes Ding durch? War sie wütend auf ihn, weil er im Wagen sitzen geblieben war? Das passte nicht zu ihr. Sie war nie nachtragend. Spätestens wenn sie sich draußen vor der Geisterbahn wiedergesehen hätten, wäre sie ihm um den Hals gefallen und hätte lautstark gelacht. Da ihm nichts Besseres einfiel, ging er zum *Nightmare* zurück. Die Bahn stand immer noch weitestgehend still und hatte den Betrieb offenbar noch nicht wieder aufgenommen. Nur wenige Fahrgäste warteten unmittelbar davor. So konnte er sich einen guten Überblick verschaffen. Paula sah er nirgendwo. Er schaute zum Ticketcounter, die Warteschlange hatte sich aufgelöst. Damit bot sich ihm die Chance, sich nach Paula zu erkundigen. Die Frau in Schwarz saß dort mit einem kleinen weißen Pudel auf dem Schoß und spielte mit ihrem Handy. Er trat näher heran, und der

Hund guckte ihn mit großen Augen an. Den hatte er vorhin nicht bemerkt.

»Das macht sechs Euro. Kann aber noch etwas dauern, bis es wieder losgeht. Es gab einen Stromausfall größeren Ausmaßes. Die Techniker sind gerade dabei, die Ursache herauszufinden«, sagte sie, ohne aufzublicken.

»Ach guck mal an, sie kann sprechen«, dachte sich Max. »Nein, ich möchte nicht mitfahren. Ich bin eben schon mitgefahren; ich war da drin, als es die Störung gab.«

»Dann willst du dein Geld zurückhaben?«, fragte die Frau genervt und kramte mit ihren Fingern nahezu blind in der Kasse nach Münzgeld. Der Pudel drehte sich prompt zweimal im Kreis, um es sich in ihrem Schoss gemütlich zu machen.

»Nein, es geht mir nicht um das Geld. Ich vermisse meine Freundin. Sie war mit mir in einem Wagen, aber ich kann sie nicht mehr finden.«

Diese Nachricht war es immerhin wert, dass sie ihr Handy beiseitelegte und ihn direkt mit großen Augen anschaute.

»Was ist das denn für eine merkwürdige Geschichte? Du meinst, du hast deine Freundin hier in der Geisterbahn verloren? So was habe ich ja noch nie gehört. Du willst mich wohl auf den Arm nehmen? Bist du dir sicher?«

»Also das ist zumindest das letzte Mal gewesen, das ich sie gesehen habe«, entgegnete Max seufzend mit hängenden Schultern. »Sie ist ausgestiegen, weil es nicht weiterging, und war dann auf einmal weg. Sie wollte nach draußen gehen, auf eigene Faust. Aber dann müsste sie ja hier irgendwo sein?«

»Hast du mal darüber nachgedacht, dass sie sich vielleicht gar nicht von dir finden lassen will? Vielleicht ist sie einfach nach Hause gegangen oder hat jemanden anderen getroffen, mit dem sie jetzt ihren Spaß hat?«

»Nein, nein.« Max war entrüstet. »So eine ist sie nicht. Sie würde mich doch nicht einfach versetzen und hier stehen lassen. Ich kenne sie. Das ist nicht ihre Art.«

»Ich verstehe trotzdem nicht, wie ich dir helfen kann. Ehrlich, du bist ein netter Typ, aber von der Sorte gibt es hier auf dem DOM viele. Nimm es nicht so schwer. Du wirst bestimmt die Richtige finden. Ich sehe das doch jeden Tag, dass die Mädels den Typen hier reihenweise die Köpfe verdrehen.«

»Oh, Mann«, dachte sich Max und zweifelte an seiner Gesprächsführung. »Nein, sie ist noch da drinnen. Ich habe ein ungutes Gefühl. Was, wenn ihr irgendwas passiert ist? Vielleicht ist sie gestolpert und liegt jetzt irgendwo verletzt in der Requisite und wartet auf Hilfe?«

Mittlerweile klang er beinahe hysterisch, was seine Wirkung jedoch nicht verfehlte.

»Okay. Ganz ruhig. Alles wird gut. Ich hole den Chef. Der wird sich darum kümmern.«

Die Frau in Schwarz nahm das Telefon in die Hand und hatte damit offensichtlich einen direkten Draht zum Chef, denn sie wählte keine Nummer.

»Kleinen Moment. Der Chef kommt gleich. Wenn du so nett wärst und an der Seite warten würdest. Dann kann ich hier schon mal weitermachen.«

Max schaute sich um. Es war niemand hinter ihm, aber er trat wie gewünscht zur Seite. Da die Lichter an der Bahn angingen und die Geräuschkulisse einsetzte, schien der Betrieb wieder anzulaufen. Kurze Zeit später kassierte die Frau in Schwarz bereits wieder. Mit Sorge blickte er an der dunklen Fassade hoch. Alles erweckte den Anschein, als wenn nichts geschehen wäre. Für sein Empfinden wirkte die Szenerie allerdings finsterer und bedrohlicher als je zuvor. Was war da drinnen passiert? Und wo war Paula? Schreie drangen aus dem Inneren. Max zuckte zusammen. Das waren die Lustschreie der sich gruselnden Fahrgäste. Hoffentlich. Er wartete keine fünf Minuten, dann kam ein Mann in einem dunklen Anzug mit weißem Hemd zu ihm und stellte sich mit dem Namen Rosenfeldt vor. So wie er aussah, war er der Chef. Max berichtete von den Ereignissen und versuchte dabei, unaufgeregt zu klingen. Der Mann legte seine Stirn in Falten und schaute ungläubig. Dann zückte er ein schickes Designer-Handy. Diskret wandte er sich zur Seite. Es wurden ein paar Worte gewechselt, die Max nicht verstand. Vor Ende des Telefonates drehte sich Rosenfeldt wieder zu ihm um mit einer Geste, die Max nicht deuten konnte. Dabei nickte er mit dem Kopf. Damit war das Gespräch beendet.

»Ich schicke einen meiner Mitarbeiter durch. Wir haben gerade erst wieder alles hochgefahren, daher kann ich die Bahn nicht einfach so noch mal komplett stoppen. Aber wenn sie noch da drin ist, dann finden wir sie. Keine Sorge, okay.«

»Danke, das ist wirklich sehr nett von Ihnen«, erwiderte er und schämte sich ein wenig aufgrund der Umstände, die er verursachte.

»Grundsätzlich haben Sie alles richtig gemacht. Im Gegensatz zu ihrer Freundin. Bei einer Störung, wie zum Beispiel bei einem Stromausfall, ist es am sichersten, einfach im Wagen sitzen zu bleiben. In der Regel kommt dann auch sofort eine Ansage aus den Lautsprechern. In diesem Fall hat das heute nicht funktioniert. Warum das so war, das müssen wir gründlich überprüfen. Aber auszusteigen ist generell keine gute Idee. Die Unfallgefahr ist viel zu hoch. Wobei die größte Gefahr vermutlich darin besteht, im Dunklen zu stürzen oder irgendwo gegenzulaufen.«

Das klang alles logisch, und doch beruhigte es ihn nicht. Ihm blieb jedoch nichts anderes übrig, als zu warten. Knapp zehn Minuten später kam die erlösende Nachricht, die ihn nicht wirklich zufriedenstellte. Es wurde keine betriebsfremde Person außerhalb der Wagen im Inneren der Geisterbahn aufgefunden. Das war der offizielle Wortlaut, den Max dem auf Lautsprechermodus gestellten Handy von Rosenfeldt entnahm. Ihm war klar, dass dieser Aussage nach die Spur hier ins Nichts führte.

»Herr Rosenfeldt. Entschuldigung. Ich hätte da noch eine Bitte. Können Sie eine Nummer für mich wählen? Mein Handyakku ist leider leer.«

Max überlegte kurz, dann hatte er sich Paulas Nummer ins Gedächtnis gerufen. Jetzt machte sich bezahlbar, dass er von der alten Schule war und die wichtigsten Nummern auswendig gelernt hatte. Vielleicht ging sie ja ran, und die Sache wäre geklärt. Das wäre dann zwar ziemlich peinlich für ihn, weil er hier so einen Aufstand gemacht hatte, aber das war ihm allemal lieber. Der Versuch blieb erfolglos. Der Anruf ging ins Leere. Der Fall ließ sich nicht lösen. Noch nicht.

»Trotzdem danke für Ihre Mühe. Vielleicht ist sie doch einfach alleine nach Hause gegangen oder woanders hin. Ich meine, sie ist ja erwachsen. Wir sind befreundet. Aber sie ist nicht meine Freundin. Wenn Sie verstehen …«, Max redete sich um Kopf und Kragen.

»Kein Problem. Ich muss jetzt weiter. Ich bin mir sicher, deine Freundin meldet sich bald bei dir.«

Damit war das Gespräch mit Rosenfeldt beendet, und Max blieb genauso ratlos zurück wie vorher. Dennoch konnte er eine Möglichkeit ausschließen: In der Geisterbahn war Paula nicht mehr. Er entschied sich, zum Ausgang U-Bahn Feldstraße zu gehen. Hier würde er ohnehin nur ziellos in der Gegend rumlaufen. Dort könnte er auf sie warten, denn das war die Station, von der aus sie sonst immer gemeinsam nach Hause fuhren. Er hoffte, dass sie ihm nicht vorausgelaufen war und unterdessen bereits in der Bahn saß. Mit schnellem Schritt und nasser Kleidung machte er sich auf den Weg. Der Regen hörte nicht auf, sondern prasselte erbarmungslos auf ihn nieder, denn er hatte keinen Schirm dabei. Aber das war jetzt nebensächlich. Mittlerweile wurde es merklich leerer auf dem Gelände, nur noch vereinzelt begegneten ihm Menschen. Er kam an dem großen Doppelstock-Glas-Irrgarten vorbei. In der Mitte des Laufgeschäfts saß eine mechanische Clownpuppe auf einem Thron, die sich wackelnd und schallend vor Lachen den Bauch hielt. Dabei bewegte sie sich wie bei einem epileptischen Anfall ruckartig hin und her. Es fühlte sich an, als lachte sie ihn aus. Mit starrem Blick sah er in ihre stummen Augen, aber sie hörte nicht auf. Er blieb wie angewurzelt stehen und schaute ins Leere. Die Puppe lachte weiterhin ohne Unterlass. Schnell lief er weiter, erreichte den Eingangsbereich zur U-Bahn Feldstraße, stellte sich unter das Vordach ins Trockene und wartete. Er starrte in den dunklen Himmel und auf den Vorplatz. Regentropfen spiegelten sich in den Pfützen, die kleine Blasen warfen. Hier an der U-Bahn-Station herrschte immer reges Treiben. Trotz des ungemütlichen Wetters war Hochbetrieb. Menschen, die wie er auf dem Weg nach Hause waren, oder Nachtschwärmer von der Schanze, die weiter auf den Kiez zogen. Eine geschlagene Stunde wartete er, bis nach Mitternacht. Zwischendurch holte er sich ein wärmendes Getränk am Kiosk nebenan. Er musste einen klaren Kopf kriegen und die aufkommende Müdigkeit verdrängen. Hastig nahm er einen großen Schluck. Der Kaffee war lauwarm, schmeckte abgestanden und kratzte im Hals. Vermutlich brutzelte er schon eine Weile auf der Warmhalteplatte vor sich hin. Es war besser als nichts. Wach war er jetzt auf jeden Fall. Der Regen prasselte immer noch genauso unnachgiebig wie zuvor. Was sollte er machen? Warten oder weitersuchen? Sich die Nacht um die Ohren schlagen oder nach Hause fahren? Das war eine schwierige Entscheidung. Hier doof in der Gegend herumzustehen machte ihn zunehmend verrückt. Er beschloss, zurück auf den DOM zu gehen. Zur Geisterbahn *Nightmare*. Dorthin, wo er sie verloren hatte. Der Ort, an dem er sie zum letzten Mal gesehen hatte. Es war keine Menschenseele mehr unterwegs. Die Musik auf dem Gelände war bereits verstummt. Zum zweiten Mal heute. Es war kurz vor Feierabend. Die meisten Lichter waren noch angeschaltet. Er ging vorbei an Buden, die ihr Rollo heruntergelassen hatten; andere verrichteten Aufräumtätigkeiten und Putzarbeiten. Das Kettenkarussell drehte in der Ferne eine letzte Runde, der Autoscooter versank in einen ruhigen Schlaf.

Auch an der alten Geisterbahn *Monsterhöhle* war alles verrammelt. An einer einsamen Lichterkette flackerten vereinzelt Glühbirnen auf. Im Hintergrund sah er eine dunkle Gestalt. Einen schlaksigen Mann, der mit einem großen und anscheinend schweren Gegenstand hantierte. Max lief weiter. Er kam an *Susis Wurstpalast* vorbei, auch hier war längst Feierabend. Wieder am *Nightmare* angekommen, war Max völlig durchnässt. Die mit Wasser vollgesogenen Socken klebten in seinen Schuhen und schwappten geräuschvoll bei jedem Tritt. Doch das war ihm egal. Dann stand er vor der Bahn, die seine Nerven überstrapazierte. Sie sah bedrohlicher aus als zuvor. Ihn beschlich ein ungutes Gefühl, sein Magen krampfte sich zusammen. Schwindelig vor Verzweiflung rief er hilflos ihren Namen. Paula. Immer wieder. Es kam keine Antwort.

Der Wecker klingelte erneut. Es war 6.10 Uhr, und Max musste aufstehen, wenn er nicht zu spät kommen wollte. Kurz überlegte er, ob er heute überhaupt ins Büro gehen sollte. Nach dem gestrigen Abend hätte er sich am liebsten krank gemeldet. Er hatte kaum geschlafen, die halbe Nacht gegrübelt. Auf der Arbeit verpasste er nichts, er hatte heute keine wichtigen Termine. Die hatte er nie. Auch nicht mit Ute. Andererseits war es wenig sinnvoll, zu Hause zu bleiben. Paula würde sich später mit Sicherheit bei ihm melden. Es würde sich alles aufklären. Dann würde sie sich entschuldigen, dass sie sich einfach aus dem Staub gemacht hatte. Er war nicht mehr sauer auf sie. Nur besorgt. Müde schälte er sich aus dem Bett und ging Richtung Badezimmer. Er musste dringend duschen, denn nach dem heftigen Regen gestern Abend klebte gefühlt noch der halbe DOM an seinem Körper. Danach könnte er überlegen, wie der Tag für ihn weiterging. Nach der kurzen Auszeit in der Dusche legte er sich frisch, aber unentschlossen auf sein Sofa. Die Gedankenspirale zog ihn weiter abwärts. Warum war Paula nicht mehr auf ihrem Telefon zu erreichen? Erwartungsvoll holte er sein Handy vom Nachttisch, das aufgeladen auf seinen Einsatz wartete. Er wählte ihre Rufnummer, die an erster Stelle gespeichert war. Hoffentlich kam augenblicklich die erlösende Stimme mit einer Erklärung. Die Enttäuschung folgte schneller als gedacht. Der Teilnehmer war nicht erreichbar. Das war seltsam. Das Display signalisierte ihm mit vier von fünf Balken einen vollen Empfang. Wieso lief sein Anruf auf Paulas Handy ins Leere? Wie konnte das sein? Gestern hatte es einwandfrei funktioniert, abgesehen davon, dass sie in der Geisterbahn kein Netz hatten. Merkwürdig. Hatte sie ihr Telefon bewusst ausgeschaltet? Das passte nicht zu ihr. Max wurde wütend. Wenn jemand sauer sein müsste, dann wäre er das.

Eine Stunde später saß Max müde, aber frisch zurechtgemacht in der S-Bahn. Sein Magen knurrte. Er hatte nicht gefrühstückt, um keine Zeit zu verlieren. Nachher im Büro hätte er dafür genügend Zeit. In Altona stieg er in den 112er um. Während er im Bus saß, aus dem Fenster blickte und die Straßen vorbeiziehen sah, dachte er erneut an den gestrigen Abend. Es war ja nichts wirklich Schlimmes passiert, aber Paulas Verhalten war untypisch. Dass sie abgehauen war, ohne etwas zu sagen. Dass sie sich nicht bei ihm meldete. Er sah auf sein Handy, es war keine Nachricht von ihr eingegangen. Zur Sicherheit schaltete er es einmal komplett aus und dann wieder ein. Lag es an seinem Telefon? Er spürte, wie die Wut in ihm hochstieg. Warum waren sie mit dieser bescheuerten Geisterbahn gefahren? Eigentlich nur, weil Paula es unbedingt einforderte. Sein ungutes Gefühl gestern hatte ihn nicht getäuscht, sondern es hatte sich mal wieder bestätigt, dass er sich auf sein Bauchgefühl verlassen konnte. Es war müßig, darüber nachzudenken. Alle Gedankenspiele endeten bisher in einer Sackgasse. Es hatte keinen Zweck, das führte nicht weiter. Plötzlich kam ihm ein rettender Gedanke. Warum war er nicht früher darauf gekommen? Die Auflösung des Rätsels für ihr Verschwinden. Hatte sie heute nicht wieder Schicht im *Wurstpalast?* Er kannte nicht die genauen Arbeitszeiten, aber wenn er gegen fünf Uhr vorbeischaute, dann müsste er sie antreffen. Erleichterung machte sich in ihm breit, denn das bedeutete, dass sich die ganze Problematik in wenigen Stunden in Luft auflöste. Warum hatte er sich nur den Kopf zerbrochen? Bedeutete Paula ihm mehr, als er zugab? Dieses Gefühl hatte er bisher nicht wahrgenommen. Und diese Situation war auch nicht dafür geeignet, darüber nachzudenken. Mit Sicherheit würde sich bald alles aufklären, und dann könnten sie beide über die ganze Sache lachen.

Der Tag verlief so zäh wie erwartet. Max zählte die Stunden bis zum Feierabend. Immer wieder schaute er aus seinem Bürofenster hinunter auf den DOM. Jetzt um die Mittagszeit wirkte alles beschaulich und verwaist. Vereinzelt fuhren Lkws durch die Gassen und belieferten die zahlreichen Fressbuden mit frischer Ware. In wenigen Stunden würde der ganze Trubel von vorne losgehen. Von der Geisterbahn *Nightmare* erkannte er die imposanten Türme. Das Pendel stand still. Es wirkte auf einmal nicht mehr bedrohlich. *Susis Wurstpalast* war von hier oben nicht zu erkennen, obwohl er die Lage annähernd abschätzen konnte. Gleich neben der alten Geisterbahn *Monsterhöhle.* Aus der Ferne, mit Abstand betrachtet, hatte er sich in die Sache zu sehr reingesteigert. In einigen Stunden würde er Paula sehen und mit ihr reden. Sollte er sie überhaupt darauf ansprechen? Sie würde sich nur wieder über ihn lustig machen. Was für ein

Weichei er sei. Er sollte diesen Vorfall ignorieren. Das wäre das Beste.

Das Telefon klingelte und rettete ihn vor weiteren Gedankenspielen. Wer konnte das sein? Ausgerechnet um die Mittagszeit. War das Ute? Das wäre typisch für sie. Sie hatte nie ein Zeitgefühl für ungünstige Momente. Er blickte auf das Display. Es war Ulrike. Seine Arbeitskollegin aus der Personalabteilung, mit der er zum Mittagessen verabredet war. Genug gegrübelt, sein Bauch grummelte. Ihm fiel ein, dass er nicht gefrühstückt und nicht mal zwischendurch etwas eingeschoben hatte. Das erklärte den Hunger. Sogar die Notreserve-Schublade voller Süßigkeiten blieb unangetastet. Die war ansonsten immer die erste Anlaufstelle. Er nahm den Telefonhörer ab und antwortete, ohne auf eine Frage zu warten: »Ich bin schon auf dem Weg. Bis gleich«. Eilig schmiss er den Hörer auf die Gabel und rannte aus dem Büro. Auf dem Weg zum Fahrstuhl fiel ihm ein, dass er vergessen hatte, sich auszustempeln.

»Ach was soll's, das kann ich auch nachtragen lassen. Selbst wenn ich mir dann wieder einen Spruch von Ute anhören muss.«

Max lief den langen Flur entlang, vorbei an verschlossenen oder verlassenen Büroräumen. Ein kurzer Sprint, dann war er am Fahrstuhl. Ulrike wartete bereits ungeduldig auf ihn, sie stand vor der Fahrstuhltür wie ein Türsteher an einer Dorfdisco. In der knapp bemessenen Mittagspause zählte jede Minute. Zumindest dann, wenn man innerhalb von einer halben Stunde alles erledigt haben wollte. Sie hätten sich mehr Zeit nehmen können, aber weder Ulrike noch er hatten ein prall gefülltes Arbeitszeitkonto vorzuweisen. Es dauert geschlagene weitere fünf Minuten, bis sie einen Fahrstuhl mit genug Stellfläche für zwei Personen erwischten. Beim nächsten Mal nahmen sie besser die Treppe. Einige Meter vor dem Ziel, der hauseigenen Kantine, begrüßte sie eine Warteschlange epischen Ausmaßes. Das bedeutete nur eines: Heute gab es Burger und Pommes. Die künstliche Verknappung auf einen zweiwöchentlichen Rhythmus führte zu einem Ansturm und erklärte das enorme Interesse. Noch mal mindesten fünf Minuten Zeitverlust. Maulend stellten sie sich an. Die Kantine war ein großer Saal mit dem Charme und der Lautstärke einer Bahnhofshalle. Normalerweise kein geeigneter Ort, um abzuschalten und sich eine Pause zu gönnen. Zehn Minuten später hatten beide endlich ihre üppig beladenen Speisenbretter zu einem freien Platz balanciert. Max wartete auf den Moment, in dem er über seine eigenen Füße stolperte und sein volles Tablett zu Boden rauschen würde. Der ganze Saal würde sich mit mitleidigen oder schadenfrohen Blicken zu ihm drehen. Doch heute ging alles gut. Trotzdem schwappte die Orangenlimonade mit jedem Schritt gefährlich nah am Glasrand. Erleichtert ließ er sich auf den unbequemen Stuhl fallen. Kurzer Uhrencheck.

»Oh, noch 10 Minuten. Das schaffen wir nie. Dann können wir uns auch Zeit lassen.«

»Ja, das stimmt. Bloß keinen Stress. Dann erst mal einen guten Appetit.«

»Danke, das wünsche dir auch. Mann ist das ein Tag heute. Ich bin froh, wenn er vorbei ist.«

»Du sagst es. Furchtbar. Lass uns anfangen, sonst wird es kalt.«

Max sortierte die Schalen auf seinem Tablett. Eine große Schüssel mit Pommes sowie zwei kleinere Schälchen mit Mayo und Ketchup. Und ein Glas mit einem gefährlich orangefarben leuchtenden Pudding mit heller Soße zum Nachtisch. Da kein Schild an der Theke angebracht war, musste er sich hier alleine auf seinen Geschmacksinn verlassen. Von der Limonade war mehr übergeschwappt als erwartet und sammelte sich in einem schmalen Rinnsal am Rande des Tabletts. Zum Glück hatte er eine Handvoll Papierservietten mitgenommen, auch wenn die Dame an der Kasse ihn dafür mit einem strengen Blick bestrafte. Die Frage war, wie er diesen unhandlichen und üppig belegten Burger einigermaßen adäquat essen konnte, ohne das halbe Gesicht darin einzutauchen. Er schaute sich um. Am Nebentisch lief die Burgersauce aus den Mundwinkeln und die Finger hinunter. Kein schöner Anblick. Insbesondere nicht in Kombination mit einer scheinbar anregenden Unterhaltung, der einen freien Blick auf den gefüllten Rachen und die mit Salatresten belegte Kauleiste ermöglichte. Er entschied sich für Messer und Gabel. Zu Hause hätte er anders und ungehemmter gegessen, hier unter Beobachtung wollte er nicht alle Hemmungen fallen lassen. Ulrike kämpfte sich derweil durch ihren Tofu-Burger, sah dabei jedoch nicht glücklich aus. Sie hatte die vegetarische Variante gewählt und dazu auf die Pommes verzichtet. Auch auf den grell leuchtenden Pudding. Dafür gab es einen grünen Apfel als Nachtisch. Für später, wie sie sagte. Sie war auf Diät. Seit Jahren. Faktisch seit er sie kannte. Dabei war sie nicht mal dick. Trotzdem aß sie wie ein Spatz und knispelte winzige kleine Stücke von ihrem Burger. Max ahnte, welcher Satz spätestens nach dem nächsten Bissen kam.

»Puh, ich kann nicht mehr.«

»Dann lass es liegen. Bevor dir schlecht wird«, sagte Max kauend und hielt sich dabei anständig die Hand vor die Futterluke.

Jetzt, da sie den Mund frei hatte, war der Zeitpunkt gekommen, sich ausführlicher auszutauschen.

»Und wie läuft's bei dir? Hast du viel tun?«, startete Ulrike die Therapiesitzung.

»Ich komm klar. Es sind immer Wellen, weißt du. Mal habe ich viel zu tun, und dann gibt es mal wieder Lücken. Aber ich bin natürlich nicht so blöd und melde mich dann und schreie nach Arbeit. Nee, das können die vergessen. So was mache ich nicht mehr. Wichtig ist nur, dass ich bei Ute knapp unter dem Radar laufe, wenn du weißt, was ich meine. Und selbst?«

»Viel zu tun? Ich weiß gar nicht, wo mir der Kopf steht«, beklagte sich Ulrike gefolgt von einer ausführlichen Beschreibung ihrer Situation.

Max hörte geduldig zu und kaute sich weiter durch den Burger. Zwischendurch stippte er seine Pommes in Mayo oder Ketchup. Er traf sich einmal die Woche mit Ulrike zu Mittag, dieser Teil der Konversation wiederholte sich gebetsmühlenartig und beinahe wortwörtlich bei jedem Mittagstreffen. Zumindest so lange, bis private Themen zur Sprache kamen. Nachdem Max sein Tablett komplett leergefuttert und den orangefarbenen Pudding runtergewürgt hatte, schaute er auf die Uhr.

»Oh, eigentlich müssten wir wieder.«

»Echt. Jetzt schon. Hast du Lust?«

»Nein. Außerdem bin ich so voll, ich kann mich nicht bewegen.«

»Lass uns einfach sitzen bleiben. Hast du ausgestempelt?«

»Nee, vergessen.«

»Ich auch«, grinste sie. »Kann ich aber nachher per Hand für uns nachtragen.«

»Du Ulrike, ich muss dir überhaupt noch etwas erzählen. Was mir gestern passiert ist. Das glaubst du nicht.«

Er erzählte von den Ereignissen in der Geisterbahn, und sie hörte aufmerksam zu. Bevor sie ihre Gedanken beisteuern konnte, erblickte er Ute, die im Tresenbereich der Essensausgabe herumschlich. Was wollte sie hier in der Kantine? Er war doch noch gar nicht mit seinem Mittag fertig.

»Ich denke, wir sollten los. Guck mal, wer da hinten ist.«

»Oh. Ja, ist vielleicht besser. Wir können ja gleich noch mal telefonieren, in Ruhe.«

»Gute Idee. So machen wir das.«

Nach der Mittagspause verging die Zeit nicht merklich schneller als am Vormittag. Paula hatte sich immer noch nicht bei ihm gemeldet. Mit Ulrike hatte er telefoniert. Sie war auf den neuesten Stand gebracht und der Meinung, dass

Paula nach Hause gegangen sei und sich die Sache in Kürze aufklären würde. Max versuchte, sich abzulenken. Er ging die Papierablage durch und stopfte mutig die Hälfte davon in einen Sammelkarton mit dem Aufdruck *Papiermüll.* Was für unnützes Zeugs sich im Laufe der Zeit ansammelte. Da guckte eh kein Mensch mehr rein. Dann konnte es auch weg. Zumindest die Hälfte. Einen Teil ließ er übrig, der Optik wegen. Sieht doch besser aus, wenn in den Fächern immer ein wenig Papier liegt. Er blickte auf seinen Schreibtisch. Hier sollte er mal wieder klar Schiff machen. Die Schreibtischunterlage wellte sich längst, und als er sie ein Stück weit anhob, sah er eine Unmenge an Zettel und Notizen, die sich darunter versteckt hatten und in Vergessenheit geraten waren.

»Ups, was ist das denn alles. Wie ist denn das passiert?«

Schnell klappte er die Unterlage wieder um und stellte einen schweren Blumentopf von der Fensterbank darauf. Darum musste er sich unbedingt kümmern. Aber nicht jetzt. Er schaute auf die Uhr. Es war kurz vor 15 Uhr. Alle dringenden Aufgaben hatte er erledigt, und die restlichen, unbeantworteten E-Mails konnten warten. Die Überschriften verrieten, dass nichts Interessantes dabei war. Zeit, um ungehemmt im Internet zu surfen. Gegen diese Uhrzeit erwartete er keine spontanen Gäste mehr. Selbst wenn jemand käme, das schnelle und unauffällige Wegklicken von Webseiten beherrschte er mittlerweile perfekt. Zwar war das Surfen zu privaten Zwecken nicht offiziell verboten, es war jedoch ein ungeschriebenes Gesetz, dass man es nicht übertreiben sollte. Diese Angabe war in seinen Augen zu schwammig und nichtssagend, um sie korrekt anwenden zu können. Es war kaum möglich abzuschätzen, wann dieses Limit aufgebraucht war. Er mochte sich nicht ausmalen, wie oft er im Laufe eines Tages ins Internet abwanderte, weil ihm spontan das eine oder andere einfiel, was er noch mal eben nachschauen wollte. Glücklicherweise hatte er einen Kollegen in der IT, zu dem er einen guten Draht hatte. Den wollte er bei Gelegenheit auf diesen Umstand ansprechen. Der musste es doch wissen, und wenn er keinen Maulkorb verpasst bekommen hatte, könnte er aus dem Nähkästchen plaudern. Insiderwissen war unbezahlbar. Es war nur schwer, daran zu kommen. Vorerst musste er jedoch ins Risiko gehen. Wahllos tippte er auf der Tastatur und klickte sich gelangweilt durch diverse Webseiten. Sportergebnisse, Reisevorschläge und Shopping. Nichts wesentlich Neues. Gelegentlich ploppte Werbung für Potenzpillen auf. Er fragte sich, welcher seiner Kollegen sich auf den einschlägigen Netzseiten rumtrieb, dass ihm so eine Werbeanzeige empfohlen wurde.

»Dieses Internet wird auch überschätzt. Ich habe das Gefühl, dass ich schon alles gesehen oder gelesen habe. Ich weiß jetzt gar nicht mehr, wo ich noch gucken könnte.«

Nach einem weiteren Klick landete er, eher zufällig, auf der Webseite der *Abendpost* und scrollte sich durch die Überschriften. *Großeinsatz im Norden – Häcksler geht bei Baumarbeiten in Flammen auf* und *Polizei sprengt Rentner-Drogenring – Mann (71) mit 30 Kilo Gras erwischt.* Max war verblüfft und stellte sich vor, dass es zwischen diesen beiden Schlagzeilen einen Zusammenhang geben musste. Da fiel sein Blick auf einen anderen Artikel: *Der unheimliche Vermisstenfall von Elara S. Ein Wettlauf gegen die Zeit.* Max stutzte und fragte sich, wie das angehen konnte. Wieso können Menschen einfach so verschwinden?

Er las weiter: *Die unheimliche Serie von Menschen, die spurlos verschwinden, reißt nicht ab. Im Frühjahr dieses Jahres ist erneut eine Person auf St. Pauli auf ungeklärte Art und Weise verschwunden. Es soll sich um eine junge Frau aus dem Rotlichtmilieu handeln. Der Fall wirft viele Fragen auf. Es wurden weder ein Abschiedsbrief gefunden, noch konnten sich Bekannte an Aussagen der Frau erinnern, die ein Verschwinden erklären würden. Mit der Öffentlichkeitsfahndung verspricht sich die Polizei neue Erkenntnisse. Durchschnittlich alle vier Monate verschwindet auf St. Pauli eine Person, ohne dass deren Verbleib aufgeklärt werden kann. Abendpost liegt das aktuelle Dokument mit der dazugehörigen Statistik vor. Wie ein Insider aus den Kreisen der Polizei, der nicht namentlich genannt werden möchte, verrät, ist die Dunkelziffer erheblich höher.*

Ein Kloß in seinem Hals schnürte sich zusammen. Das war zu viel für ihn. Gerade hatte er sich einigermaßen beruhigt, und jetzt las er so etwas. Sein Magen krampfte sich zusammen. Ihm wurde übel. Das musste an dem Mittagessen liegen. Dieser Kantinenfraß lag wie ein Stein in seinem Magen. Er hielt es nicht mehr aus und wäre am liebsten sofort rübergerannt, um sich Gewissheit zu verschaffen. Ohne Rücksicht auf Verluste. Lange überlegte er nicht. Überstürzt fuhr er den Rechner runter und stürmte aus dem Büro. Er nahm die Treppen, damit er niemandem im Fahrstuhl begegnete. Schon gar nicht Ute. Mit Schwung rannte er durch die Drehtür am Ausgang. Der Portier sah ihm neidisch hinterher. Da fiel ihm ein, dass er vergessen hatte, sich auszustempeln. Zum zweiten Mal heute. Das musste er morgen dringend ausbügeln. Gut, dass er einen direkten Draht zu Ulrike aus der Personalabteilung hatte.

Mit schnellen Schritten lief er über den DOM. Das Riesenrad am Eingangsbereich ließ er links liegen. Vorbei am Autoscooter und an der alten Geisterbahn, bis er den *Wurstpalast* erreichte. Susi war dabei, die Rollladen hochzuklappen. Auf dem Tresen standen Kisten mit Wurstaufdruck und Eimer mit Ketchup und Mayonnaise, die darauf warteten, eingeräumt zu werden. Rüdiger schlich auf dem Vorplatz herum und steckte seinen Kopf in eine der Mülltüten, die am Rande stand. Enttäuscht zog er ihn kurze Zeit später aus der Tüte und hob dann beleidigt das Bein.

»Susi, ich muss mit dir reden«, sagte Max atemlos.

»Nicht so stürmisch Kleiner, was ist denn los? Warum bist du eigentlich so aus der Puste? Hast ’nen kleinen Dauerlauf zu mir gemacht?«

Sie stemmte die Hände in die Hüften und atmete tief durch. Bevor er antworten konnte, wurde er unterbrochen.

»Rüdiger, komm da weg«, zischte sie ihn herrisch an.

Rüdiger sah irritiert auf, parierte aufs Wort und hüpfte jaulend die Stufen des Grillwagens hoch.

»Ich muss mit Paula reden. Hast du sie gesehen? Ist sie bei dir?«

»Paula? Nein, habe ich nicht. Wir waren für 15 Uhr verabredet. Aber Pünktlichkeit scheint nicht ihre Stärke zu sein. Zumindest heute. Merkwürdig, jetzt wo du es sagst, bisher konnte ich mich immer auf sie verlassen.«

»Eben. Auf Paula kann man sich hundertprozentig verlassen. Ich habe ein ungutes Gefühl, dass da etwas nicht stimmt. Es ist etwas passiert.«

Max spürte, wie ein Anfall von Panik in ihm hochstieg. Er musste einen klaren Kopf behalten. Hoffentlich gab es eine andere logische Erklärung, wo sie war.

»Was soll denn passiert sein? Warte, ich schaue mal auf mein Handy. Vielleicht hat sie mir geschrieben, dass sie nicht kommen kann oder krank ist.«

»Ich versuche seit gestern, sie auf dem Handy zu erreichen. Aber ich bekomme sie nicht zu fassen. Das sieht ihr auch gar nicht ähnlich.«

»Und warum bist du dann so außer dir? Irgendeinen Grund wird sie schon haben. Komm, wir beide trinken erst mal einen. Dann sieht die Welt schon wieder anders aus.«

Kurzerhand stellte sie zwei Schnapsgläser auf den Tresen. Aus einem Kühlfach holte sie eine Flasche Korn und goss großzügig ein, wobei sie den ersten sofort trank und sich gleich noch mal nachschenkte. Max erzählte ihr, was gestern Abend passiert war. Die Fahrt mit der Geisterbahn *Nightmare.* Der Stromausfall. Dass Paula den Wagen in der Dunkelheit verließ und seitdem vermisst wurde. Susi hörte aufmerksam zu, schüttelte hin und wieder den Kopf. Rüdiger winselte aus seiner Ecke heraus, als ob er spontan Mitleid bekunden wollte. Max nahm das Glas mit dem Kurzen und trank es in einem Zug aus. Er spürte, wie der Alkohol die Kehle hinunterrann und sich in seinem Magen eine wohlige Wärme ausbreitete. Das tat gut.

»Also die Sache mit dem Stromausfall habe ich gestern auch mitbekommen. So was spricht sich hier in Windeseile rum«, bestätigte Susi. »Und dann noch bei der Hauptattraktion auf dem Platz. Ich kann dir gar nicht sagen, wie lange dort nichts mehr ging. Das war auf jeden Fall eine ganze Weile. Alles tot. Das ist bares Geld, was da verloren geht. Gerade zur Haupteinnahmezeit am Abend. Das Problem wurde dann aber doch recht schnell gefunden und behoben. Aber bis alles wieder anläuft, das braucht schon seine Zeit. So etwas ist echt ärgerlich. Ich hatte das auch schon mal. Wenn man das nicht mal eben selbst beheben kann, weil beispielsweise eine Sicherung rausgeflogen ist, dann ruft man den Techniker im Kirmesbüro. Der kommt zwar recht schnell, muss ja aber auch erst mal der Ursache auf den Grund gehen. Und bis dann alles wieder reibungslos funktioniert, ich sag dir, da kriegst du die Motten. Stell dir mal vor, so was dauert länger an. Ich hätte meine komplette Ware auf dem Grill und aus dem Kühlschrank wegschmeißen können. Aber jetzt sag mal Max, das ist ja eine merkwürdige Geschichte. Paula ist in der Geisterbahn verschwunden und seitdem nicht mehr auffindbar? Das gibt es doch gar nicht. Was für eine Story. Hast du denn schon alle Möglichkeiten ausgeschöpft, mit ihr in Kontakt zu treten? Hat sie einen Freund, den du anrufen kannst, um nachzufragen?«

»Nein, sie hat keinen Freund. Also schon. Mich. Aber keinen festen Freund. Du weißt schon, was ich meine. Und alles, was möglich ist, habe ich schon probiert. Das Einzige, was ich noch machen könnte, wäre, mich bei ihren Eltern zu melden. Aber die sind grundsätzlich nicht besonders gut auf mich zu sprechen. Glaube ich zumindest. Lange Geschichte. Aber darauf kann ich jetzt keine Rücksicht nehmen. Was anderes fällt mir nicht ein.«

»Dann mach das. Du wirst sehen, alles klärt sich auf.«

»Danke Susi. Ich wüsste wirklich nicht, was ich ohne dich machen sollte.«

»Komm, wir trinken noch einen zusammen, aber dann muss ich weitermachen. Ich glaube, du willst mich abfüllen. Wenn gleich die ersten Gäste kommen, müssen die Würstchen auf dem Grill sein«.

Max stiefelte benebelt davon. Der Korn arbeite in seinem Kopf und hüllte ihn in einen angenehmen Zustand. Wenn er wieder ausgenüchtert war, würde er Paulas Eltern anrufen. Die Nummer hatte er unter *Paula Festnetz* in seinem Handy gespeichert. Wenn sie irgendwo war, dann bestimmt zu Hause. Das war die einfachste, die naheliegendste Erklärung. Zwar war sie ein Hansdampf in allen Gassen, am Ende des Tages hatte sie immer nach Hause gefunden. Zuversichtlich machte er sich auf den Heimweg. Gleich in der Bahn würde er es probieren. Wenn sein Handy nicht wieder leer war. Er schaute auf die Akkuanzeige. Sie blinkte. Eine ungelesene Nachricht. Die Nummer kannte er nicht.

»Max, hier ist die Mutter von Paula. Sie ist gestern Abend nicht nach Hause gekommen. Ist sie bei dir?«

Kapitel 10

Es war ein ungemütlicher Herbstmorgen im Oktober. Seit Paulas Verschwinden waren mittlerweile Wochen vergangen. Der Sommerdom war zu Ende, und das Heiligengeistfeld war nur noch ein großer freier Platz im Herzen von St. Pauli. Nichts zeugte mehr von dem bunten Trubel, der hier vor nicht allzu langer Zeit getobt hatte. Zwei Schaustellerwagen standen abgestellt am Rand, als hätte sie jemand vergessen. Der Platz, an dem zuvor das große Riesenrad stand, wirkte verlassen und trostlos. Sämtliche Anhaltspunkte waren verschwunden. Wie die Indizien, als Paula verschwand. Jetzt war es nicht mehr nur eine Ahnung, sondern Gewissheit. Auf dem DOM verlor sich die letzte Spur zu ihr. Hier war etwas passiert. Etwas, von dem niemand wusste, was es war. Mittlerweile interessierte sich sogar die Polizei für den Fall. Sie war die zweite weibliche Person, die verschwunden war und unauffindbar blieb.

Für Max war sie mehr als nur eine Nummer, sondern seine wichtigste Bezugsperson – und die hatte er verloren. Paula war die Tochter von gut situierten Eltern. Sie wohnten im feinen Stadtteil Groß Flottbek im Hamburger Westen in einem schicken Einfamilienhaus mit weitläufigem Garten. Eigentlich unbezahlbar. Für Normalsterbliche. Ihr Vater war ein angesehener Arzt, dessen Klientel hauptsächlich aus den noblen Elbvororten stammte und der sich im Lauf der Zeit einen Namen gemacht hatte. Er behandelte ausschließlich Leute, die sich einen Privatarzt leisten konnten. Also jene, die über ein prall gefülltes Bankkonto verfügten. Als Facharzt für plastische und ästhetische Chirurgie war er quasi die moderne Version eines Viktor Frankenstein. Dank zweifelhafter Schönheitsideale ging die Kundschaft nie aus, und er hatte entsprechend viel zu tun. Er musste weit über 60 sein, aber an Ruhestand dachte er nicht. In Insiderkreisen bezeichnete man ihn als Dr. Schnippel. Albern, jedoch passend. Da waren Paula und Max sich einig, und ein Teil moralischer Ablehnung seines Handelns schwang mit. Das Verhältnis zwischen Vater und Tochter war ohnehin nicht das Beste. Sie hatte Max oft von ihrem Vater erzählt. Davon, dass er sich nichts sehnlicher wünschte, als dass aus ihr etwas Vernünftiges wird. Er hatte einen klaren Weg und ein eindeutiges Ziel für sie vorgegeben: Sie sollte Medizin studieren, damit sie zukünftig die Praxis übernehmen konnte. Dann hätte sie finanziell ausgesorgt und wäre der Ehre des Familiennamens gerecht geworden. Paula machte ihm einen gehörigen Strich durch die Rechnung. Sie interessierte sich zwar für Menschen, aber nicht für Medizin. Und schon gar nicht für den doch sehr speziellen Fachbereich, den er gewählt hatte. Vielmehr verabscheute sie das, was er tat. Privilegierten Leuten nach dem Mund reden und ihnen jede noch so überflüssige Schönheitsoperation andrehen. Das war sein zweifelhaftes Geschäftsmodell. Doch damit war er erfolgreich und hatte es zu etwas gebracht. Finanziell gesehen, zahlte es sich aus. Ein Haus im Grünen und ein dickes Bankkonto. Dass er ausschließlich Privatpatienten behandelte, missfiel Paula, deren soziale Ader stark ausgeprägt war und die dementsprechend viel von Gleichberechtigung hielt.

Für Max war die finanzielle Situation der Familie ein offenes Buch, denn passenderweise ließ sich der Vater seine jährliche Bilanzierung von Tangelmann & Söhne erstellen. Paula hatte recht. Sie nagten nicht am Hungertuch, um es bescheiden auszudrücken. Aber das ging ihn im Prinzip nichts an, außerdem war er zur Diskretion verpflichtet. Was sie eines Tages mit der Verpflichtung und dem Familienerbe machte, war nicht seine Sorge. Sie würde schon etwas Sinnvolles damit anstellen. Die Suche nach dem Sinn des Lebens war ihr Lebensmotto, und ihre berufliche Orientierungsphase dauerte bereits mehrere Jahre. Einen einzigen Beruf, der es denn für immer sein sollte, hatte sie nicht gefunden. Ihre Berufung war es, mit offenen Augen durchs Leben zu gehen, sich nichts vorschreiben zu lassen und vornehmlich das zu machen, worauf sie Lust hatte. Dabei hatte sie nie die Ellenbogen ausgefahren, sondern agierte vielmehr mit Herz und Verstand. Mit ihrer Mutter verstand sich Paula besser, obwohl sie klischeehaft die Rolle als Gattin eines angesehenen Arztes und Geschäftsmanns erfüllte. Paula hatte mit ihm oft über sie und ihre Rolle innerhalb des Familienclans gesprochen. Trotz der Umstände bewahrte sich ihre Mutter ihre Selbstständigkeit und nahm sich ihre Freiheiten. Sie war die Inhaberin einer kleinen, aber feinen Hundeboutique in Eppendorf. Vermutlich kein gewinnbringendes Geschäftsmodell, aber eine Aufgabe, die sie ausfüllte. Eine um den Tag, abgesehen von Fitnessstudio und Bridgerunden mit Freundinnen, sinnvoll zu gestalten. Da die Familie eine Armada an Hauspersonal beschäftigte, von der Putzfrau bis zum Gärtner, musste zu Hause niemand selbst Hand anlegen. Das Ladengeschäft war eine Möglichkeit, sich neben ihrem Gatten als Geschäftsfrau zu präsentieren. Womöglich ein Grund, warum ihr Mann ihr diesen Luxus finanzierte. Aber das war nicht im Entferntesten das, was Paula unter einer selbstbewussten und emanzipierten Frau verstand. Sie konnte nachvollziehen, dass ihre Mutter das Bestmögliche aus ihrer Situation herausholte. Andererseits hielt sie sich mit Kritik an Paulas Lebensweg vornehm zurück, akzeptierte ihren eigenwilligen Weg und ihre moralischen Vorstellungen. Nach außen musste sie den Anschein und die Contenance wahren. So redete sie gegenüber ihren Freundinnen immer nur vage und oberflächlich von den beruflichen Plänen ihrer Tochter und beschränkte sich dabei auf ihr Studium.

Paula war tatsächlich für ein Sozialwissenschaftsstudium eingeschrieben, hatte mehrere Semester hinter sich gebracht, aber selbst die Zwischenprüfung war noch immer nicht in Sicht. Hin und wieder ging sie spaßeshalber zu einer Vorlesung oder schrieb sich für einen der Kurse ein. Hauptsächlich, um nicht exmatrikuliert zu werden, aber auch, um Ruhe vor ihren Eltern zu haben. Dass sie kein konkretes Ziel verfolgte, bedeutete nicht, dass sie faul war. Sie hatte fortwährend Jobs oder Projekte am Laufen, denen sie sich dann mit ganzer Leidenschaft hingab, und nahm das Leben, wie es kam. Immer wenn sich eine Tür öffnete, ging sie hindurch. Des Öfteren beschritt sie Wege, die auf den ersten Blick ungewöhnlich wirkten. Darum hatte sie auch den Job als Grillassistentin im *Wurstpalast* angenommen. Und Max geriet bei den familiären Zuständen gelegentlich zwischen die Fronten. Paulas Mutter mochte ihn, obwohl er mitunter das Gefühl hatte, dass sie in manchen Situationen ihm gegenüber eine gewisse Reserviertheit an den Tag legte. Meistens dann, wenn der Vater in der Nähe war. Dieser gab sich unnahbar und hatte eine spröde Art, die ihn vielleicht zu Unrecht unsympathisch erschienen ließ. Man konnte sagen, dass er Max nicht wahrnahm. Er fand schlichtweg nicht statt in seiner Welt. Was hatte er auch schon vorzuweisen? Ein junger Mann, Anfang 30, aus bescheidenen Verhältnissen, ohne Karriereambitionen und ohne feste Freundin. In den schweren Stunden seit dem Verschwinden der geliebten Tochter wurde Max im Laufe der Zeit ungewollt immer mehr zum Verbündeten der Mutter. Er war Paulas bester Freund und hatte sie zuletzt gesehen. Sie berichtete, dass ihr Mann mit dem Verlust und der Ungewissheit erwartungsgemäß ausschließlich sachlich und nüchtern umging. Eines war jedoch auffällig. Er flüchtete sich zunehmend in Arbeit. Ausschließlich in seine berufliche Arbeit. Es gab nichts anderes mehr für ihn, das Familienleben erlag vollständig. Vermutlich war das seine Art, das Geschehene zu verarbeiten. Die Flucht in die Ablenkung. Er fuhr in aller Frühe in die Praxis und kam meist erst spät in der Nacht nach Hause.

Unterdessen ließ sich Max immer mehr hängen. Morgens kam er nur mit größter Anstrengung aus den Federn. Dann schleppte er sich, noch unmotivierter als sonst, zur Arbeit, verrichtete seine Tätigkeiten mehr schlecht als recht, fuhr nach Hause und legte sich wieder ins Bett. Seiner Matte auf dem Kopf nach zu urteilen, war der letzte Friseurtermin lange her. Sein praktischer Kurzhaarschnitt war einem ungepflegten Mopp gewichen. Nicht mal dazu konnte er sich aufraffen. Er war lustlos. Er war einsam. Er vermisste Paula in jeder Sekunde. Morgens, wenn er auf dem Weg zur Arbeit war und sie die erste SMS schrieb. Die Anrufe tagsüber, die er häufig abwürgen musste, weil er die Leitung für Ute freihielt. Und die unzähligen Treffen nach Feierabend. Sogar die ausgedehnten Shoppingtouren vermisste er. Alle seine Hoffnungen, dass sich das Drama zu einem Happy End drehte, hatten sich mittlerweile zerschlagen. Er hatte seinerzeit ohne Umwege mit ihren Eltern Kontakt aufgenommen. Nach Aussage der Mutter war Paula an dem besagten Abend nicht nach Hause gekommen. Da sie dachten, sie wäre bei ihm oder einer Freundin, hatten sie sich zunächst keine Sorgen gemacht. Dass sie Tage nicht greifbar war, kam vor und erschien nicht ungewöhnlich. Zumindest eine kurze Notiz oder Nachricht hatte sie immer hinterlassen. An Tag drei ohne ein Lebenszeichen brach die Welt für sie endgültig zusammen. Die Mutter berichtete später, dass ein Anruf bei der Polizei zunächst nicht das Erhoffte brachte, da sie volljährig war und keine konkrete Gefahr vorlag. Als Paula dann weitere Nächte nicht zu Hause auftauchte, wurden die Sorgen größer. Je früher die Polizei erkannte, dass sie vom Erdboden verschluckt war, desto zügiger konnten sie mit der Suche beginnen.

Am darauffolgenden Tag begleitete Max Paulas Mutter auf das Polizeirevier der Davidwache auf St. Pauli, um eine Vermisstenanzeige aufzugeben. Dort wurden sie, nachdem sie ihr Anliegen geschildert hatten, in ein separates Büro am Ende des Ganges gebracht. Am Schreibtisch saß ein Mann, der keine Polizeiuniform trug, aber dennoch wichtig aussah. Als sie eintraten, blickte er kurz auf. Ein stattlicher, bulliger Typ mit einer tiefen und respekteinflößenden Stimme murmelte ihnen entgegen:

»Setzen Sie sich, ich bin gleich bei Ihnen und für Sie da.«

Max schaute sich um. Eine enge, staubige Kammer mit einem schmalen Fenster auf der rechten Seite. Es schien ein diffuses Licht hindurch, das den schummrigen Raum jedoch kaum aufhellte. Auf dem Schreibtisch türmten sich stapelweise Papiere und Akten. Der Kommissar saß versteckt hinter einem überdimensionierten Bildschirm, und man hörte die Finger auf der Tastatur klimpern. Nach einer Weile stoppte er seine Tätigkeit und rollte mit seinem Stuhl schwungvoll vor die Mitte des Pultes.

»Was kann ich denn für Sie tun?«, fragte er bedächtig mit seiner sonoren Stimme.

»Herr ...«, Paulas Mutter suchte hilflos mit ihren Augen nach einem Anhaltspunkt oder einem Schild mit seinem Namen.

»Kommissar Beelendorp.«

»Herr Kommissar, meine Tochter ist seit Mittwoch nicht nach Hause gekommen. Deswegen mache ich mir große Sorgen, dass ihr etwas passiert ist«, platzte es aus Paulas Mutter heraus.

Sie brach in Tränen aus, woraufhin der Kommissar zielgerichtet in seine Schublade griff und eine Pappschachtel mit Papiertaschentüchern herauszog. Dankbar nahm sie das Angebot an.

Max übernahm das Reden und berichtete, was auf dem DOM passiert war. Die Vermisstenanzeige wurde aufgenommen, und sie mussten zunächst einige Fragen beantworten. Max war nicht der Typ, der Geschichten beliebig ausschmückte; trotzdem versuchte er, alles so genau wie möglich zu erzählen, um kein Detail zu vergessen, das wichtig sein konnte. Der Kommissar hörte geduldig zu. Hin und wieder nickte er mit dem Kopf und kritzelte Notizen auf seine Schreibtischunterlage aus Papier. Paulas Mutter wühlte in ihrer Handtasche und schob ein Foto von Paula über den Schreibtisch. Ein Strandfoto. Sie lehnte an einer Palme, hatte eine Sonnenbrille auf und lächelte. Warum sie ausgerechnet dieses Foto ausgewählt hatte, blieb ein Rätsel. Nach Beantwortung weiterer Fragen war alles aufgenommen und schriftlich festgehalten. Paulas Mutter hatte beinahe die ganze Box an Taschentüchern aufgebraucht.

»Nun ja«, erörterte Kommissar Beelendorp, »ich habe jetzt zunächst die Anzeige aufgenommen. Sie müssen sich jedoch bewusst sein, dass unsere Möglichkeiten begrenzt sind, insbesondere wenn die vermisste Person bereits erwachsen ist. Und das ist bei ihrer Tochter Paula ja eindeutig der Fall. Um es mal so auszudrücken: Es ist schließlich nicht verboten, sich aus dem Staub zu machen.«

Paulas Mutter schluchzte. Und auch Max war enttäuscht.

»Ihre Tochter ist erwachsen, sie kann somit ihren Aufenthaltsort frei wählen und sie kann auch entscheiden, wem sie davon erzählt oder wem auch nicht. Es tut mir leid, ich weiß, das hilft ihnen nicht weiter, aber so ist die Rechtslage. Ist Ihnen denn etwas Außergewöhnliches an Ihrer Tochter aufgefallen in letzter Zeit, oder gibt es einen Abschiedsbrief?«

»Nein, gar nichts. Weder hat sie sich komisch verhalten noch eine Nachricht hinterlassen. Max, ist dir irgendwas aufgefallen an Paula?«

»Nein«, er schüttelte den Kopf, »im Gegenteil, sie war guter Dinge und voller Tatendrang und Ideen. So wie immer eigentlich. So wie wir sie kennen.«

»Dann liegt hier zunächst keine akute Gefahr für Gesundheit oder Leben vor. Wenn also jemand aus freien Stücken verschwindet, dann muss man das erst einmal akzeptieren.

Und das ist vielleicht die gute Nachricht. In vielen Fällen klären sich solche Fälle nach kurzer Zeit von selbst auf. Die meisten Vermissten tauchen früher oder später wieder auf – in vielen Fällen wohlbehalten und unverletzt«, versuchte der Kommissar zu beschwichtigen.

»Aber wir können doch nicht nur rumsitzen und warten. Sie müssen doch etwas tun!«

»Das machen wir auch. Ich werde alle Hebel in Bewegung setzen, die unter diesen Voraussetzungen möglich sind. Ich kann ihnen noch Folgendes mit auf den Weg geben: Das Überprüfen von aktiven Lebenszeichen hilft dabei, zu erkennen, ob jemand vielleicht ganz freiwillig verschwunden ist. Was ich damit sagen will, regelmäßige Kontobewegungen oder weitere Handybenutzung können darauf hindeuten, dass die vermisste Person sich einfach abgesetzt hat. Behalten sie das im Blick und informieren Sie mich, wenn es etwas Neues gibt.«

Max spürte, dass sie am Ende des Gespräches angekommen waren. Paulas Mutter bekam eine Kopie der Vermisstenanzeige ausgehändigt. Oben auf dem Zettel stand eine Fallnummer. Nun war es offiziell, Paula war zu einer Nummer geworden. Max seufzte und schaute zu Paulas Mutter, die das letzte Taschentuch aus der Box griff.

»Hier ist meine Visitenkarte«, sagte er und überreichte beiden ein Kärtchen. »Melden Sie sich direkt bei mir, wenn Sie Fragen oder neue Hinweise haben. Oder auch sonst, wenn Ihnen etwas einfällt, was von Wichtigkeit sein könnte.«

Das Gespräch endete mit Hoffnung, aber auch Ernüchterung. Vor der Davidwache trennte eine letzte wortlose Umarmung den weiteren Weg. Seitdem vergingen die Wochen, ohne dass es neue Erkenntnisse gab. Von Kommissar Beelendorp hatte Max seit seinem Besuch nichts gehört. Mit Paulas Mutter stand er weiterhin in Kontakt, aber je mehr Zeit ins Land zog, desto weniger gab es zu besprechen. Zuerst telefonierten sie regelmäßig, einmal traf er sie auf einen Kaffee. Im Gegensatz zu ihm war sie mittlerweile der Ansicht, dass Paula freiwillig verschwunden war. Hatte sie sich ins Ausland abgesetzt? Hatte sie keine Lust mehr auf das Spießbürgertum und ein Exempel statuiert? Paulas Mutter glaubte, dass sie absichtlich nicht gefunden werden wollte. Und je länger und überzeugender sie sich mit diesem Gedanken zufriedengab, desto unverständlicher reagierte Max darauf. Er konnte mit dieser kompromisslosen Haltung nichts anfangen. Das ergab für ihn keinen Sinn. Er war sich sicher, dass sie niemals sang- und klanglos verschwinden würde. Und wenn, dann hätte sie ihn eingeweiht. Oder besser, ihn mitgenommen. Nein, das war nicht ihre Art. Sie hätte irgendetwas hinterlassen. Einen Brief an ihre Eltern oder zumindest eine geheime Botschaft für ihn, damit er beruhigt war. Die Diskrepanz und die unterschiedlichen Ansichten über den Verbleib führten dazu, dass er sich von ihrer Mutter mehr und mehr distanzierte. Er war weiterhin entschlossen, alles zu tun, um herauszufinden, was mit seiner besten Freundin passiert war. Er musste etwas tun. Und wenn er sich selbst auf die Suche nach ihr machte. Solange bis er sie gefunden hatte. Doch zunächst brauchte er weitere Informationen. Er setzte sich an seinen Laptop und tippte die Schlüsselwörter *vermisst* und *Hamburg* in eine Suchmaschine.

»Mist, über vier Millionen Treffer.«

Unglaublich, wie viele Webseiten es zu diesem Thema gab. Er sah in unzählige Gesichter und war erschüttert über die Schicksale, die dahintersteckten. Wahllos klickte er auf eine der vorgeschlagenen Ergebnisseiten und hatte Glück, dass hier die Informationen kurz und knapp dargestellt wurden. Da die Seite seriös anmutete, blieb er hängen. Eilig las er die Textzeilen. Es war unerlässlich, dass man als betroffener Angehöriger sofort reagierte und eine Suchaktion ins Rollen brachte. Bei der Polizei war er gewesen, die Vermisstenanzeige war geschaltet. Das Wichtigste hatten sie instinktiv erledigt. Er las weiter. Dort stand, dass man sich nicht nur auf die offiziellen Stellen verlassen, sondern am besten gleich mit der Suche beginnen sollte. Man könnte darüber nachzudenken, die Medien oder einen Privatermittler einzuschalten. Es war wichtig, umgehend die richtigen Maßnahmen zu ergreifen, um die Chancen zu erhöhen, dass eine vermisste Person unbeschadet wiedergefunden wird. Er hatte zwar nicht das Geld für kostspielige Aktivitäten, aber er könnte noch mal mit Paulas Mutter sprechen. Sie hatte die notwendigen finanziellen Mittel, musste allerdings noch überzeugt oder sogar überredet werden. Als er seinen Laptop zuklappte, zögerte er für einen kurzen Moment. Was, wenn Paulas Mutter recht hätte und sie sich im Ausland aufhielt?

Auch wenn das keinen Sinn ergab, änderte er die Schlüsselwörter in der Suchzeile und stieß auf die Webseite des National Missing and Unidentified Persons System (NamUs) in den USA. Gespannt las er den Beitrag. Dort werden Informationen zu vermissten Personen hochgeladen, auf die dann verschiedene offizielle Stellen, aber auch Privatpersonen weltweit zugreifen können. Würde das zum Erfolg beitragen? Nein, vermutlich nicht. Er wollte sich da nichts vormachen. Aber es fühlte sich besser an, zumindest irgendetwas zu tun. War es nicht vielleicht sinnvoller, Freunde oder Bekannte von ihr zu kontaktieren. Mit wem hatte sie regelmäßigen Kontakt? Er könnte eine Freundin von ihr anrufen und sie fragen, wann sie Paula zuletzt gesehen hatte. Sich bei ihr erkundigen, ob sie etwas über ihren Verbleib wusste. In seinem Denkzentrum ratterte es. Neben Freunden und Familie kamen als mögliche Hinweisgeber Nachbarn und Kollegen infrage. Im Prinzip alle Leute, mit denen sie in regelmäßigem Kontakt gestanden hatte. Dazu gehörten Lehrer, Ärzte, Busfahrer, Bäckereiverkäufer und Postboten. Ihm schwirrte der Kopf. Wenn er dem allem nachginge, wäre das ein Vollzeitjob. Er müsste ausführlich Buch darüber führen, mit wem er gesprochen hatte und was ihm die Person zu Paula sagen konnte. Erschöpft klappte er den Laptop endgültig zu. Sein Kopf dröhnte. Zu viele Informationen auf einmal. Schläfrig schloss er kurz die Augen, wenn auch nur für einen Moment.

Max dachte an den letzten Besuch auf dem Polizeirevier. Es gab weder den erhofften Durchbruch noch neue Erkenntnisse. Für beide Seiten. Er fragte sich, warum der Kommissar ihn erneut herbestellt hatte. Dafür, dass er zum zehnten Mal seine Version des besagten Abends erzählte? Max stellte Fragen, bekam aber kaum Antworten. Beelendorp ließ sich nicht in die Karten blicken. Das deprimierte ihn. Er hatte zunehmend den Eindruck, dass die Ermittlungen auf der Stelle traten. Inzwischen war er einige Male auf der Wache gewesen, um nach dem Stand der Nachforschungen zu fragen. Wenn Kommissar Beelendorp vor Ort war, nahm er sich fast immer Zeit für ihn und hörte geduldig zu. Und jedes Mal stand er Rede und Antwort bei den immer gleichen Fragen, obwohl er immer wieder nur dasselbe erzählen konnte. Mehr wusste er nicht. An Weiteres erinnerte er sich nicht. Er dachte an den Tag, an dem es passierte. An das, was sie unternommen hatten. An das, was Paula gesagt hatte. Und diese verrückte Situation, als sie verschwand. Aber das ergab alles keinen Sinn für ihn. Egal, wie angestrengt er darüber nachdachte. Hatte er ein Detail übersehen. Oder kannte er sie doch nicht so gut, wie er glaubte? Was verschwieg sie ihm? Hatte sie jemanden kennengelernt? Gab es einen Konflikt mit ihren Eltern, von dem er nichts wusste? Warum sollte sie dann den Kontakt zu ihm abbrechen? Es gab bisher mehr Fragen als Antworten.

Kapitel 11

Obwohl es längst Nachmittag war, lag Max auf dem Sofa und schaute gelangweilt fern. Er hatte immer noch seinen Pyjama an, obwohl es längst Nachmittag war. Er hatte weder vor, heute das Haus zu verlassen, noch erwartete er Besuch. Lustlos zappte er sich durch die Programme. Auf einem Shopping-Sender blieb er hängen. Ein *Breast Support Comfort Pillow* wurde beworben. Max hörte genauer zu. Das klang spannend. Ein Kissen, das speziell für Brüste erfunden war.

»Was es nicht alles gibt«, staunte Max und redete laut mit sich selbst.

Ein kleines hartes Kissen, das Frauen nachts beim Schlafen zwischen ihre Brüste legten, um in eine ungeahnte Art von Entspannung und Nachtruhe zu kommen.

»Wenn Sie jemanden kennen, der große Brüste hat und beim Liegen unter dem Gewicht der Brüste leidet, könnte das die Lösung sein«, erklärte die Moderatorin merklich aufgeregt und außer Atem.

Eine weitere Frau, deutlich jünger als die andere und nur leicht bekleidet in knapper Nachtwäsche, hielt sich das Kissen demonstrativ an ihren Vorbau. Sie grinste dabei sinnlich wie eine Katze, die an den Ohren gekrault wird.

»Mit der Artikelnummer 433129 sind Sie dabei, und das zum heute Nur-einmal-so-günstig-Preis von unter 30 Euro.«

Praktischerweise stand in der Kulisse ein Bett parat, auf das sich das Busenkissen-Model halbwegs elegant drapieren konnte. Dabei hielt sie das begehrte Teil krampfhaft fest in ihren Händen, als hätte sie es bereits gekauft und bezahlt.

»So weich. Und so wunderbar anschmiegsam«, kommentierte die Moderatorin von der Seite das Geschehen.

Die Verkäuferin schien tatsächlich begeistert.

»Schauen sie mal, wie wunderbar auch die Lenden und die Wirbelsäule unterstützt werden. Das ist fantaaastisch. Aber Achtung, wir haben nur noch weniger als 100 Möglichkeiten. Wenn Sie das Kissen haben möchten, rufen Sie jetzt an. Ich höre gerade, die meisten Kundinnen bestellen gleich noch ein zweites oder drittes Kissen für ihre besten Freundinnen mit. Sie zahlen heute nur einmal Versandkosten, egal, wie viel Sie noch bei uns bestellen.«

Jetzt wurden die Stimme und der Ausdruck in ihrem Gesicht hörbar energischer, und es schien, als dulde sie keine Widerworte. Vermutlich war das Busenkissen-Model deshalb so stumm.

Max drückte eine Taste auf der Fernbedienung, bevor sich das Kopfkino einschaltete und er diese Bilder nie wieder vergessen könnte. In seinen Gedanken sah er die beiden übereinander herfallen und sich vergnügen, sobald die Kameras aus waren. Er lächelte verschmitzt. Das weitere Programmangebot war bescheiden. Er zappte durch die Kanäle. Tierfilm. Uninteressant. Kochshow. Uninteressant. Sport. Uninteressant. Schließlich blieb er hängen. Eine Reportage über Cold-Case-Ermittlungen. Dabei handelte es sich augenscheinlich um neue polizeiliche Ermittlungen in bisher ungeklärten Kriminalfällen. In dieser Folge ging es um einen Vermisstenfall aus Lüneburg aus den 1980er-Jahren. Es war die Geschichte eines Polizisten, der nie aufgab und nach 28 Jahren den Fall löste, an dem sich viele versucht hatten und gescheitert waren. Auch hier gab es zunächst keine Hinweise, die zur Aufklärung führten. Nicht in den Wochen, nicht in den Monaten und nicht in den Jahren danach. Es gab nur einen, der nie aufgab. Max schnappte nach Luft und Rang um Fassung. Die Polizei hatte damals die Ermittlungen zeitnah eingestellt, und nur, weil der Fall einen der Beamten nicht losließ, wurde das Rätsel doch noch gelöst, wenn auch erst drei Jahrzehnte später.

Kommissar Beelendorp war ein Beißer, keine Frage. Er würde die Causa nicht so schnell zu den Akten legen. Trotzdem ging es nicht voran, seiner Meinung nach. Es gab nichts, was auch nur ein wenig zur Aufklärung des Falls beitrug. In seinen Gedanken sah Max sich, längst ergraut und im Rentenalter, weiterhin auf der Suche nach Antworten. Eine frustrierende und unbefriedigende Vorstellung, so seinen Lebensabend zu verbringen. Wütend schaltete er den Fernseher aus und schmiss die Fernbedienung in die Ecke. Es dauerte eine Zeit, bis er sich wieder gesammelt hatte. Er überlegte kurz, welcher Wochentag heute war, denn er hatte seit Tagen das Haus nicht verlassen. Das Wetter Anfang November, vornehmlich grau und nass-kalt, gab ihm keinen Anlass, vor die Tür zu gehen. Doch das war nicht der einzige Grund. Max war krankgeschrieben. Besser gesagt, er hatte sich krankschreiben lassen. Diagnose unklar beziehungsweise gekonnt simuliert. Er war lustlos, fühlte sich antriebslos und deprimiert. Es gab nichts, wofür es sich lohnte, sich aufzuraffen. Die letzten Wochen zerrten an seinen Nerven. Seit Paulas Verschwinden gab es nur dieses eine Thema in seinem Kopf. Und es gab keine Antwort auf das, was mit ihr passiert war. Führte sie inzwischen ein Leben unter der Sonne der Karibik und hatte nur vergessen, ihm Bescheid zu sagen? Die Ungewissheit nagte am Nervenkostüm. Der Kontakt zu Paulas Eltern war mittlerweile komplett abgebrochen. Von beiden Seiten. Nachdem sie sich anfangs häufig ausgetauscht und getröstet hatten, kam es zum Eklat. Dieser ging nicht von der Mutter aus, nein, sie war es vielmehr, die seine Nähe suchte. Denn er, als Paulas bester Freund, war das Einzige, was ihr von ihrer Tochter geblieben war. Mit seinen Anekdoten hielt er die Erinnerung an sie ein Stück weit lebendig. Zunehmend problematischer war das Verhältnis zum Vater. Eine gut gemeinte Einladung zu einem Abendessen verlief nicht wie erhofft. Es kam nach der Hauptspeise zu einer unschönen Szene. Die Premiere ging ordentlich schief, sodass eine Wiederholung ausgeschlossen schien.

Es war das erste Mal, dass er von ihren Eltern offiziell eingeladen wurde zu einem Diner, wie sie es nannten. Aufregend, schließlich war er auf sich gestellt und hatte keine Paula dabei, die ihn retten oder die Situation ein wenig auflockern konnte. Er wusste ja, Small Talk war nicht sein Ding. Trotzdem freute er sich auf ein Wiedersehen mit Paulas Mutter. Und auch, wenn das Verhältnis eher formell freundlich war, spürte er eine herzliche Wärme, die sie ihm entgegenbrachte. Trotz aller Unterschiede. Es war eine andere Welt, in der sie lebte. Eine Welt, die einige Gesellschaftsklassen höher war, aber das störte ihn nicht. Da er seine eigene Mutter vor Jahren verloren hatte, war sie für ihn zu einer Art Mutterersatz geworden. Vielleicht auch einfach deshalb, weil sie die einzige Mutter war, die er kannte und die diese Rolle einnehmen konnte. Er hatte sich für diesen Abend schick gemacht, sein bestes Hemd aus den Untiefen seines Schrankes hervorgekramt und seine Sneaker am Nachmittag noch schnell in die Waschmaschine geworfen, sodass sie zu diesem wichtigen Termin im saubersten Weiß erstrahlten. Zur Sicherheit hatte er vorher nachgelesen, wie man sich denn bei einem eleganten Abendessen adäquat verhält. Genug Stoff für ein ganzes Studium. Er hoffte, sich wenigstens die gängigsten Regeln zu merken. Das Besteck immer zum Mund führen, nicht den Mund zum Besteck war eine dieser Regeln. Darüber hatte er vorher nie nachgedacht und er war sich nicht sicher, welche Methode er bisher standardmäßig anwandte. So stand er an jenem Abend, frisch herausgeputzt vor der imposanten Einfahrt. Ein schmiedeeisernes Tor verwehrte ungebetenen Gästen den Zutritt. Er klingelte, kurze Zeit später öffnete sich das Tor wie von Geisterhand. Der Weg ins Innere des riesigen Grundstücks war frei. Weitläufige Rasenflächen, eingefasst von Rosenrabatten, begrüßten ihn. Der bunte Kies des großzügig angelegten Pfades knirschte unter seinen Füßen, während er an hohen Buchenhecken und akkurat geschnittenen Koniferen entlanglief. Verfolgt wurde er von Bewegungsmeldern, die ihm immer eine Schrittlänge voraus waren und den Weg wiesen. Gefühlt einen Tagesmarsch entfernt, erreichte er die weiße Fassade des eindrucksvollen Gebäudes. Er erschrak, als hätte man ihn auf frischer Tat ertappt, und blieb er kurz stehen. In eine schnöde Papiertüte hatte er eine Flasche Rotwein eingewickelt. Nicht aus dem Supermarkt, sondern aus einem Weingeschäft um die Ecke. Er hatte fast fünf Euro dafür ausgegeben und hoffte, dass auch die Kiste mit der Aufschrift Resterampe einiges an edlen Tropfen zu bieten hatte. Hoffentlich flog er nicht auf. Das rote Preisetikett auf dem Flaschenboden hatte er noch rechtzeitig entdeckt und abgekratzt. Alles in allem kam er sich ziemlich lächerlich vor. Doch es gab kein Zurück mehr. Er stieg einige Treppen hoch und blieb erneut stehen. An der wuchtig aussehenden Holztür prangte ein Knauf in Form eines Löwenmauls. Er klopfte erst vorsichtig, dann beherzter und kurz darauf öffnete sich die Tür knarzend und gewährte ihm Zutritt ins Allerheiligste.

Der Abend begann vielversprechend mit einer durchaus herzlichen Begrüßung, auch das Dinner verlief anfangs ohne gravierende Zwischenfälle. Netterweise lag auf dem Teller ein kleines handgeschriebenes Zettelchen mit der Menüfolge. Als Vorspeise wurde ein Wildkräutersalat gereicht. Max wollte nicht despektierlich sein, sonst hätte er gefragt, ob das knirschende Geräusch von etwas Sandigem beim Kauen gewollt oder ein Versehen war. Zum Hauptgang wurde eine gebratene Wachtel auf Selleriepüree mit Möhrchen serviert.

Ein überschaubares Stück nacktes Federvieh, das ein wenig verloren auf dem überdimensionierten Teller lag. Geschmacklich gar nicht so übel, aber nicht viel dran, eher was für den hohlen Zahn. Der Wein hingegen schmeckte hervorragend. Nicht seine mitgebrachte Flasche, nein, es wurde ein anderer, richtig edler Tropfen aufgetischt. Nach dem zweiten Glas war Max schon leicht angesäuselt, und seine Zunge wurde lockerer. Nachdem der Digestif getrunken war, wurde die Runde noch entspannter. Sie wechselten vom Esstisch in der guten Stube in den Salon nebenan. Mit mehr Schwung als gewollt, ließ er sich in eines der schicken Designersitzmöbel fallen. Es war der unbequemste Sessel, in dem er jemals gesessen hatte, und so saß er aufrecht mit durchgestrecktem Rücken. Das Kaminfeuer knisterte. Am liebsten hätte er sich auf dem hochflorigen Plüschteppich davor lang ausgestreckt. Der Wein stieg ihn ganz schön zu Kopf. Die Mutter bat ihn, von Paula zu erzählen. Irgendetwas. Eine Anekdote, etwas, das sie zusammen erlebt hatten. Der Vater stopfte sich genüsslich eine Pfeife, zündete sie mit einem Streichholz an und blies den Dunst rücksichtlos in seine Richtung. Rauch und Rotwein vernebelten seinen Kopf. Max erzählte, wie sehr er Paula vermisste. Ihre fröhliche, leicht verrückte Art und ihr Lachen. Es war eine Liebeserklärung, auch wenn sie nie ein Paar waren. Paulas Mutter hörte aufmerksam und fasziniert zu. Es schien, als würde sie durch seine Erzählungen eine völlig neue Seite ihrer Tochter kennenlernen. Sie lauschte gebannt, und hin und wieder fiel der Satz: *Das ist typisch Paula.* Der Vater wirkte teilnahmslos, offenkundig ließ er sich nicht gerne in die Karten seiner Gefühlswelt schauen.

Von einem auf den anderen Moment schlug die Stimmung um. Der Vater krallte sich mit den Händen an den Armlehnen seines Sessels fest. Seine Halsschlagader pochte sichtbar. Dann erhob er sich eindrucksvoll, bekam einen roten Kopf, verlor die Contenance und ging ihn schroff an. Max zuckte zusammen und war sofort wieder nüchtern. Es kam zu unschönen Vorwürfen. Es wäre der größte Fehler seines Lebens gewesen, seine Tochter darum zu bitten, die Steuererklärung bei Tangelmann & Söhne für ihn abzugeben. Das war der Anfang allen Übels. Max hätte keinen guten Einfluss auf sie gehabt. Seitdem sie ihn kannte, hätte sie sich total verändert. Und dass sie ihr Leben mit unwichtigen Dingen verschwenden würde. Max war wie versteinert. Der Vater wirkte sonst immer so beherrscht und kontrolliert, doch dieses Verhalten passte nicht. Paulas Mutter schaute ihn mit großen Augen an, sie konnte die Tränen nicht länger zurückhalten. Man sah ihr an, dass sie anderer Ansicht war. Er bemerkte auch, dass sie ihm in diesem Moment nicht zur Seite stehen oder ihn verteidigen konnte. Max stand wortlos auf und verabschiedete sich mit einem Schulterzucken und mit gesenktem Kopf. Es hätte keinen Sinn gehabt, darauf einzugehen; ebenso wenig wollte er die Situation weiter eskalieren lassen. Seit diesem Abend herrschte Funkstille. Der Vater war ihm gleichgültig, denn er war ihm seit jeher auf eine gewisse Art und Weise unsympathisch, obwohl er ihn nie richtig kennengelernt hatte. Für die Mutter tat es ihm leid. Mit ihr war er immer gut ausgekommen. Und sie war die letzte Verbindung zu Paula.

Mittlerweile war Max seit drei Wochen zu Hause. Ins Büro ging er nicht mehr, dazu konnte er sich nicht aufraffen. Zum ersten Mal wurde ihm bewusst, wie viel Zeit in seinem Leben er an einem Ort verbrachte, den er nicht mochte. Und mit Personen, die ihm unsympathisch oder bestenfalls gleichgültig waren. Er lag auf dem Sofa und starrte auf den laufenden Fernsehbildschirm, ohne das Programm zu verfolgen. Gelangweilt schaltete er hin und her. Morgens um diese Uhrzeit lief entweder nichts Besonderes oder Wiederholungen von Sendungen, die er am Vortag gesehen hatte. Lustlos schaute er sich um. In seiner Wohnung herrschte Chaos.

Überall lagen Sachen auf dem Boden. Er hatte das Talent, seine Kleidung in spontanen Haufen so zu verstreuen, dass sich dazwischen regelrechte Laufwege bildeten. Auf dem Sofa leistete ihm ein leerer Pizzakarton vom Abend zuvor Gesellschaft. Warum sollte er aufräumen? Mit Besuch war weiterhin nicht zu rechnen. Und selbst wenn Paula unverhofft und unangekündigt vor der Tür stehen sollte, dann würde er sie mit Absicht nicht herein bitten, sondern mit Schwung die Tür vor ihrer Nase zuschlagen. Auch wenn er unendlich froh wäre, sie zu sehen. Sie sollte ruhig ein wenig schmoren für die Unverfrorenheit, die sie sich geleistet hatte. So einfach würde er sich nicht mehr von ihr um den Finger wickeln lassen. Doch vermutlich würde er, wenn sie kehrtmachte und die Treppen nach unten lief, ihr sofort hinterhereilen.

In diesem Augenblick summte sein Handy auf dem Tisch. Er hatte eine SMS bekommen und überlegte für einen Moment, ob er sofort nachschauen sollte oder später. Er raffte sich auf, der Pizzakarton fiel zu Boden. Ein Blick auf das Display verriet ihm, das sie von Susi kam. Sie hatten damals die Handynummern ausgetauscht für den Fall, dass Paula unerwartet im *Wurstpalast* auftauchen sollte. Seitdem plauderten sie hin und wieder miteinander. Nicht dass es tiefgründige Gespräche am Telefon gab, nein, der Kontakt bestand vorwiegend aus sporadischen SMS. Dass er sie seit dem ersten Aufeinandertreffen unerklärbarerweise attraktiv fand, hatte er für sich behalten. Nicht mal Paula hatte er diese Gedanken gestanden. Er wäre zu schüchtern, im echten Leben darauf einzugehen. Eine Textnachricht im Flirtmodus zu schreiben war unverfänglicher. Und mitunter tauschten sie die eine oder andere Nettigkeit aus. Tatsächlich freute er sich immer, wenn Susi sich gelegentlich bei ihm meldete.

»Sehen wir uns heute Abend?«, schrieb Susi?

Max war überfordert. Das war das erste Mal, dass sie direkt und unverblümt nach einem Treffen fragte. Er bekam einen roten Kopf und merkte, wie sein Herz einen Hüpfer machte. Hatte sie ihm das tatsächlich geschrieben? Ungläubig schaute er noch mal auf den Text. Was wollte Susi von ihm? Sie hatten eventuell ein wenig geflirtet, doch ein Date einzufordern war eine andere Hausnummer. Max war sich nicht sicher, ob er dazu bereit war. Außerdem war sie doch mit ihrem *Wurstpalast* unterwegs. Das Handy summte ein zweites Mal. Eine weitere SMS. Wieder von Susi.

»Heute beginnt doch der Winterdom. Hast du das nicht auf dem Zettel? Komm doch mal rum. Ich lade dich auf 'ne Wurst und 'n Bier ein. Können ja mal wieder ein wenig quatschen. So in echt und so.«

Dazu schickte sie einen Zwinker-Smiley. Sein Puls beruhigte sich und nahm wieder normale Werte an. Er atmete erleichtert aus und fing an zu lachen. Das erste Mal seit Langem. Gut, dass er nicht sofort und unbedacht geantwortet hatte. Das wäre peinlich für ihn geworden. Dass heute der Winterdom losging, daran hatte er nicht gedacht. Die Frage, was sie von ihm wollte, hatte sich damit erübrigt. Zumindest fürs Erste. Voller Vorfreude malte er sich aus, dass sie ihm nicht nur ein Bier ausgab, sondern ihn für eine Zugabe mit in ihren Wohnwagen nahm. Seine Ohren begannen zu glühen. Er musste an das Kissen aus dem Teleshop-Kanal von vorhin denken, verwarf diesen Gedanken aber sofort wieder.

»Oh Mann, ich hänge schon viel zu lange zu Hause rum. Ich muss dringend mal wieder unter Leute.«

Im gleichen Moment bekam er ein schlechtes Gewissen. Seine beste Freundin war verschwunden, doch er dachte nur an das eine. Unsicher überlegte er, was eine passende und angemessene Antwort wäre. Dabei beließ er es bei einem schlichten und kurzen Antwortsatz.

»Ja okay. Bis später«.

Er war er kein Anhänger großer Worte. Und so konnte er seine Antwort und seine Gefühle ihr gegenüber neutral halten. Bis es so weit war, hatte er noch einige Stunden Zeit, daher widmete er sich wieder dem Fernsehprogramm. Er schaltete durch die Senderliste und blieb beim Bericht eines Regionalfernsehsenders hängen. Der Nachrichtenticker lief unten am Bildschirm entlang: *Junger Mann auf dem Winterdom verschwunden. Großeinsatz der Polizei bisher ohne Erfolg.* Gezeigt wurden die Geisterbahn *Nightmare* und ihr Besitzer. Als Name wurde ein Jack Rosenfeldt eingeblendet. Max stellte den Ton lauter und setze sich aufrecht, damit er ja kein Detail verpassen würde. Plötzlich war er hellwach und aufmerksam.

»Herr Rosenfeldt, Sie sind der Besitzer dieser zugegeben ziemlich beeindruckenden Geisterbahn. Was können Sie uns zu dem Vorfall sagen, der sich bei Ihnen ereignet hat?«, fragte ein TV-Reporter.

»Sie stehen hier vor der größten und modernsten Geisterbahn aller Zeiten. Eine Fahrt mit der Geisterbahn *Nightmare* werden Sie nie wieder vergessen, das müssen Sie erlebt haben. Kommen Sie auf den DOM und holen Sie sich Ihr Ticket für Ihren persönlichen Albtraum. Entschuldigung, wie war noch gleich Ihre Frage?«

»Herr Rosenfeldt, lassen Sie uns zum Thema zurückkommen. Was können Sie uns zu dem Vorfall sagen?«

»Vorfall? Es gab keinen Vorfall. Alles, was ich dazu sagen kann, ist Folgendes: Für den Aufbau haben wir eine Aushilfe gesucht und auch jemanden gefunden. Tim. Ein fleißiger junger Mann, der bereits die ganze letzte Woche bei uns ausgeholfen hat. Er war immer pünktlich und zuverlässig. Inzwischen sind wir mit dem Aufbau fertig. Heute Nachmittag geht der Winterdom ja los. Wir hatten mit ihm vereinbart, dass er hier weiterhin als Aushilfe zum Kartenabreißen arbeiten kann. An so einer Bahn gibt es immer was zu tun. Irgendwas muss immer überprüft oder repariert werden. Sein großer Wunsch war es, als Live-Erschrecker zu arbeiten. Da haben wir jedoch unsere Crew, sodass spontan kann

Platz für ihn frei war. Trotzdem wollte er unbedingt weiter bei uns arbeiten. Er war ein cooler Typ ...«

»Und was ist dann passiert?«, unterbrach ihn der TV Reporter ungeduldig.

»Wir waren für heute Morgen verabredet. Wir wollten seine weiteren Einsatztage bei uns besprechen und planen. Er kannte sich auch gut mit Computern aus und wollte uns die Abfolge der Geräuscheffekte und die Soundkulisse neu programmieren. Außerdem hätte er heute sein Geld für die letzte Woche bekommen. Ich hoffe wirklich, dass er sich bei uns meldet.«

»Verstehe, er hatte also einen guten Grund, die Verabredung einzuhalten. Das erscheint in der Tat ziemlich ungewöhnlich. Selbst wenn er keine Lust mehr gehabt oder sich anders entschieden hätte, das Geld hätte er doch auf jeden Fall mitgenommen?«

»Na ja, ich hatte auch schon Aushilfen gehabt, die kamen nicht mal, um das Geld zu holen. Sie waren einfach weg. Das muss also nicht unbedingt etwas bedeuten.«

»Herr Rosenfeldt, ist Ihnen sonst irgendetwas Ungewöhnliches aufgefallen?«

»Nein, gar nicht. Vor zwei Tagen, es müsste so gegen 23 Uhr gewesen sein, ist Tim nach Hause gegangen. Er erwähnte mal, dass er gleich hier um die Ecke in der Schanze wohnt. Und bevor er ging, da hat er noch gesagt, dass wir uns spätestens übermorgen wiedersehen.«

»Wir haben auch mit Tims Eltern gesprochen. Leider wollten sie nicht vor die Kamera treten. An dem besagten Abend hätten sie schon geschlafen und auch am nächsten Tag hatten sie sich noch keine Sorgen gemacht. Sie waren davon ausgegangen, dass er bei einem Freund übernachtete und nur vergessen hatte, sich zu melden. Als sie dann nichts von ihm hörten, haben sie am Freitagmorgen die Polizei informiert.«

Ein Foto von Tim wurde eingeblendet. Ein nett ausschauender junger Mann um die 20. Im Hintergrund waren Strand und Palmen zu sehen. Er lächelte.

»Er trägt eine schwarze Lederjacke und hat ein orangeblaues Cappy auf mit dem Logo der Florida Gators. Das auffällige Logo ist der Kopf eines Alligators und dürfte hierzulande eher unbekannt sein. Wenn Sie Tim gesehen haben oder Hinweise auf seinen Aufenthalt oder Verbleib geben können, dann melden Sie sich umgehend bei uns oder einer Polizeidienststelle.«

Max schaltete den Fernseher aus. Er hatte genug gesehen und gehört. Das war alles kein Zufall mehr. Eine weitere Person, die verschwunden war. Dann der erneute Zusammenhang mit dem DOM und mit der Geisterbahn *Nightmare.* Und er saß hier und suhlte sich in Mitleid. Damit war jetzt Schluss. Er sprang auf und rutschte im nächsten Augenblick auf dem Pizzakarton aus, der direkt vor dem Sofa lag. Mit Glück gelang es ihm, den Glastisch knapp zu verfehlen, sodass er unsanft auf dem Boden landete. Auf allen vieren robbte er Richtung Badezimmer. Es waren nur wenige Meter in seiner kleinen Wohnung. Kurze Zeit später kletterte er in die Dusche. Wassertropfen rannen über sein Gesicht. Er schloss die Augen und atmete tief durch.

»Es muss eine Verbindung geben zwischen den verschwundenen Personen. Und ich werde sie finden!«

Auf dem Weg zum DOM legte Max einen Zwischenstopp ein. Eppendorf, oberhalb der Alster gelegen, zählte zu Hamburgs schickeren Vierteln. Hier hatte Paulas Mutter ihre Hundeboutique. Er musste mit ihr sprechen. Dafür nahm er gerne einen Umweg in Kauf. Nach der Eskalation beim Dinner hoffte er, dass inzwischen Gras über die Sache gewachsen war. Der Fernsehbericht war ein Anlass, einen Annäherungsversuch zu wagen. Die Parallelen waren erschreckend und rissen die immer noch nicht verheilten Wunden wieder ein Stück auf. Wie erging es Paulas Mutter unter diesen Umständen? Er hoffte, dass ein Treffen bei ihr im Laden, weit von weg von Heim und Mann, ein offenes Gespräch ermöglichte. Die Wegbeschreibung hatte er in seinem Handy gespeichert, um nicht lange suchen zu müssen. Am Eppendorfer Marktplatz stieg er aus dem Bus und ging zur nahe gelegenen Adresse. Vorbei an kleinen, feinen Geschäften bog er in die Erikastraße ein, einer versteckten Einkaufsstraße ein Stückchen abseits. Eine elegante Dame mittleren Alters in einem schicken beigefarbenen Zweiteiler kam ihm mit gleich vier Dalmatinern an der Leine entgegen.

»Jetzt fehlen nur noch die schwarzen Punkte auf ihrem Outfit, dann geht sie auch als Dalmatiner durch«, meldete sich sein Kopfkino.

Dazu trug sie einen übergroßen, farblich passenden Hut. Korrespondierend eine modische, ebenso auffallend große Sonnenbrille mit violett schimmernden Gläsern und vergoldeten Bügeln. Eine sichtbar am Logo zu erkennende Designerhandtasche rundete das exklusive Erscheinungsbild ab. Sie hatte Mühe, auf ihren Stöckelschuhen zu balancieren und die Hunde zu bändigen, von denen zwei in entgegengesetzte Richtungen tendierten, während sich die anderen beiden für den schmalen Grünflächenstreifen interessierten. Die Handtasche rutschte dabei immer wieder von ihrer Schulter, und die Hundefrau versuchte, sie mit Verrenkungen zurück in die Ausgangssituation zu bringen. Mit einem *sorry* gab sie Max zu verstehen, dass der Weg für kurze Zeit versperrt war und er auf die kaum befahrene Straße ausweichen müsse.

»Ein schönes Pflaster hier und bestimmt auch genug Kundschaft für so eine Sache.«

So eine Sache war ein Spezialfachgeschäft für Hund und Herrchen. So stand es zumindest auf einem Schriftzug an der Fensterfront der Hausnummer 40a. Er hatte es gefunden. Der im Souterrain gelegene Laden war leicht zu übersehen, denn nur ein dezentes Schild über dem Eingangsbereich wies darauf hin. Unschlüssig schlich Max am Fenster vorbei, schließlich wagte er einen Blick hinein. Es war keine Kundschaft zu sehen. Auch nicht Paulas Mutter. Ob der Laden überhaupt offen hatte? Nach einer gefühlten Ewigkeit fasste er sich ein Herz und öffnete die Tür. Eine blechern klingende Türbimmel kündigte seinen Besuch an. Es dauerte nicht lange, da tauchte sie hinter einem Vorhang auf, in ihren Händen hielt sie einen Karton mit der Aufschrift *Pfötchenwärmer.*

»Kann ich Ihnen …«, erschrocken hielt sie mit der Begrüßung inne. »Max, was machst du denn hier? Schön, dass du da bist. Wenn du mich noch einen Moment entschuldigst. Ich habe Kundschaft.«

Für kurze Zeit sah es aus, als hätte sie ihn am liebsten umarmt. Sie hielt sich vornehm zurück, wirkte dennoch froh, ihn zu sehen. Da sie mitten in einer Kundenberatung steckte, bekam Max zunächst nicht ihre ganze Aufmerksamkeit. Ein Mann mit einem Dackel in Überlänge bezahlte mit seiner Kreditkarte, während der Hund ihn mit seinen treuen braunen Augen vorwurfsvoll ansah. Max blickte sich um. Die Einrichtung war gediegen, aber geschmackvoll. Weiße Schränke und Holzregale im Landhausstil, die Wände dazu im tristen Einheitslook in einem frischen Grau gestrichen. Ein mittig drapierter Holztisch rundete das Interieur ab, verschnörkelt und farblich passend. In einer Ecke lud eine Sitzgruppe in einem unpassend poppig wirkenden Neongrün zum Verweilen ein und wartete auf Kunden. Max nahm auf einem der plüschig aussehenden Polstersessel Platz und versank fast vollkommen darin. Mühsam raffte er sich auf, um nicht wie ein Schluck Wasser dazusitzen. Das Türglöckchen klingelte, und im nächsten Moment war der Mann samt Hund auf und davon. Es schien, als atmete Paulas Mutter einmal tief durch, bevor sie zu ihm kam. Schnell drehte sie noch das Türschild um, sodass der Schriftzug *geöffnet* für ihn zu lesen war, was bedeute, dass sie die Boutique kurzerhand geschlossen hatte, um sich Zeit für ihn zu nehmen.

»Max, möchtest du auch einen Latte?«, fragte sie fast überschwänglich und verschwand, ohne die Antwort abzuwarten, in einem Nebenraum.

Perplex wie er war, fand er es unhöflich, ihr hinterherzurufen. Nach einigen Minuten kam sie mit zwei Milchkaffees in übergroßen Gläsern auf einem weißen Holztablett zurück. Hier passte alles zusammen. Das Interieur und das Personal. Paulas Mutter war eine liebreizende Frau. Genau wie der ganze Laden. Das Alter vermochte Max nicht einzuschätzen, ebenso wenig, ob ihr Mann als Schönheitschirurg bereits Hand angelegt und etwas nachgeholfen hatte. Ihre Haare waren schick zurechtgemacht, aber im Vergleich zum letzten Aufeinandertreffen sichtlich ergraut. Wenn sie lächelte, sahen ihre Augen traurig aus. Ihr musste die letzte Zeit zu schaffen gemacht haben.

»Max, ich freue mich, dich zu sehen. Was führt dich zu mir in die Boutique? Hast du etwas von Paula gehört?«

»Nein. Ich wünschte, ich könnte was anderes sagen. Aber es gibt keine Neuigkeiten. Ich weiß, es ist schwer, für euch als Familie genauso wie für mich als Freund.«

»Max ...«

»Ich vermisse Paula«, brach es aus ihm heraus, auch wenn er sich fest vorgenommen hatte, sich vor ihr zusammenzureißen.

»Ich auch. Glaube mir. Mit jedem Tag, an dem sie nicht da ist, noch mehr«, sagte sie, nahm seine Hand und legte sie in ihre.

Es folgten Minuten des Schweigens. Und es waren keine Momente, in denen er das Gefühl hatte, einer müsste etwas sagen. Nach einer Weile löste Max sich aus ihren Händen und erzählte, was er heute Morgen im Fernsehen gesehen hatte. Er hatte erst überlegt und sich dann jedoch entschlossen, dass diese Information zu wichtig war. Dass es eine weitere Person gab, die auf unheimliche Weise nicht mehr auffindbar war. Paulas Mutter hatte davon noch nichts gehört, sie lauschte mit besorgter Miene und hielt sich erschrocken die Hände vor das Gesicht.

»Das gibt es doch nicht. Max, was hat das zu bedeuten? Geht jetzt alles wieder von vorne los?«

»Ich weiß es nicht. Da stimmt irgendwas nicht. Ich bin mir sicher, das kann doch alles kein Zufall sein. Auch wenn die Polizei bisher nichts herausgefunden hat, so laufen für mich eindeutig alle Fäden auf dem DOM zusammen. Das habe ich schon immer gesagt, und heute wurde es auf tragische Weise noch mal bestätigt.«

»Und was willst du jetzt machen? Noch mal mit Kommissar Beelendorp sprechen? Meinst du, das bringt etwas? Die Polizeiarbeit in Ehren, aber bisher ist nicht viel dabei herumgekommen.«

»Nein. Ich meine ... ja, auch. Ich bin mir sicher, dass er den Fall unter diesen Umständen noch mal aufrollen wird. Allerdings habe ich da so ein Gefühl. Und dieses Gefühl sagt mir, dass ich noch mal zurück auf den DOM gehen sollte. Vielleicht habe ich etwas übersehen? Einen Zusammenhang, der mir bisher noch nicht klar war. Ich weiß es auch nicht, aber es gibt da eine treibende Kraft in meinem Inneren, die mich dorthin zieht. Der muss ich nachgehen, auch wenn ich noch nicht weiß, wohin das alles führt.«

Das Glöckchen über dem Eingang bimmelte. Kundschaft. Ein Hinweis, dass man die Tür auch abschließen sollte, wenn man ungestört reden wollte. Ein Schild allein hat noch keinen aufgehalten. Paulas Mutter stand pflichtbewusst auf und schlüpfte sofort wieder in ihrer Rolle als Verkäuferin. Ein Job, bei dem sie eine bemerkenswerte Geduld an den Tag legte. Zeit für Max, eine emotionale Pause einzulegen und sich im Hundeladen umzusehen. Außerdem duftete der Milchkaffee verführerisch, auch wenn er mittlerweile kalt sein durfte, aber etwas Koffein konnte er jetzt gebrauchen.

Auf dem kleinformatigen Tischchen neben ihm stand ein Weckglas mit Gebäck. Das kam ja wie gerufen. Das Knurren seines Magens bestätigte diese Eingebung unmittelbar. Instinktiv öffnete er den Deckel und nahm sich einen der kleinen Kekse heraus.

»Die sind ja putzig. In Knochenform«. Schnell stopfte er sich gleich drei davon in den Mund. »Nur ein wenig trocken im Abgang.«

Zusammen mit dem Milchkaffee ging es. Hungrig nahm er sich einen vierten und fünften Keks aus dem Glas. Hoffentlich waren die nicht abgezählt. Das Glas wirkte auf einmal nur noch halb so voll wie vorher. Mit vollem Mund kauend, stand er auf und sah sich um. In den Regalen, fein säuberlich sortiert, fanden sich allerlei nützliche, aber auch sonderbare Waren für den perfekt ausgestatteten Hundehalter. Hier gab es mit Sicherheit etwas Schönes für Susi oder, besser gesagt, für Rüdiger. Er hoffte, dass er mit einem Geschenk für den kleinen Kläffer Punkte bei seinem Frauchen sammeln konnte. Sein Blick schweifte an den Auslagen in den Regalen vorbei zu einer Ecke mit Mobiliar für Vierbeiner. 269 €. Das Preisschild stach ihm direkt als Erstes ins Auge. Hier stand ein Exemplar eines zugegebenermaßen äußerst schicken und extravaganten Miniatursofas. Etwas dekadent, aber es sah gemütlich aus mit seiner gepolsterten Liegefläche und den winzigen Kissen am Rand. Die stabile Holzkonstruktion war aufwendig mit glitzernden Strasssteinen verziert. Laut Beschreibung auf einem der kaum lesbaren Schildchen daneben wahlweise in den Größen L und XL sowie in den Farben Walnuss und Marineblau erhältlich. Das war nicht nur geringfügig über seinem Budget, sondern wäre maßlos übertrieben. Ein Designerhundesofa unter dem Pommesgrill. Susi würde denken, dass er den Verstand verloren hätte. Andererseits wäre das vermutlich genau ihr Stil. Aber er hatte eher an einen stinknormalen Hundekauknochen gedacht.

Mit Adleraugen tastete er die Regale ab, konnte jedoch keine entdecken, da kam ihm Paulas Mutter zu Hilfe.

»Ich würde gerne noch was kaufen bei dir.«

»Du möchtest was kaufen? Sicher? Du hast doch gar keinen Hund? Oder habe ich was verpasst?«

»Ja, das stimmt. Ist auch nicht für mich. Ich suche ein kleines Geschenk. Für eine Freundin. Und die hat einen Hund. So einen im Handtaschenformat.«

»Lass mich schauen.« Verzückt legte sie ihre Stirn in Falten. »Was suchst du denn? Wie wäre es mit etwas zum Spielen und Toben? Guck mal, wir haben hier zum Beispiel Hundefrisbees. Die sind der absolute Renner. Die gingen hier durch die Decke diesen Sommer.«

Dankenswerterweise brachte sie nicht das teure Hundesofa ins Spiel oder einen der anderen kostspieligen Luxusartikel, sondern bewegte sich im Bereich seiner finanziellen Möglichkeiten. Max stellte sich vor, wie der bekloppte Rüdiger der Scheibe hinterherhechtete, um sich mit Genuss darin zu verbeißen. Trotzdem war er sich nicht sicher, ob bei den beengten Platzverhältnissen ein unfallfreies Spiel überhaupt denkbar war. Er wollte ja schließlich nicht, dass Rüdiger unter die Räder kam.

»Ich dachte eher an so etwas wie ...«, er traute es sich kaum auszusprechen, »einen ganz profanen Kauknochen.«

»Tut mir leid. Da muss ich passen. So was haben wir hier nicht. Wir sind ja kein Feinkostladen, sondern eine Boutique. Die üblichen Kauknochen laufen schon seit Jahren nicht mehr. Ich habe sie aus dem Sortiment genommen. Einige Kunden hatten sich beschwert, weil die mit der Zeit immer so ausfransen und matschig werden. Widerlich, wirklich. Das kannst du dir nicht vorstellen. Es gibt jetzt nur noch welche aus Bio-Kautschuk, doch ich nehme an, die meinst du nicht. Aber warte, ich habe selbst gebackene Hundekekse. Also nicht von mir, das ist klar. Ich und backen, du weißt doch, ich habe zwei linke Hände. Die stammen von einer kleinen Manufaktur in Süddeutschland. Die sind aus reinem Rosskastanienmehl, verfeinert mit einem hohen Anteil an Bio-Pansen. Wo habe ich sie denn nur? Die sind als Leckerchen für meine vierbeinigen Gäste gedacht. Aber da kann ich dir was abfüllen, wenn du möchtest. Ich habe hinten im Lager einen ganzen Karton davon. Die sind heiß begehrt. Hm, irgendwo muss doch das Weckglas stehen.«

Max schluckte abrupt und fühlte sich ertappt.

»Ach, wenn ich es mir richtig überlege, dann nehme ich eines der Leuchthalsbänder, die vorne am Eingang an der Wand hängen. Wie teuer sind die?«

»Die kosten um dic 55 Euro.«

Max zuckte sichtbar zusammen. Das war eine Stange Geld für ein bisschen Plastik.

»Du bekommst sie natürlich günstiger«, zwinkerte sie ihm zu, denn sie hatte seine Mimik richtig gedeutet. »Zum Freundschaftspreis. Sagen wir 20 Euro, okay?«

»Super, so eines nehme ich!«

Auf dem Winterdom angekommen, stand er mit einem Kloß im Hals vor dem mächtigen Eingangsportal zum Festplatz. Er zögerte kurz, dann ging er entschlossen weiter. Nach dem Gespräch mit Paulas Mutter fühlte er sich bestärkt. Spontan und ohne nachzudenken, kaufte er sich ein Ticket für das Riesenrad und setzte sich in eine der wackeligen, aber geräumigen Gondeln. Warum er das tat, wusste er nicht; er hatte das Gefühl, als müsse er sich erst mal einen Überblick verschaffen. Und was wäre dafür geeigneter als das höchste Fahrgeschäft auf dem Platz? Nach drei Runden mit einer zugegebenen großartigen Aussicht über Hamburg war er froh, dass die Fahrt vorbei war. Das mit der Höhe war noch nie sein Ding.

»Bitte einsteigen. So, gleich geht's los, neue Runde, wir starten, alles klar Leute, es geht los, ab gehts, heeeyyy!«, tönte es aus den Lautsprechern am DOM Dancer gegenüber.

Er ging weiter, zielstrebig in Richtung von *Susis Wurstpalast,* der wie jedes Jahr an derselben Stelle stand. Auf einmal stoppte er abrupt und drehte um. Es erschien ihm besser, die Runde über den Platz entgegen dem Uhrzeigersinn zu drehen, um nicht am *Nightmare* vorbeizukommen. Er befürchtete, dass unangenehme Gefühle in ihm hochstiegen. Trauer oder Wut. Oder beides gleichzeitig. Auch wenn er sich Mühe gab, cool und gelassen zu wirken, fühlte er sich wie in Watte gepackt. In der Vergangenheit hatte er voller Ungeduld auf den Tag gewartet, an dem der DOM öffnete. Aber heute? Ihm war nicht nach Vergnügen zumute. Alleine hatte er sowieso keinen Spaß.

In der Nähe der Achterbahn kam er an dem kleinen Holzwagen der Wahrsagerin vorbei. Die Tür stand offen, und der Vorhang in der Tür flackerte im Wind, als würde er eine Einladung zum Eintreten aussprechen. Max erinnerte sich an die Aussagen von Esmeralda. Alles, was sie ihm mit auf dem Weg gegeben hatte, war eingetreten. Er hatte die Zeichen der Zeit seinerzeit nicht erkannt. Doch jetzt war alles anders. Hatte sie einen Hinweis für ihn? Was hatte er zu verlieren? Er musste noch mal mit ihr sprechen. Kurz darauf fand er sich auf einem der roten Sessel wieder. Esmeralda erinnerte sich sofort an Paula und ihn. Mit ernster Miene hörte sie zu, was passiert war.

»Es ist wichtig, mit der Vergangenheit Frieden zu schließen, damit sich das Herz für eine gute Zukunft öffnen kann. Nur weil es jetzt gerade schwer ist, muss es nicht so bleiben. Wenn du blind bist, gehe nicht alleine über die Straße, und wenn du nicht schwimmen kannst, dann solltest du lieber nicht unter Wasser tauchen. Und wenn du Frieden mit deiner Vergangenheit machst, kommt das Glück von allein zu dir zurück.«

Esmeraldas Worte legten sich wie Balsam auf seine Seele. Er verspürte das erste Mal seit Langem wieder Zuversicht und Zufriedenheit, als er den Wagen verließ. Kurz vor dem

Wurstpalast kam er an der alten Geisterbahn vorbei. An die hatte er nicht die besten Erinnerungen. Schnellen Schrittes ging er an ihr vorüber. Ein Blitz zuckte durch seinen Kopf. Nicht dass er, ausgerechnet jetzt, Migräne bekam. Das hätte ihm gerade noch gefehlt. Aus den Augenwinkeln nahm er etwas Farbiges in Orange und Blau wahr. Er konnte es nicht zuordnen, und bevor er vorbei war, drehte er sich noch einmal um. War das am Eingang nicht dieser merkwürdige Typ? Wie hieß er gleich? Der hatte doch so einen komischen Namen. Er kam nicht darauf. Aber etwas stach ihm sofort ins Auge. Was trug er da auf dem Kopf? Ein orange-blaues Cappy.

»Na gut, das ist nichts Besonderes«, beruhigte sich Max, »davon gibt es bestimmt Tausende.«

Verwirrt ging er weiter. Er konnte sich vage erinnern, dass der Reporter in dem Fernsehbericht heute Morgen die Kleidung des verschwundenen Tim exakt beschrieben hatte. Er sah es förmlich vor seinen Augen: eine schwarze Lederjacke und ein orange-blaues Cappy mit einem Alligatorkopf als Logo. Was, wenn er noch mal zurückginge, um sich zu vergewissern, was er da gesehen hatte? Das wäre peinlich oder sogar gefährlich. Er traute diesem Typen nicht über dem Weg. Bevor er den Gedanken vertiefen konnte, zwackte es ihn an der Wade, begleitet von einem hohen, heiseren Bellen. Max guckte nach unten und erkannte Susis Hund.

»Mensch Rüdiger, du kleiner Racker. Was läufst du denn hier draußen in der Gegend rum? Warum bist du auf deinem Platz unter dem Tresen? Wenn dein Frauchen dich hier erwischt, dann gibt es Ärger.«

Obwohl Rüdiger die Zähne fletschte, packte Max beherzt zu, hob das Hündchen in die Luft und klemmte es unter seinen Arm. Der knurrte, fand schließlich aber wohl Gefallen daran, durch die Gegend getragen zu werden. Zumindest gab er keine Widerworte, sondern leckte sich zufrieden das Fell. Der *Wurstpalast* war gleich nebenan. Susi war nirgends zu sehen, aber der Geruch von frisch zubereiteten Pommes wehte Max um die Nase. Er musterte den Verkaufswagen und lugte um die Ecke in den hinteren Bereich, der für das Publikum nicht einsehbar war. Hier stand sie, angelehnt an eine Mülltonne, und rauchte eine Zigarette. Sie sah umwerfend aus. Auch wenn es mittlerweile tiefster Herbst war und die Temperaturen zu wünschen übrig ließen, trug sie unter ihrer Schürze einen rosa Minirock. Dazu diese imposanten High Heels. Wie konnte sie den ganzen Tag auf diesen Dingern im Wagen stehen? Wie hieß es so schön? Wer schön sein will, muss leiden. Ob dieser Spruch auch für sie zutraf? Sie sah gar nicht so aus, als wenn sie an irgendwas litt. Bevor er sie weiter mustern konnte, drehte Susi sich um und schnippte die Kippe gekonnt in die Ecke.

»Max! Da ist ja der hübsche Freund von unserer Paula. Gott habe sie selig, wo auch immer sie gerade ist. Ich habe schon auf dich gewartet. Ich war schon ganz aufgeregt den ganzen Tag über. Wir haben uns lange nicht gesehen. Wo hast du denn Rüdiger aufgegabelt?«

»Ach, der kam mir ein paar Meter weiter entgegen. Hast du ihn noch nicht vermisst?«, fragte Max und hielt den Streuner wie ein Präsent mit ausgestreckten Armen in ihre Richtung. Sie nahm ihn entgegen, küsste seine feuchte Nasenspitze und setzte ihn sanft auf den Boden. Rüdiger wedelte mit dem Schwanz und freute sich über so viel Aufmerksamkeit.

»Guck mal an, so bekommt man den handzahm.«

In seinen Gedanken ekelte er sich, weil er wusste, wo Rüdiger sich noch kurz vor dem Kuss herumgetrieben hatte.

»Nee, der bleibt eigentlich immer im Dunstkreis vom Wagen. Allein schon wegen des Geruchs nach frisch gegrillten Würstchen. Nur zum Pinkeln geht er anstandshalber ein paar Meter weiter.«

Max lachte laut auf und fühlte sich unpassend ertappt. Diese Susi. Sie hatte einen sonderbaren Humor, aber er mochte ihn.

»So, jetzt komm aber erst mal her zu mir und lass dich umarmen.« Sie drückte ihn an ihren üppigen Busen. »Wie geht es dir?«

»Ach, eigentlich gut soweit «, antwortete Max und schnappte nach Luft. »Den Umständen entsprechend, wie es so schön heißt.«

»Du mal wieder mit deinen Floskeln. Immer schön gerade aus der Hüfte heraus, sei nicht so steif.« Sie zwickte ihn mit beiden Händen in die Wangen. »Wir sind doch unter uns. Aber sag mal, hast du was von Paula gehört?«

»Nein, absolut nichts. Kein Sterbenswort. Von niemandem. Alle tappen im Dunkeln. Die Polizei. Ihre Eltern und Freunde. Und ich auch. Meine Befürchtung ist, dass die Suche längst abgeschlossen und der Fall zu den Akten gelegt ist. Zumindest hinter vorgehaltener Hand. Laut offizieller Quelle wird natürlich weitergesucht. Aber das glaube ich langsam nicht mehr. Dazu gibt es einfach keine neuen Erkenntnisse. Oder keine, die sie mit mir teilen.«

»Das ist wirklich eine unglaubliche Geschichte. Ein Rätsel, das sich nicht lösen lassen will. Ich will dich ja nicht noch weiter verunsichern, aber hast du von dem neuen Vermisstenfall von heute Morgen gehört? Der DOM ist mal wieder in aller Munde.«

»Wenn du das mit der Geisterbahn *Nightmare* und deren Hilfsarbeiter meinst. Ja, das habe ich mitbekommen. Ganz ehrlich, ich weiß nicht, was ich von der Sache halten soll. Das kann doch alles kein Zufall sein. Erst verschwindet Paula, dann vier Monate später dieser Junge. Und vermutlich gibt es sogar noch eine dritte Person. Beweisen kann ich es noch nicht, aber ich habe da etwas in der *Abendpost* gelesen vor einiger Zeit. Auch ein Vermisstenfall. Jetzt rückwirkend betrachtet, sehe ich einige Parallelen. Und die Nähe zum

DOM ist auch gegeben, wenn auch nicht direkt, aber die Reeperbahn ist hier ja gleich um die Ecke.«

»Das ist in der Tat alles sehr merkwürdig«, bestärkte Susi ihn. »Das muss aber nichts bedeuten. Vielleicht ist das alles nur Zufall. Überlege doch mal, wie viele Menschen hier täglich über den DOM laufen. Und während der gesamten Spielzeit kann man wahrscheinlich fast jeden Einwohner Hamburgs mit dem DOM in Verbindung bringen.«

Max seufzte. Wahrscheinlich hatte sie recht.

»Aber die Sache mit Paula tut mir wirklich leid für dich. Ich weiß, dass du sie gerne mochtest. Wie kann ich dich etwas aufheitern?«

Sie drückte ihn erneut fest an sich. Er bekam einen roten Kopf und fühlte sich wie das Kissen aus der Teleshopping-Sendung. Rüdiger fletschte die Zähne und legte die Ohren an, drehte den Kopf seitlich, als wenn er überlegte, zog es dann jedoch vor, keinen Laut von sich zu geben.

»Komm, wir gehen nach vorne, da sind Gäste, die ich bedienen muss. Und ich mach dir gleich eine leckere Currywurst mit Pommes. Ein Bier habe ich bestimmt auch für dich.«

»Das wäre jetzt genau das Richtige. Mir ist schon ganz flau im Magen.«

Dass er vorhin eine Handvoll Hundekekse gefuttert hatte, verschwieg er lieber aus verständlichen Gründen. Rüdiger stolzierte um sie herum und winselte leise, um ihr mitzuteilen, dass er wieder auf den Arm wollte. Susi schwang ihre Hüften in den Verkaufswagen und legte zwei Würstchen auf den Grill, die sofort begannen, im Fett zu brutzeln. Die Kundschaft zog beleidigt weiter zur nächsten Bude. Vegetarische Wurst hatte sie nicht im Angebot. Sie holte zwei Bier aus dem Kühlschrank und öffnete beide Flaschen beherzt mit einem Feuerzeug. Großzügig schob sie Max einen der Bratlinge über den Tresen.

»Wow«, dachte Max. »Diese Frau ist eine Wucht.«

Sie kam zu ihm, stellte die Bierflaschen auf den Tisch, legte ihre Hände auf seine Schultern und prostete ihm zu.

»Auf uns!«

»Prost«, sagte Max schüchtern und wurde rot. »Ich habe hier übrigens noch was für dich. Also eigentlich nicht für dich, sondern für Rüdiger. Ein Hundehalsband, das im Dunkeln leuchtet.«

»Wow, das ist ja ein geiles Teil, da wird sich der kleine Scheißer aber freuen«, rief Susi lachend. »Womit hat er das denn verdient, dieser kleine Kläffer?«

»Ja, ich dachte mir, das kann er gut gebrauchen. So siehst du auch im Dunkeln, wo sich Rüdiger sich rumtreibt. Ich meine, der ist ja, abgesehen von seinem Bellen, so klein, den kann man schon mal übersehen, vor allem in der Dunkelheit.«

»Das ist ja suuuper«.

»Und die Leute können rechtzeitig Reißaus nehmen, wenn Rüdiger im Dunkeln kläffend auf sie zugestürmt kommt«, verkniff Max sich anstandshalber.

Susi bedankte sich mit einem spontanen Kuss auf seine Wange. Er dagegen konnte in diesem Augenblick nicht anders. Er zog sie näher zu sich heran, drehte seinen Kopf in Susis Richtung und gab ihr vorsichtig einen Schmatz auf den Mund zurück. Der Moment lief wie in Zeitlupe ab und könnte einem romantischen Film entsprungen sein. Hatte er das wirklich getan? Woher kam dieses plötzliche Bedürfnis, es hier und jetzt zu tun? In der Öffentlichkeit, vor allen Leuten. Nicht dass es Schaulustige gab, die es gesehen und sich daran gestört hatten, aber er fühlte sich in diesem Moment wie auf dem Präsentierteller. Vermutlich war es einfach die Angst vor Susis Reaktion. Sie schien jedoch nichts dagegen zu haben. Statt der zu erwartenden Ohrfeige küsste sie ihn in aller Selbstverständlichkeit leidenschaftlich weiter. Aus den Augenwinkeln sah er etwas. Er erkannte jemanden, der direkt auf sie zustürmte. Eine Hand packte ihn an der Schulter und zog ihn mit einem heftigen Ruck von Susi weg. Krachend spürte er eine Faust in seinem Gesicht. Ein heftiger Schmerz überkam ihn. Die Flasche mit dem Bier zerschellte. Er fiel zu Boden.

Kapitel 12

Für einen Moment fühlte sich Max benommen. Aus seiner Nase ran warmes Blut die Lippen und sein Kinn herunter. Instinktiv wischte er sich mit dem Handrücken den Schaum vom Mund. Er blickte geradewegs in die wütenden Augen eines Alligatorkopfes und schüttelte sich unbewusst, um wieder klar denken zu können. Dann sah er, wer ihn angegangen war. Der Typ von der alten Geisterbahn. Er trug die Baseballkappe und eine schwarze Lederjacke. Mit seinem Ärmel wischte sich Max erneut über sein Gesicht, aber das verteilte das Blut nur noch mehr. Diesen Volltreffer musste er erst mal wegstecken. Er war völlig perplex, die Situation überforderte ihn. Was war das denn eben? Alles passierte in Sekundenschnelle. Susi war ihm zur Seite gesprungen, hatte den Schläger am Kragen gepackt und hinter ihren Verkaufswagen geschleift. Max versuchte, seine Gedanken zu sammeln und sich aufrecht hinzusetzen. Das Bier von Susi stand wie ein Fels in der Brandung auf dem Stehtisch. Kurz überlegte er, es sich einfach zu nehmen. Einen Schluck könnte er jetzt gebrauchen. Aber er fühlte sich zu schwach. Deshalb blieb er sitzen, um zu kapieren, was mit ihm geschehen war. Dieser Typ, der ihn ausgeknockt hatte, war eindeutig der Kerl von der alten Geisterbahn. Warum kam es zu diesem Schlagabtausch? Er hatte ihn doch gar nicht auf die Baseballkappe angesprochen. Konnte er Gedanken lesen? Nach diesem Zusammenstoß war Max sich unsicher. Er sah es direkt vor seinem geistigen Auge. Es war dasselbe Cappy, das der verschwundene Tim aus dem Bericht im Fernsehen trug.

Max erhob sich. Obwohl er zitterte, wollte er sich vor Susi keine Blöße geben und als Angsthase dastehen. Er stellte sich breitbeinig auf und hob selbstbewusst den dröhnenden Kopf. Wenn dieser Typ noch mal kommen würde, dann konnte er was erleben.

»Erleben, wie ich die Beine in die Hand nehme und so schnell wegrenne, wie ich kann«, sagte seine innere Stimme.

Nein, das würde er nicht tun. Nicht dieses Mal. Er würde seinen Mann stehen und diesen Typen, sofern er denn wirklich zurückkommen sollte, eine gehörige Tracht Prügel verpassen. Um ihn herum hatte sich mittlerweile eine kleine Gruppe von Leuten gescharrt, die ihn angafften.

»Guck mal, der hat voll eine reinbekommen«, grölte einer aus der Menge.

»Ich habe genau gesehen, wie er die Frau belästigt hat«, giftete ein anderer.

»Wer den Schaden hat, braucht für den Spott nicht zu sorgen«, dachte Max. »An dieser Binsenweisheit war etwas dran.«

Sein Kopf schmerzte, doch bevor er weiter nachdenken konnte, wurde ihm eine rettende Hand gereicht. Ein Engel kam auf ihn zu. Ein Engel ohne Flügel, aber mit einer Vertrautheit, die ihm fast peinlich war. Susi stand mit hochrotem Kopf und sichtlich verärgert vor ihm. Er sah, wie der Schlägertyp mit gesenktem Blick an ihnen vorbeischlich. Scheinbar hatte sie ihm den Kopf gewaschen, damit drohte vorerst keine weitere Konfrontation. Wenigstens hatte er auch was abbekommen. Seine Hand war notdürftig bandagiert, und seine Haltung beim Gehen zeugte von einer Niederlage.

»Da hat der aber Glück gehabt, dass ich den nicht platt gemacht habe«, sagte Max unpassenderweise zu Susi.

»Ist mit dir alles in Ordnung?«

»Danke, Susi. Ja, geht schon.«

»Oh Mann, du schaust ja aus. Hier sind Servietten, wisch dir erst mal die Nase ab. Das Blut läuft dir ja schon aufs Shirt. Und für alle anderen heißt es jetzt: weitergehen. Es gibt hier nichts zu sehen. Die Show ist vorbei. Auf geht's Leute.«

Dankbar für die Servietten versuchte er, die blutende Nase zu beruhigen.

»Ich weiß auch nicht, was in Wilbert gefahren ist. Am besten vergisst du das Ganze. Der hat heute einfach vermutlich einen schlechten Tag und seine Wut am Falschen ausgelassen. Was auch immer das war. Irgendwas in seiner Seelenvitrine hat die dünnen Porzellantassen zum Klirren gebracht. Aber keine Angst, der lässt dich ab jetzt in Ruhe. Dafür habe ich gesorgt.«

»Susi, ich denke, ich sollte jetzt besser nach Hause gehen. Mein Kopf dröhnt, und ich habe Kopfschmerzen.«

»Ja, vielleicht ist das für heute besser. Am bestens gehst du Wilbert die nächste Zeit aus dem Weg. Der ist es nicht wert. Glaube mir. Wir können uns die Tage ja noch mal sehen. Du weißt ja, wo du mich findest.«

»Warum eigentlich nicht. Bis dann«, sagte er stumpf.

»Du auch Max. Halt die Ohren steif. Wir sehen uns. Ruf mich an, wenn was ist.«

Geknickt machte er sich auf dem Weg. Seine Jacke und sein T-Shirt waren blutverschmiert, aber das störte ihn nicht, auch wenn ihn die Leute, denen er begegnete, merkwürdig anschauten. Er ging die Runde weiter, sodass er nicht mehr an der alten Geisterbahn und an Wilbert vorbei musste. Sicher war sicher. Sein Kopf dröhnte. Die flackernden Lichter an den Fahrgeschäften und die laute Musik machten ihm zusätzlich zu schaffen. Aber er dachte nicht daran, auf direktem Weg nach Haus zu gehen, denn er hatte noch etwas Wichtiges zu erledigen. Und selbst wenn das Ganze vielleicht eine Einbahnstraße war, diese Art von Baseballkappe war zu auffällig. Ein orange-blaues Cappy mit einem Alligatorkopf darauf? Wo hatte Wilbert es her? Max spürte, dass er diese Spur verfolgen musste, auch wenn er Paula damit nicht zurückbekam. Im schlimmsten Fall war alles ein Missverständnis. Dieses Risiko musste er eingehen. Ihm waren bisher drei Personen bekannt, die spurlos verschwunden waren. Ob es noch mehr unentdeckte Fälle gab? Er wusste es nicht. Was ihm jedoch klar war: Alle drei standen in irgendeiner Verbindung oder hatten eine gewisse Nähe zum DOM. Der Aufbauhelfer Tim war das jüngste Opfer, und es gab nur einen einzigen Hinweis. Die orange-blaue Baseballkappe und die Lederjacke. Und genau diese beiden Gegenstände hatte er heute gesehen. Während eine schwarze Jacke für sich genommen nichts Besonderes war, so war die Kombination aus beidem für ihn mehr als eindeutig. Er ging vorbei am Kettenkarussell immer weiter in Richtung Riesenrad und zum Ausgang des DOM. Dass er dabei direkt an der Geisterbahn *Nightmare* vorbeikam, nahm er gelassen zur Kenntnis, obwohl er die Strecke auf dem Hinweg gemieden hatte. Ohne die Bahn eines Blickes zu würdigen, kämpfte er sich schnellen Schrittes immer weiter durch die Menschenmassen, das Ziel im Blick. Die Leute links und rechts von ihm machten ihm Platz. Am Ausgang des DOM angekommen, stoppte ihn eine rote Ampel. Ein Auto hupte laut. Max wich zurück und blieb stehen. Er war derart in Gedanken, dass er mit seinem Tunnelblick beinahe angefahren worden wäre. Konzentriert blickte er auf die Ampelfarben, als könne er die Schaltung mit seinem Blick beeinflussen. Die Lichtzeichen schalteten um auf Grün. Er rannte schnurstracks über die Kreuzung am Millerntorplatz. Von hier war es nur noch ein kurzer Fußmarsch die Reeperbahn runter zur Davidwache. Er hoffte inständig, dass Kommissar Beelendorp im Dienst war. Das würde die ganze Angelegenheit erheblich erleichtern. Vor Wut ballte er in seinen Hosentaschen seine Hände entschlossen zu Fäusten.

Auf der Davidwache angekommen, musste Max zunächst warten. Nervös rutschte er auf dem glatten Holzstuhl hin und her, versuchte, seine Ungeduld in den Griff zu kriegen. Er saß im stickigen Vorraum und beobachte das Treiben. Vor ihm stand eine wild gestikulierende junge Dame aus dem leichten Gewerbe. Für diese Jahreszeit war sie, seiner Meinung nach, erstaunlich knapp bekleidet. Einzig die bunten Wollsocken waren bis zu den Knien hochgezogen, darüber kam lange Zeit nichts bis auf ein knappes rotes Höschen. Beschämt schaute er weg. Man konnte fast bis nach Paris sehen. Ihm fröstelte es beim bloßen Hinsehen. Max musste an Susi denken, obwohl sich jeder Vergleich verbot. Susi hatte Niveau und Klasse, zweifellos. Nicht, dass er das dieser Frau hier absprechen wollte, aber ihr Verhalten erschien ihm fragwürdig. Sie redete so laut, dass Max jedes Detail mitbekam. Vermutlich absichtlich, um Aufmerksamkeit zu erregen. Ein Kunde von ihr hätte sie um ihr Geld betrogen und nicht für ihre Dienstleistung bezahlt. Die Polizistin schaute gelangweilt und versuchte, sie zu beruhigen. Da sie den Vornamen nannte, schien sie die leicht bekleidete Frau zu kennen. Es dauerte gefühlte Stunden, bis das Problem ausdiskutiert war. Zwischendurch trommelte sie mit ihren Fäusten vehement auf den Tresen. Eine große Handtasche mit schwarzen Noppen wurde einmal komplett ausgeschüttet und hastig durchsucht, nur um kurze Zeit später wieder mühsam mit spitzen Fingern eingeräumt zu werden. Die Polizistin reagierte zunehmend genervter. Ihr Blick verriet, dass beim nächsten falschen Wort ein Rauswurf drohte. Weiterhin sichtlich erregt, verließ die Frau dann schnellen Schrittes das Polizeirevier. Dabei fluchte sie unaufhörlich laut weiter. Max schaute ihr fasziniert hinterher.

»Sie sind der Nächste, junger Mann«, forderte die Polizistin ihn forsch auf. »Was kann ich für Sie tun?«

»Ich möchte eine Meldung machen«, entgegnete Max zögerlich.

»Na, dann schießen Sie mal los. Was wollen Sie denn melden?«

»Ich habe etwas beobachtet, was vielleicht für Sie interessant sein könnte.«

»Können Sie etwas genauer werden? Sagen Sie mal, haben Sie sich geprügelt? Ihr Shirt ist ja voller Blut, und Ihr Gesicht sieht etwas lädiert aus. Sind Sie angetrunken?

»Ja. Äh, ich meine nein. Betrunken: nein. Geprügelt: ja. Aber deswegen bin ich nicht hier. Es geht um die vermissten Personen. Wissen Sie, wovon ich rede? Kann ich vielleicht mit Kommissar Beelendorp sprechen?«

»Sie können auch mit mir Vorlieb nehmen, auch wenn ich immer noch nicht weiß, was sie wollen oder was für eine äußerst wichtige Information Sie für mich haben«.

Max fühlte sich nicht ernst genommen. Trotzdem versuchte er, sich zu beherrschen und sachlich zu bleiben.

»Hören Sie, es ist äußerst wichtig. Es geht vielleicht um Leben und Tod. Und mit Kommissar Beelendorp habe ich in dieser Sache bereits mehrfach gesprochen. Eine der verschwundenen Personen ist eine Freundin von mir. Und ich habe jetzt etwas gesehen, was ihn sehr interessieren dürfte. Ich habe eine Spur. Diese Spur führt zu weiteren vermissten Personen. Ich bin mir sicher. Lassen Sie mich zu ihm. Je schneller, desto besser. Wir sollten keine Zeit mehr verlieren.«

»Okay, ist ja gut. Wenn Sie darauf bestehen. Dann nehmen Sie noch mal Platz. Ich schaue, ob er da ist und Zeit für Sie hat.«

Max setzte sich auf die harte Bank, die seitlich neben dem Tresen stand, und wartete. Von hier aus hatte er alles im Blick. Es dauerte nur wenige Minuten, dann kam der Kommissar um die Ecke.

»Max, richtig? Sie haben neue Informationen für mich?«

»Ja, ich muss Ihnen unbedingt etwas mitteilen, das ich beobachtet habe. Es ist wirklich wichtig. Die Zeit läuft ab, und zwar gegen uns.«

»Na, dann kommen Sie mal mit in mein Büro. Das müssen wir ja nicht hier vorne besprechen. Wie sehen Sie eigentlich aus? Alles in Ordnung mit Ihnen?«

Die Polizistin am Tresen guckte eingeschnappt und zog eine Schnute. Vermutlich, weil sie die wichtigen Informationen nicht mehr mitbekam. Im Büro angekommen, bot ihm der Kommissar einen Kaffee an. Max nahm das Angebot dankend an und bekam aus einer Thermoskanne in einen Pappbecher eingeschenkt. Der Kaffee dampfte vor sich hin. Vorsichtig nahm er einen Schluck und wärmte sich die Hände am Becher. Ihm war kalt, und er fröstelte. Der Gedanke, einen Schritt näher an einer möglichen Auflösung zu sein, ließ ihm einen Schauer den Rücken runterlaufen – auch wenn es hier zunächst um den verschwundenen Jungen ging. Insgeheim hoffte Max, dass er über diese Geschichte an Informationen zu Paula kam. Er berichtete alles, was er beobachtet hatte. Angefangen bei dem Bericht im Regionalfernsehen bis zur orange-blauen Baseballkappe auf dem DOM. Die Bekanntschaft mit Wilberts Faust sparte er nicht aus, und die Sache mit dem Kuss beichtete er fast schuldbewusst. Gezwungenermaßen, denn er malte sich aus, dass seine Story sonst keinen Sinn ergab. Die Sache war ihm deutlich peinlich, aber das hatte er sich selbst eingebrockt. Der Kommissar hörte aufmerksam zu, unterbrach ihn nicht und machte sich eifrig Notizen. Als Max mit seinen Ausführungen fertig war, blickte Kommissar Beelendorp von seinem Notizzettel auf. Er schien zurückhaltend, aber nicht uninteressiert. Besonders über die Sichtung der außergewöhnlichen Baseballkappe wollte er mehr wissen. Max sollte das Cappy und insbesondere den Alligatorkopf ausführlich beschreiben. Nebenbei tippte er auf der Tastatur seines Computers. Dann drehte er den Bildschirm so, dass Max draufschauen konnte.

»Sah das Logo ungefähr so aus?«

»Ja absolut. Genau so. Das ist es«, schrie Max und sprang auf.

»In der Tat sehr auffällig und unverwechselbar«, meinte der Kommissar. »Das ist eine Baseballkappe mit einem Logo der Florida Gators, einer Footballmannschaft aus Amerika. Die bekommt man hier mit Sicherheit nicht an jeder Ecke zu kaufen. Ich werde der Spur auf jeden Fall nachgehen und diesem Wilbert einen Besuch abstatten. Wissen Sie, wo ich ihn finden kann?«

»Ja, seinem Vater gehört die Geisterbahn *Monsterhöhle.* Der Nachname lautet Keyzer oder so ähnlich. Sie finden sie ungefähr auf der Höhe des Feldstraßenbunkers.«

»Ach«, sagte Kommissar Beelendorp. »Wilbert Keyzer.« Er tippte erneut etwas in seinen Computer. »Der Name ist uns nicht unbekannt. Aber sagen Sie mal, wegen der Schlägerei. Wollen Sie nicht Anzeige erstatten? Das wäre Ihr gutes Recht. Die Keyzers sind kein unbeschriebenes Blatt. Warten Sie, ich muss mal nachschauen.«

Er tippte erneut in seinen allwissenden Rechner.

»Verstoß gegen behördliche Auflagen, Ruhestörung, Betrug«, murmelte er leise, aber dennoch hörbar. »Also ich darf Ihnen da nicht viel zu sagen, aber insbesondere dieser Wilbert ist nicht ohne. Und jetzt könnte noch Körperverletzung dazukommen.«

»Hm, ich bin mir nicht sicher. Das bringt doch nichts. Das soll nicht von unserem eigentlichen Auftrag ablenken. Außerdem habe ich den auch ganz schön vermöbelt. Also Notwehr, versteht sich«, stellte Max selbstbewusst fest.

»Wie Sie meinen, überlegen Sie es sich. Wenn Sie mich jetzt entschuldigen. Ich würde der Sache gerne auf den Grund gehen und einen Hausbesuch machen.«

»Kann ich mitkommen?«, fragte Max.

»Nein, das ist nicht möglich. Sie gehen jetzt am besten nach Hause, nehmen eine Dusche und ziehen sich saubere Sachen an. Rufen Sie mich morgen früh an. Vielleicht kann ich Ihnen dann schon Genaueres berichten. Haben Sie noch meine Visitenkarte?«

Ohne die Antwort abzuwarten, streckte er ihm ein neues Kärtchen hin. Max nahm es wortlos entgegen. Zurück auf der Straße lief er die Reeperbahn runter Richtung S-Bahn. An der Ecke zum Hans-Albers-Platz kam er an einer leicht bekleideten Frau in schwarzen Netzstrümpfen vorbei. War das nicht die von vorhin auf der Wache, die so ein Theater veranstaltet hatte? Er senkte den Kopf, um Blickkontakt zu vermeiden, und ging mit schnellen Schritten weiter. Prompt wurde er angesprochen.

»Na, Hübscher. Hast du schon was vor? Wie wäre es mit uns beiden?«

»Nein danke, ich habe kein Interesse.«

»Stehst wohl nicht auf Frauen, was?«, fragte sie mit einer latent hauchenden Stimme und umspielte dabei mit den Fingern eine ihrer bunt gefärbten Haarsträhnen.

»Doch, doch. Aber ich bin gerade nicht in Stimmung«, sagte er im Weitergehen.

»Auf was stehst du?«, rief sie ihm zu und kam hinterher. »Ich kann dich auch härter rannehmen, wenn du magst.« Dabei klopfte sie ihm mit einem frechen Schlag auf seinen Hintern.

»Noch mal, nein danke. Kein Interesse.« Jetzt klang seine Stimme schon vehementer.

»Ich habe auch eine Freundin, falls du lieber etwas zu dritt machen möchtest.«

Wortlos blieb er stehen, um das Angebot ein für alle Mal auszuschlagen.

»Hör mal zu, Lady. Ich bin gerade nicht in der Stimmung. Also gehe mir nicht auf den Sack. Suche dir jemanden anderen. Und vor allem, lass mich in Ruhe.«

»Ach komm schon, jetzt hab dich nicht so«, sagte sie unbeeindruckt und zupfte ihn an seinem Jackenärmel.

Ebenso erschrocken wie entschlossen riss er sich los und flüchtete über die zweispurige Straße Richtung Kneipenviertel Hamburger Berg. Auf diesen Schreck musste er was trinken. Wie konnte man nur so penetrant sein! Er schaute sich um und stand passenderweise direkt vor einer Kneipe, die von außen halbwegs einladend aussah – soweit man das für Kiezverhältnisse sagen konnte. Zögernd öffnete er die Tür und schob einen schweren, schwulstigen Vorhang beiseite. Ein schlichter vom Zigarettenrauch vernebelter Raum begrüßte ihn. Aus der Jukebox in der Ecke dudelte Schlagermusik aus den 1970er-Jahren. Für einen kurzen Moment kam es ihm vor, als würde die Zeit stillstehen, und er glaubte, sämtliche Augen seien auf ihn gerichtet. Doch dann ging das Treiben unbeirrt weiter, und er trat ein. Er hatte Glück, denn ein Tisch war frei. Auf dem schmierigen Boden klebten seine Schuhe und verursachten Schnalzgeräusche. Rasch quetschte er sich auf eine freie schmucklose Holzbank in der Ecke und warf einen Blick in die übersichtliche Getränkekarte. Im nächsten Augenblick kam eine gut gelaunte Bedienung auf ihn zu, um seine Bestellung aufzunehmen. Aus Verzweiflung nahm er das erstbeste auf der Karte: ein Herrengedeck, obwohl er nicht wusste, was sich dahinter verbarg. Prompt wurde er mit der Aussage belohnt, dass er eine gute Wahl getroffen hätte. Er schaute sich um. Beige-braune Holzmöbel und vergilbte Vorhänge zeugten von Tristesse und längst vergangenem Charme. Am Tresen saßen zwei zwielichtige Typen mit gesenktem Köpfen. Ein halbes Dutzend leerer Schnapsgläser ließen vermuten, dass sie sich die Kante gaben. Am Tisch nebenan vergnügte sich ein Pärchen mittleren Alters ungeniert und ungehemmt miteinander. Die Schmatzgeräusche waren deutlich wahrnehmbar und konnten selbst von der Musik aus der Jukebox nicht übertönt werden. Die ganze Situation erschien eher absurd als real.

Wo war er hier gelandet? Und warum? Bevor er weiter grübelte, wurden ihm ein Bier und ein Kurzer serviert. Max nahm das kleine Schnapsglas, das randvoll befüllt war, in die Hand und roch daran. Es schwappte über und tropfte auf den Tisch. Der Geruch von billigstem Sprit stieg ihm in die Nase. Was war das für ein Teufelszeug? Purer Spiritus?

»Was ist das?«

»Ein Bier.«

»Nein, das andere meine ich.«

»Das ist ein Korn. Auch Kurzer genannt. Na, klingelt's?«

Wortlos nahm er das Schnapsglas in die Hand und spülte den harten Stoff in einem Zug hinunter. Er musste sich innerlich schütteln, denn in seiner Kehle brannte es für einen kurzen Moment, bis sich die Flüssigkeit langsam in seinem Körper verteilte.

»Ich nehme noch einen.«

In diesem Moment wurde der Vorhang beiseitegeschoben. Max blickte auf und sah die Frau von der Straße, die ihn vor Kurzem noch blöd angequatscht hatte. Schnell drehte er sich zur Seite, hielt die Hände vor den gesenkten Kopf und hoffte, nicht erkannt zu werden. Doch es war zu spät. Als er zwischen den Fingern hindurchblickte, sah er, dass sie direkt auf seinen Tisch zusteuerte.

»Hey. Ist hier noch ein Platz frei? Keine Angst, ich versuche auch nicht, dich rumzukriegen. Sorry noch mal wegen eben. Aber als du wie von der Tarantel gestochen weggelaufen bist, habe ich ein schlechtes Gewissen gekriegt und bin dir hinterher. Alles in Ordnung mit dir? Na ja, kannst du mir ja gleich in Ruhe erzählen. He, noch zweimal das Gleiche«, rief sie, schnippte mit den Fingern in Richtung Kellnerin und setzte sich unaufgefordert neben ihn. »Du bezahlst, okay? Bin gerade etwas knapp bei Kasse. Darum war ich eben auch so hartnäckig. Nichts gegen dich persönlich. Du bist wirklich ganz niedlich.«

Max schaute sie verblüfft an. Niedlich? Er war doch kein Hund. Die war ja so was von dreist. Ungeheuerlich. Auf der anderen Seite, wo sie nun direkt vor ihm saß, wirkte sie mit ihren bunten regenbogenfarbenen Haaren jugendlicher als vorhin an der Straßenecke. Sie hatte ein hübsches Gesicht und sah gar nicht mehr aus wie eine Prostituierte. Tatsächlich erinnerte sie ihn sogar ein wenig an Paula, auch wenn sich natürlich jeder Vergleich mit ihr und einem leichten Mädchen verbot.

»Sag mal, wie heißt du überhaupt? Ich bin Sunny. Aber das ist nicht mein richtiger Name. Eigentlich heiße ich Edith. Sunny ist mein Künstlername. Na ja, wenn man das so sagen kann. Also ich bin jetzt keine Schauspielerin, Sängerin oder so. Ich arbeite in der Entspannungsbranche. Wenn du weißt, was ich meine. Ich bin wie eine gute Fee, ich erfülle Wünsche. Jeden Wunsch, wenn du verstehst. Ach, was soll's, ich will nicht um den heißen Brei rumreden, du würdest es ja doch herausfinden. Ich bin Körpertherapeutin. So, jetzt weißt du Bescheid. Lass uns erst mal anstoßen. Prost, auf dich, mein Lieber. Wie war noch dein Name?«

Max nickte wortlos und spülte den zweiten Korn, der gerade von der Kellnerin vor ihm abgestellt wurde, mit seinem Bier nach. Er hatte keine Lust, zu antworten, und dieses Mädchen setzte auch schon wieder an, um nachzulegen.

»Wie auch immer. Ist ja auch nicht so wichtig. Du bist eher der zurückhaltende Typ, stimmt's? Das habe ich schon gemerkt. Aber das ist in Ordnung, kein Problem. Ich habe ein loses Mundwerk, wie meine Mutter immer sagte. Bin die ganze Zeit am Plappern. Hoffentlich gehe ich dir nicht auf die Nerven? Sonst musst du es nur sagen, dann nehme ich mein Zeug und setze mich einen Tisch weiter. Bezahlen müsstest du die Getränke aber trotzdem. Sorry. Weißt du, ich bin gerade knapp bei Kasse, hatte ich das schon erwähnt? Heute war ein Scheißtag. Ich bin um mein Geld betrogen worden, der Kerl ist danach einfach abgehauen. Ohne zu bezahlen. So eine Schweinerei. Ich war sauer. Auf 180. Das kannst du mir glauben. Ich bin direkt hinter dem her, aber der war über alle Berge. Das Geschäft läuft momentan sowieso nicht gut. Eigentlich schon die letzten Wochen nicht mehr. Es gab da doch diesen Vorfall, seitdem traut sich keiner mehr ran ohne die Angst, verdächtigt zu werden, wenn eine von uns mal kurz untertaucht. Sag mal, dein Gesicht kommt mir bekannt vor. Aber wir hatten noch nichts miteinander, oder? Hm, lass mich überlegen. Daran könnte ich mich erinnern. Ach, jetzt weiß ich es. Du warst doch vorhin auf der Wache. Du bist doch da auf der Bank gesessen. Bist mir gleich aufgefallen. Du hast so traurig geguckt. Und sag mal, das sieht aus, als wenn dich einer vermöbelt hat. Was ist passiert? Erzähl doch mal.«

Max seufzte überfordert und guckte sie mit großen Augen an. Ihre blauen Augen und die bunten Haare, verbunden mit seinem inzwischen bedenklichen Alkoholkonsum, wickelten ihn um den Finger. Besäuselt wischte er sich über den Mund. Im Hintergrund dudelte ein Hit vergangener Jahrzehnte vor sich hin. Am Tresen wurde mittlerweile lautstark mitgesungen. Eine ausgelassene Stimmung mit interessanten Leuten, das musste man dieser Kaschemme lassen.

»Also ich habe im Moment wirklich keinen guten Lauf. Seitdem die Sache mit meiner Kollegin passiert ist, geht alles den Bach runter. Außerdem weiß man inzwischen ja gar nicht mehr, ob man sich sicher fühlen kann oder nicht. Ich meine, der Job war immer schon ein wenig gefährlich. Ich habe die dollsten Dinger erlebt. Das kannst du dir gar nicht vorstellen. Einmal wollte jemand von mir, dass ich ihn … boah nee, da habe ich nicht mitgemacht. Der ist gleich achtkantig rausgeflogen. Aber, dass jemand von uns, von meinen Kolleginnen, spurlos verschwindet …«

»Halt. Stopp mal. Was hast du gerade gesagt?«, unterbrach Max sie zum ersten Mal nach einer gefühlten Ewigkeit. »Kannst du das noch mal wiederholen?«

»Was meinst du?«

»Du sagtest, jemand ist spurlos verschwunden?«

»Ja genau. Meine, na ja, wie soll ich das sagen, Arbeitskollegin. Freundin wäre etwas übertrieben. So gut kannte ich sie nicht. Aber wir standen jeden Abend zusammen an der Straße und haben ... du weißt schon. Angeschafft. Coco, obwohl das nicht ihr richtiger Name war. Sie hieß, warte, lass mich überlegen. Das war so ein ungewöhnlicher Name?«

»Elara S.?«

»Ja, aber woher ...?«, staunte sie sichtlich perplex.

»Also, ich kenne sie nicht persönlich. Ich habe davon gehört beziehungsweise einen Artikel in einer Zeitung gelesen. Und das, was dort beschrieben war, passierte genau hier in dieser Straße. Und mittlerweile glaube ich nicht mehr an Zufälle, denn mir ist etwas Ähnliches passiert. Mit meiner besten Freundin. Paula. Sie ist auch plötzlich spurlos verschwunden. Wie vom Erdboden verschluckt. Aber das ist eine lange Geschichte. Hast du noch etwas Zeit?«

Max zeigte zur Kellnerin: »Zweimal noch dasselbe bitte.«

Es war früher Nachmittag. Wilbert hatte Zeit, bis das Tagesgeschäft startete. Er lag auf dem Bett in seinem Wohnwagen und starrte an die Decke. Er überlegte, was er mit den Stunden bis dahin anfangen könnte. Vorhin hatte er mit dem Alten zusammen zu Mittag gegessen, wie jeden Tag. Ausnahmsweise hatten sie gekocht. Es gab Erbsensuppe. Aus der Dose. Und es gab wieder Streit. Wie so häufig. Es ging wie immer um die Geisterbahn. Die Einnahmen wurden stetig weniger. Inzwischen kamen sie nur mit Mühe über die Runden. Wilbert wollte etwas verändern, dem Ganzen einen neuen Anstrich geben, aber der Alte zog nicht in dieselbe Richtung. Wilbert war dabei, die Bahn aufzupeppen, und erhoffte sich, dass die dezenten Maßnahmen mehr Fahrgäste anzogen. Der Alte jedoch war dagegen und wollte stattdessen weiterhin auf Nostalgie und Familienfreundlichkeit setzen. Wilbert hingegen war sicher, dass sich das Publikum hauptsächlich durch knallharte Schockeffekte anlocken ließ. Bei der Geisterbahn *Nightmare* war das ja schließlich auch das Erfolgsrezept. Und diese Bahn lief schon das ganze Jahr wie geschnitten Brot. Sein Besitzer musste inzwischen steinreich sein. Zumindest, wenn es nach den langen Schlangen ging, die sich regelmäßig vor der Kasse bildeten. Genau solch einen Kassenschlager hatte er sich immer gewünscht. Bei der *Monsterhöhle* gab es keine Schlangen an wartenden Besuchern. Doch, es gab eine, aber die war aus Pappmaschee und ein Dekorationselement, das sich oberhalb des Kassenhäuschens um eine Stange wand.

Lustlos stand er auf und ging nach draußen auf den Vorplatz. Es war nur eine Frage der Zeit, bis alles ihm gehörte. Er schaute sorgenvoll auf die Fassade. Im Prinzip müsste die ganze Front ausgetauscht oder neu gestaltet werden. Motive mit Monstern und Hexen lockten heutzutage niemanden mehr hinter dem Ofen hervor. Nicht mal mehr Familien mit Kindern. Selbst die wollten mehr Horror erleben. Warum war die Welt bloß so abgestumpft? Alles musste immer noch schrecklicher sein als das, was man zuvor gesehen hatte? Aber da war nichts zu machen. Der Alte würde es niemals zulassen, dass es aufwendige oder sichtbare Veränderungen gäbe. Nicht in diesem Leben. Immerhin, eines hatte Wilbert geschafft: Im Inneren der Bahn hatte er angefangen zu modernisieren. Immer neuere und gruseligere Figuren präsentierte er. Alles fing mit der toten Ratte an, die er als kleiner Junge erfolgreich vor der Mülltonne gerettet hatte. Zwar wurde er eines Tages vom Alten erwischt und musste sich dann zügig von dem Tier verabschieden, aber der Grundstein war gelegt. Noch Jahre später hatte diese erste Erfahrung nichts von seiner Faszination eingebüßt. Als er ungefähr 13 Jahre alt gewesen war, fand er einen toten, fast unversehrten Raben am Straßenrand liegen. Todesursache unbekannt. Vielleicht war er einfach vom Himmel gefallen. Die

Flügel sahen etwas deformiert aus, ansonsten machte das Tier einen nahezu unversehrten Eindruck. Der Vogel kam ihn wie gerufen und würde sich prima auf dem Rücken der in die Jahre gekommenen Hexe in der Geisterbahn machen. Diese Idee verfolgte er schon einige Zeit, und ebenso lange war er dabei, seinen Vater zu überzeugen, in eine neue Rabenfigur zu investieren. Doch diese sind bei Neukauf nicht gerade billig, und er hatte noch gar nicht mal nach einer elektronischen Figur gefragt, die den Kopf oder die Flügel hätte bewegen können. Und so schnappte er sich den schwarzen Vogel, stopfte ihn vorsichtig in seinen Rucksack und nahm ihn mit in seinen Wohnwagen, wo er kurze Zeit später zunächst im Gefrierfach landete. So kam er auf die Idee, Tiere selbst zu präparieren und den Grundstein für eine immer größere und aufwendigere Sammlung zu legen.

Zunächst wusste er nicht, wie er anfangen sollte, deshalb kaufte er sich als Erstes ein Buch über die Präparation von Tieren, das zum Glück hauptsächlich aus Bildern bestand. Mit dem Lesen hatte er es nicht so. Die Grundausstattung an Werkzeug war weitestgehend in der Werkstatt im Packwagen vorhanden, später rüstete er auf und besorgte sich Pinzetten, Skalpelle, Schaber, Kratzer und Spritzen. Nach dem Raben folgten etliche Experimente mit anderen Vögeln, bis er zu anderen Kleintieren überging. Bei ihm fand sich über die Zeit alles ein, was die Landstraße hergab. Bevor er jedoch ordentliche, das heißt vor allem langlebige und haltbare Ergebnisse zustande brachte, ging viel Zeit ins Land. Schweiß, Tränen und etliche Rückschläge musste er verkraften. Im Lauf der Jahre entwickelte er unkonventionelle und pragmatische Lösungen. So wie damals mit dem Haarspray seiner Mutter. Heute war er natürlich professioneller und breiter aufgestellt unterwegs. Industriekleber und diverse Lacke zum Bauen, Holzwolle als Stopfmaterial und Drähte zur Fixierung, unterschiedliche Laugen und Lösungen für die Konservierung kamen zum Einsatz. Er hatte sich ein richtiges kleines Forschungslabor angelegt.

Einmal hatte er einen verletzen Fuchs gefunden und mitgenommen, auch wenn das Tier anfangs noch lebte. Nach seinem frühzeitigen Ableben zog er ihm im wahrsten Sinne des Wortes das Fell über die Ohren. Beim eigentlichen Präparieren kam es dann zu unerwarteten Problemen, und der Körper des Fuchses konnte nicht mehr in seine Ursprungsform gebracht werden. Kurzerhand musste eine Katze aus der Nachbarschaft einspringen. Das Ergebnis war dann ebenso beeindruckend wie ungewöhnlich. Der Kopf eines Fuchses auf dem Körper einer Katze. Das war der Anfang einer experimentellen Leidenschaft. Später wurden seine Kreationen immer ausgefallener. Er schuf Kreaturen und Mischwesen, deren Ursprung kaum noch zu erkennen war. Und das war erst der Anfang seines Schaffens. Heute konnte er mit Stolz behaupten, dass er es nahezu perfektioniert hatte und ganz andere Kaliber auffuhr. Er stellte fest, dass die Leute sich mehr ekelten und stärker erschreckten, je abgefahrener ein Tier oder eine Figur dargestellt wurde. Darauf war er stolz. Dem Alten war das egal. Er ließ ihn machen, soweit der Schein nach außen gewahrt blieb. Und da Wilbert für den Aufbau mittlerweile alleine verantwortlich war, wusste der Alte gar nicht, was innendrin passierte oder ausgestellt wurde. Das war auch gut so. Die Gedanken kreisten in seinem Kopf. Er dachte an die Konkurrenz, die Geisterbahn *Nightmare.* Sie war der Maßstab, den es zu übertrumpfen galt. Nicht von den baulichen Dimensionen, die waren außerhalb seiner Preisklasse, sondern vielmehr von dem, was im Inneren der Bahn geboten wurde. Mittlerweile war er mehrere Male damit gefahren und kannte die Fahrt inzwischen auswendig. Er war zwar nicht mehr zu schocken, doch der Wunsch, dieses unnachahmliche Gefühl des Grauens in seine alte Geisterbahn zu übernehmen, wurde immer größer. Fast zwanghaft fühlte er sich berufen, dem Publikum etwas zu bieten, was selbst in der größten und modernsten Geisterbahn der Welt nicht zu finden war.

Stunden später, es war früher Nachmittag, stand Wilbert einige Meter weiter an seinem angestammten Arbeitsplatz und zündete sich eine Zigarette an. Eine zweite steckte er sich hinters Ohr. Er wartete auf Kundschaft. Es war gegen 15.30 Uhr, und das Tagesgeschäft hatte begonnen. Vereinzelte Fahrgäste verirrten sich zu ihnen und kauften an der Kasse ihre Tickets. Sein Job war es, für eine reibungslose Fahrt zu sorgen. Das war durchaus eine verantwortungsvolle Aufgabe. Sein wichtigster Arbeitspartner war der große grüne Knopf an seinem Schaltpult. Sobald er ihn drückte, wurde der Weg freigegeben, und der Spaß ging los. Er musste sicherstellen, dass der Einstieg in den Lorenwagen zügig voranging und der Bügel ordnungsgemäß geschlossen war. Außerdem war es wichtig, dass er nicht vergaß, den Fahrchip einzusammeln. Hin und wieder, wenn er nicht konzentriert war, ging ihm jemand durch die Lappen und hätte theoretisch noch eine weitere Runde fahren können. Das kam jedoch noch nie vor. Kein Wunder, das hier wollte sich niemand freiwillig zweimal hintereinander antun. Wilbert hatte sich seltsamerweise angewöhnt, Kinder, die ohne ihre Eltern fuhren, mit besonders starrem Blick anzuschauen. Dabei riss er die Augen weit auf, hob die Augenbrauen hoch und drehte den Kopf seitlich, wobei er die Mundwinkel nach unten zog. Er hatte diese Pose öfter vor dem Spiegel geübt. Das sah irre aus, funktionierte aber nur, wenn Eltern ihre Brut nicht ständig im Blickfeld hatten. Die Reaktion der Kinder war göttlich. Die waren meist bedient, bevor es überhaupt losging.

Eine halbe Schachtel Zigaretten, eine Packung Kaugummi und drei Kaffee später war die Hälfte des Arbeitstages bereits geschafft. Es war halb neun abends, die Lichter auf dem DOM erstrahlten in vollem Glanz. Die alte Geisterbahn mit ihren spärlichen Glühbirnen konnte kaum mit den übertrieben grellen Lichtereffekten der anderen Buden und Fahrgeschäfte mithalten. Der Tag war bisher recht entspannt verlaufen. Bis auf einen kleinen Vorfall, bei dem er von dem Alten mal wieder einen heftigen Einlauf bekommen hatte. Ein Fahrgast, genauer gesagt ein Kind, hatte seinen roten Luftballon auf der Fahrt in der *Monsterhöhle* verloren. Daraufhin musste Wilbert den Betrieb unterbrechen und den Ballon suchen. Kurze Zeit später konnte er ihn dem Kind übergeben. Leider war der Ballon geplatzt. Das Kind heulte. Der Alte tobte. Es war untersagt, Gegenstände mitzuführen. Und Wilbert hatte die Verantwortung und dafür Sorge zu tragen, dass alles ordnungsgemäß ablief. Dazu zählte auch, sperrige Gegenstände in Gewahrsam zu nehmen und sie nach der Fahrt wieder auszuhändigen. Essen und Trinken waren ebenfalls verboten. Tiere auch, aber er hatte noch nie den Fall erlebt, dass jemand sein Haustier mit hineinnehmen wollte.

Wilberts Gedanken wurden jäh unterbrochen. Was war das? Ein Auto bahnte sich gemächlich, aber bestimmt den Weg durch die Menschenmassen und fuhr scheinbar direkt auf ihn zu. Dabei war es gar nicht erlaubt, hier während der Öffnungszeiten mit einem Auto durchzufahren. Als es näher kam, erkannte er ein Blaulicht auf dem Dach der schwarzen Limousine. Das konnte nichts Gutes bedeuten. Der Wagen hielt auf dem Vorplatz, und ein bulliger Mann mit entschlossenem Gesicht stieg aus und stürmte direkt auf ihn zu. Automatisch setzte sein Fluchtreflex ein, er blieb jedoch wie angewurzelt stehen, was vermutlich auch die bessere Alternative war. Im Wagen konnte er eine zweite Person erkennen, die jedoch keine Anstalten machte, auszusteigen.

»Sind sie Wilbert Keyzer?«

»Vielleicht. Wer will das wissen?«

»Ich möchte das wissen. Also möchten Sie sich die Antwort noch länger überlegen, oder können wir gleich zur Sache kommen?«

Der Mann streckte ihm ungefragt seinen Dienstausweis entgegen. Wilbert ahnte, dass der Mann ein Bulle war. Irgendwo hatte er das Gesicht schon mal gesehen. Aber was wollte er von ihm? Er fasste sich an den Kopf und zündete sich seelenruhig die Zigarette an, die er sich zuvor hinters Ohr gesteckt hatte. Auf dem Kopf trug er sein neues Cappy. In diesem Moment wurde ihm klar, dass genau das vielleicht ein Problem werden könnte. Bevor Wilbert sich eine Antwort überlegen konnte, kam der Alte um die Ecke gestampft. Er knurrte den Kommissar an und fragte, was hier los sei. Auf die Bullen war er nie gut zu sprechen. Da waren sich beide ausnahmsweise einig. Doch der Kommissar ignorierte ihn gekonnt und beschäftigte sich weiter ausschließlich mit Wilbert. Die Polizistin, die im Auto saß, stieg jetzt ebenfalls aus und beobachte die Szene, ohne sich einzumischen.

»Sie haben da eine schöne Baseballkappe auf. Sehr originell. Gefällt mir gut. Darüber möchte ich mich mit Ihnen unterhalten.«

»Warum denn das? Darf man kein Cappy mehr tragen?«

»Woher haben Sie denn das Cappy?«

»Das geht Sie gar nichts an.«

»Ich fürchte doch. Also noch mal. Woher haben Sie dieses Cappy?«

»Ähm, ich ...«, Wilbert stotterte und rang nach den passenden Worten.

Der Alte wollte einschreiten, doch bevor er etwas sagen konnte, wies ihn der Bulle schroff zurück und machte ihm klar, dass er nicht an der Reihe war.

»Ich frage sie jetzt zum letzten Mal. Woher haben Sie das Cappy?«, wollte der Kommissar merklich ungeduldiger wissen. Dabei ging er einen Schritt auf Wilbert zu und packte ihn am Kragen. Er spürte seinen gehetzten Atem in seinem Gesicht. »Los, jetzt rede schon«, schrie er ihn an.

»Ist ja schon gut. Beruhigen Sie sich. Ich sage Ihnen alles, was ich weiß. Es ist nur so ...«, zögerte er eine Antwort hinaus, »ich hab es gefunden.«

»Und wo haben Sie es gefunden? Jetzt lassen Sie sich nicht jedes Detail aus der Nase ziehen«. Der Kommissar ließ von ihm ab.

»Ich habe es ... zwischen den Mülleimern da hinten gefunden.« Wilbert zeigte spontan in Richtung von *Susis Wurstpalast.*

»Okay, geht doch. Warum nicht gleich so?«, wies ihn der Kommissar zurecht. »Kommen wir zur zweiten Frage. Ich hoffe, wir müssen das gleiche Spiel von eben nicht noch mal wiederholen.«

»Ich habe nichts zu verheimlichen«, ätzte Wilbert.

»Das Cappy passt gut zu ihrer schwarzen Lederjacke, nicht wahr. Haben Sie die auch gefunden?«

»Hey, was soll denn das jetzt?«, antworte Wilbert sichtlich nervös und schnippte die Zigarette in die Ecke. Die Jacke. Scheiße. An die hatte er auch nicht gedacht.

»Ich denke, wir sollten uns mal ausführlich unterhalten. Außerdem würde ich gerne einen Blick in ihren Wohnwagen werfen. Und was ist eigentlich mit ihrer Hand passiert?«

Wilbert schaute auf seine bandagierte Hand und überlegte, was er darauf antworten könnte, da sprang ihm der Alte unterstützend zur Seite. Mit ruhigem, aber dennoch selbstbewusstem Ton verlangte er nach einem Durchsuchungsbefehl. Er ließ ihn eindeutig spüren, dass es besser war, den Mund zu halten und nichts mehr zu sagen. Und vermutlich hatte der Alte recht. Er würde alles noch schlimmer machen mit seiner Dummheit.

»Okay, ich seh schon, wir kommen hier nicht weiter. Wenn Sie wollen, können wir es auch auf die harte Tour machen. Ich komme wieder. Und dann nehme ich den ganzen Laden hier auseinander, wenn es nötig ist. Die Baseballkappe und die Lederjacke sind beschlagnahmt, die nehme ich sofort mit.« Von der Kollegin ließ er sich zwei durchsichtige Plastiktüten sowie Einmalhandschuhe geben, die er über seine Hände streifte.

Dieses Mal machte der Alte keine Anstalten, ihm zu helfen, und Wilbert fiel nichts ein, was er dagegenhalten könnte. Missmutig zog er die Lederjacke aus, nahm die Baseballkappe ab und steckte sie in eine der Tüten, die ihm unter die Nase gehalten wurden. Trotzig verschränkte er die Arme vor seiner Brust. Nun stand er nur noch in seinem T-Shirt da. Und das hatte Löcher. Ihm war kalt. Aber er ahnte, dass die Kälte sein kleinstes Problem war. Der Kommissar ließ sich auch noch die Lederjacke aushändigen, machte kehrt, stieg in den schwarzen Wagen und fuhr davon. Wilbert blickte zu dem Alten und rechnete damit, dass dieser ihn mit Fragen löchern oder zumindest anschreien würde. Doch dieser drehte sich nur grummelig um und nuschelte vor sich hin.

»Nichts als Ärger mit diesem Jungen. Jetzt haben wir auch noch die Bullen am Hals. Als wenn ich nicht schon genug Probleme hätte.«

Wilbert seufzte und sah, dass der schwarze Wagen den Festplatz nicht verließ, sondern vor dem *Wurstpalast* hielt. Was hatte das zu bedeuten? Er schüttelte den Kopf. Die hatten Nerven. Vermutlich gönnten sie sich ein fettes Abendessen vom Grill auf Kosten der Steuerzahler. Er brauchte dringend einen Plan. Und zwar schnell. Es gab da ein dunkles Geheimnis. Eines, das außer ihm keiner kannte. Weder der Alte noch sonst jemand. Und das könnte ihn in Schwierigkeiten bringen. Er musste überlegen, was er als Nächstes tat. Es kam nun auf seine Cleverness an. Und er machte sich nichts vor, damit war er nicht gesegnet. Wenn er einen entscheidenden Fehler machte, könnte es sein letzter gewesen sein. Das könnte ungeahnte Probleme mit sich bringen. Obendrein würde er riesengroßen Ärger bekommen. Von der Polizei und – was schlimmer war – von dem Alten. Der würde ausrasten und ihn mit Sicherheit ordentlich verdreschen. Wilbert fühlte sich in die Enge getrieben. Er ärgerte sich über seine eigene Dummheit. Warum hatte er daran nicht gedacht? Dieses bescheuerte orange-blaue Cappy war zu auffällig. Der Tatsache hatte er zu wenig Beachtung geschenkt, ja, er hatte nicht mal eine Sekunde darüber nachgedacht. Die einzige Chance, unbeschädigt aus der Sache rauszukommen, war ein Plan zu seiner Rettung. Doch im Pläneschmieden war er noch nie gut gewesen. Meist handelte er aus dem Bauch heraus und impulsiv. Das musste er sich eingestehen. Seine Hände zitterten, und ihm wurde übel. Zum ersten Mal seit Langem musste er seinen Grips einschalten. Er zündete sich eine Zigarette an und blies den Rauch in die Luft. Wenn *sie* sich doch auch in Luft auflösten – seine Probleme, seine Freunde.

»Ich muss sie loswerden. Unbedingt.«

Kapitel 13

Die Morgendämmerung setzte bereits ein, als Wilbert wieder zurück an seinem Wohnwagen war. Er zündete sich eine Zigarette an und hockte sich auf die Stufen vor seiner Wohnwagentür. Der Himmel färbte sich in den buntesten Rottönen. Beste Voraussetzungen für einen schönen Tag. Hoffentlich auch für ihn! Er war erleichtert, es geschafft zu haben. Und er war überzeugt, dass ihn niemand gesehen hatte. Nach Mitternacht, wenn die letzten Besucher gegangen waren, kehrte auf dem DOM-Gelände Ruhe ein. Das wusste er. Zur Sicherheit hatte er länger gewartet, falls der ein oder andere Nachtschwärmer noch unterwegs war. Es hatte einige Zeit gedauert, bis er alle drei zum *Nightmare* hinübergeschafft hatte. Nun standen sie dort und warteten darauf, möglichst schnell wieder zurückgeholt zu werden. Immerhin waren sie drüben zunächst sicher. Auf jeden Fall sicherer als hier bei ihm. Aber für die Rückholaktion brauchte er einen richtig ausgefeilten Plan, auch wenn es jetzt zu früh war, sich darüber Gedanken zu machen. Jeden Augenblick rechnete er mit einem erneuten Besuch der Polizei. Musste er weitere Spuren beseitigen? Er dachte an den Packwagen, der zuletzt mit allerlei Inventar vollgestellt war. Werkzeug, diverse Eimer mit Farben und Lacken, Regale voller Ersatzteile. Zu auffällig. Er hatte alles beiseitegeschafft, aufgeräumt und geputzt. Fast unheimlich wirkte der leere Wagen daraufhin. Hoffentlich war das nicht zu auffällig. Die speziellen Utensilien und Tinkturen, die er für seine Präparationen brauchte, hielt er unter Verschluss oder schaffte sie sofort weg. Er fühlte sich besser, wenn keine Hilfsmittel mehr um ihn herum waren. Und er musste höllisch aufpassen, denn der Alte war manchmal schlau wie ein Fuchs. Auch wenn er selten selbst Hand anlegte, so steckte er seine Nase doch in alles, was mit der Geisterbahn zu tun hatte. Zufrieden und erschöpft gähnte Wilbert und zündete sich eine letzte Zigarette an. Die Sonne ging auf, und er musste eine Mütze voll Schlaf nehmen, um den Tag über nicht durchzuhängen. Was auch immer heute passierte, es könnte anstrengend werden.

Aus der Ferne hörte er jemanden rufen, gefolgt von einem leisen Kläffen. Er erschrak derart, dass ihm die Kippe aus dem Mundwinkel fiel. Es war Susi. Verrückt. Um diese Uhrzeit trieb sie sich auf dem Gelände rum?

»Susi? Warum bist du denn schon so früh unterwegs heute?«, rief er ihr entgegen.

»Rüdiger musste an die frische Luft und sein Geschäft machen. Außerdem konnte ich nicht mehr schlafen. Aber du? Was machst du hier um diese Uhrzeit? Warum bist du schon auf?«

»Ich, äh. Na ja, ich war wach und da ich nicht mehr einschlafen konnte, habe ich eine geraucht.«

»Was für ein schöner Morgen. Guck dir mal den Himmel an.«

»Ja, aber es ist saukalt. Ich muss wieder rein.«

»Sag mal, Wilbert. Was wollte die Polizei gestern eigentlich von dir?«

»Die Polizei?«

»Ja, du hattest doch gestern Besuch von so einem Typen.«

»Und woher weißt du, dass das die Polizei war?«

»Komm schon. Mir kannst du nichts vormachen. Du weißt doch, ich habe dich von meinem Stand immer im Blick. Also, was wollten die von dir?«

»Nichts Besonderes«, log Wilbert.

»Übrigens, die waren auch noch bei mir am Stand. Sie sahen nicht nur aus wie echte Polizisten, sondern haben sich auch so verhalten. Die waren irgendeiner Sache auf der Spur, haben aber nicht durchblicken lassen, um was es geht. Erst dachte ich ja, sie wollten bloß einen Happen essen oder was trinken. Aber dann haben sie mich zu meiner Müllecke ausgefragt. Das musst du dir mal vorstellen: Die Polizei interessiert sich für meinen Müll. Ob ich da etwas Auffälliges bemerkt hätte. Ich weiß gar nicht, was genau die von mir hören wollten. Nach einer Weile sind sie abgedampft.«

»Ach, ich glaube, es ging um meine Sachen, die ich trage. Um meine schwarze Lederjacke und das Alligator-Cappy«, gab Wilbert zu.

»Die interessieren sich für deine Klamotten? Das ist ja absurd. Obwohl, das Cappy habe ich schon mal irgendwo gesehen. Ich weiß nur nicht wo.«

»Im Fernsehen«, kürzte Wilbert ab.

»Im Fernsehen? Sag mal, Wilbert, du bist heute wirklich komisch drauf.«

Er hielt inne und überlegte, wie er aus der Nummer wieder rauskam. Er wusste, dass Susi so lange nachbohren würde, bis er ihr eine befriedigende Antwort gab. Schließlich war sie entsprechend neugierig und spitzfindig. Sich spontan eine vollkommen schlüssige Geschichte ausdenken, dazu war er nicht in der Lage. Schon gar nicht um diese Uhrzeit. Warum sollte er nicht die Wahrheit sagen? Zumindest so viel, ohne sich zu belasten. Eine gute Taktik war, sich im Zweifel doof zu stellen. Das fiel im nicht schwer, und damit war er bisher immer gut gefahren. Darin war er ein Naturtalent. Rüdiger winselte und tippelte ungeduldig von einem Bein auf das andere. Auch er hatte keinen Bock mehr auf das Gespräch.

»Machen wir es kurz, Susi. Die Bullen denken, ich habe mit dem verschwundenen Jungen zu tun, der beim *Nightmare* gearbeitet hat, zu tun. Weil ich seine Klamotten trage. Oder welche, die so ähnlich aussehen. Keine Ahnung.«

»Und hast du?«

»Nein, natürlich nicht. Was denkst du von mir! Ich habe die Klamotten ... gefunden«.

»Und wo hast du die gefunden?«

»Drüben, beim *Nightmare* Backstage. Bei den Mülltonnen. Die lagen da oben auf«, log er schamlos.

»Das verstehe ich nicht. Wo treibst du dich denn rum? Hast du der Polizei das auch so erzählt? Warum durchsuchen sie dann meinen Müll und nicht den der anderen? Da ist doch etwas merkwürdig.«

»Das stimmt. Die haben da bestimmt was verwechselt. Oder es gehört zur allgemeinen Ermittlungsarbeit, dass sie sämtlichen Müll auf dem DOM-Gelände untersuchen.«

»Okay, Wilbert. Das reicht mir an Informationen. Das ist um diese Uhrzeit noch zu viel für meinen Kopf. Ich will gar nicht wissen, wo du sie her oder gefunden hast. Oder warum du in anderer Leute Müll schnüffelst. Aber das klingt auf den ersten Blick schon alles sehr seltsam.«

»Mag sein. Ist aber so. Susi, ich bin jetzt echt hundemüde und muss ins Bett.«

»Ja, okay. Du siehst auch aus, als hättest du die ganze Nacht durchgemacht. Wir sehen uns ja später. Wenn das Wetter heute so gut bleibt, dann werden wir sicher viel zu tun haben. Ich werde mit Rüdiger noch eine kleine Runde drehen.«

»Bis dann«, sagte Wilbert.

Susi machte sich auf den Weg, und Rüdiger tänzelte brav neben ihr her. Um seinen Hals hatte er eines dieser albernen leuchtenden Halsbänder. Wilbert war sich nicht sicher, ob seine Äußerungen ihr gegenüber schlau waren, aber er hatte keine Lust, länger darüber nachzudenken, denn er fühlte sich kaputt und müde. Sein Bett wartete auf ihn, er musste dringend wenigstens ein paar Stunden schlafen. Übermüdet stieg er die Treppenstufen an seinem Wohnwagen hoch und schloss rasch die Tür. Nachdem er sich die Hände gründlich geschrubbt hatte, so als könne er seine Schuld damit abwaschen, ließ er sich erschöpft auf sein Bett fallen. Bevor er länger nachdenken konnte, fielen ihm die Augen zu.

Jemand hämmerte an die Tür. Benommen schaute er auf die Uhr neben seinem Bett. Es war erst sieben. Er hatte nicht mal zwei Stunden geschlafen. Da klopfte es erneut, dieses Mal energischer. Wilbert setzte sich auf. Er war heute am frühen Morgen in voller Montur ins Bett gefallen. Praktischerweise war er somit komplett angezogen. Er öffnete die Tür einen Spalt breit und wurde von dem Mann überrascht, auf den er gestern schon keinen Bock hatte. Dieser hielt ihm einen Zettel vor die Nase.

»Hier ist der Durchsuchungsbefehl. Und nun treten Sie beiseite.«

Der Kommissar kam unaufgefordert herein und stieß Wilbert unsanft beiseite. Eine Polizistin folgte ihm. Das war doch die von gestern? Sie war genauso wortkarg wie den Tag zuvor. Vermutlich hatte sie nichts zu sagen bei diesem Obermacho.

Wilbert schnappte sich die Zigarettenschachtel, die auf dem Tisch lag, und ging genervt nach draußen. Er zündete sich eine Zigarette an und hustete hohl. Da sah er den schwarzen Wagen sowie zwei weitere Streifenwagen. Der Kommissar hatte Verstärkung mitgebracht. Drei Leute, eine Frau und zwei weitere Männer, tummelten sich auf dem Gelände. Die Szene wirkte hektisch und unwirklich, als er genüsslich an seiner Zigarette zog und das Treiben beobachtete. Sollten die doch da drinnen machen, was auch immer sie vorhatten. Sie würden eh nichts finden.

Von dem Krach der Meute geweckt, schlug die Eingangstür am Wohnwagen des Alten auf. Er blinzelte sichtlich benebelt in den Morgen. Dazu trug er einen übergroßen Morgenmantel, dessen Schlaufen er in der Eile nicht richtig zugebunden hatte, sodass er unfreiwillig intime Einblicke gewährte. Eine verwaschene Feinrippunterhose lugte hervor, und etwas Undefinierbares baumelte seitlich heraus. Eine Polizistin verdrehte die Augen und wies ihn diskret, aber bestimmt auf diesen Umstand hin. Peinlich, jedoch nicht sein Problem. Vielleicht lenkte das ein wenig von ihm ab. Der alte Keyzer schnallte den Frotteemantel enger. Als er sich lautstark einzumischen versuchte, wurde er unsanft ausgebremst. Er solle zurück in seinem Wohnwagen gehen. Doch das konnte seine Erregung, in der er sich sichtbar immer mehr hineinsteigerte, kaum ausbremsen. Sein Mund bebte. Ein ums andere Mal wischte er sich mit zitternden Fingern übers fahle Gesicht und rang nach Worten. Widerwillig ließ er sich von der Polizistin in seinen Wohnwagen begleiten. Die Schimpftiraden, die er dabei vom Stapel ließ, halfen nicht. Dann ging die Tür zu. Was wollte die von ihm? Kurz darauf kam die Polizistin allein wieder raus.

Im Inneren seiner Behausung hörte Wilbert es rumpeln. Durch das kleine Fenster konnte er den Kommissar sehen, wie er hin und her lief. Es sah aus, als stellte er den Wohnwagen komplett auf dem Kopf. Vermutlich drehte er jedes Kissen um, schaute in jeden Schrank und in jede Ecke. Dazu musste er sich erst mal durch das Chaos und die Unordnung arbeiten. Aufgrund der wenigen Besitztümer dürfte das nicht allzu lange dauern. Viel war bei ihm nicht zu holen. Seine Lederjacke und die Baseballkappe hatten sie gestern bereits eingesackt. Was suchten sie überhaupt bei ihm? Alles, was interessant gewesen wäre, würden sie garantiert nicht in seinem Wohnwagen finden. Wilbert grinste erleichtert und zündete sich eine weitere Zigarette an. Es dauerte eine ganze Weile, bis der Kommissar rauskam. Sein Gesicht sah aus, als wäre er mit dem Ergebnis nicht zufrieden. Anscheinend hatte er nichts Spannendes gefunden. Was für eine Überraschung. Wie zeitlich abgesprochen, kam die Polizistin aus dem Wohnwagen des Alten. Wilbert versuchte, aus ihrem Gesicht zu lesen, aber es wirkte belanglos neutral.

»Wir würden uns jetzt gerne noch die Geisterbahn anschauen«, bestimmte der Kommissar.

Wilbert war auf diese Frage vorbereitet, wurde aber sichtbar nervöser. Er nestelte mit seinen Fingern. Als er merkte, dass er von der Polizistin beobachtet wurde, hörte er sofort damit auf.

»Dann müssen wir nach vorne gehen.«

»Bitte«, sagte der Kommissar und deutete an, dass er vorausgehen sollte.

Wilbert eilte los. Der Alte, der mittlerweile wieder vor seinem Wohnwagen stand, hechtete hinterher. Sie gingen auf den Vorplatz der Geisterbahn. Die massive Polizeipräsenz hatte für Aufsehen auf dem Platz gesorgt. Aus seinen Augenwinkeln konnte Wilbert die argwöhnischen Blicke der Schaustellerkollegen um sie herum erkennen. Sie taten so, als gingen sie ihren normalen Arbeitsvorbereitungen nach. Doch so dumm war er nicht, dass er nicht mitbekam, wie sie sich das Maul über ihn zerrissen.

»Wie die Geier«, dachte er sich. Als er Susi am Rande stehen sah, schüttelte er den Kopf und zuckte mit den Schultern, um auszudrücken, dass er auch nicht wusste, was hier vor sich ging.

»Wollen sie eine Runde mitfahren?«, fragte Wilbert in trotzigem Ton die Polizisten.

»Vergiss nicht, zwei Euro pro Person zu nehmen«, scherzte der Alte von der Seite, wirkte dabei aber, als explodierte er gleich.

Wilbert war verunsichert. Daraufhin bekam er mit der flachen Hand einen Schlag an den Kopf.

»Sei doch nicht so dumm, du Idiot. Die wollen nicht mitfahren. Und die werden auch nicht bezahlen. Mach das Arbeitslicht an, damit sie zu Fuß durchgehen können.«

Wilbert schämte sich für seine eigene Dummheit, und er hasste den Alten dafür, dass er ihm diese immer wieder vor Augen führte und ihn vor anderen bloßstellte. Aber er parierte. Jetzt war nicht der Zeitpunkt für einen Aufstand. Er schaltete das Arbeitslicht ein.

»Los, mach schon. Begleite die Polente und achte darauf, dass sie nichts kaputt machen«, flüsterte ihm der alte Keyzer diskret zu.

Die Durchsuchung der Bahn ging zügig vonstatten. Der Kommissar und die stumme Polizistin hangelten sich vorsichtig den Schienenstrang entlang immer tiefer ins Innere. Die Kegel der Taschenlampen leuchteten jede Ecke aus. Wilbert folgte ihnen, musste dann aber vorangehen. Vermutlich sollte er im Blickfeld bleiben. Sie gingen vorbei an den verschiedenen Figuren, die im Licht tatsächlich eher erbärmlich statt gruselig aussahen. Stumm schauten sie dem Treiben zu. Plötzlich ging das Licht aus. Die Szenerie erwachte zum Leben und die Geräuschkulisse setzte ein. Aus der Ferne lachte eine Hexe sie mit ihrer schrillen Stimme aus. Wilbert erschrak, ließ sich jedoch nichts anmerken. Nur die beiden Lichtkegel folgten ihm unaufhörlich.

»Was soll der Scheiß hier«, hörte er jemanden hinter sich sagen. Die Polizistin konnte also doch reden, wenn sie wollte.

»Los, weiter«, zischte der Kommissar.

Das Arbeitslicht schaltete sich wieder an. Im nächsten Moment war es hell. Sie gingen immer weiter. Bis auf das Flackern der Lampen war es gespenstisch still. Es dauerte eine Weile, ehe sie zurück ans Tageslicht gelangten.

»Ich denke, wir sind hier fertig. Hier ist nichts.«

Wilbert atmete erleichtert auf. Aber wo war der Alte hin? Er konnte ihn nicht sehen. Hatte er vorhin mit der Elektronik gespielt, um den Bullen und ihm einen gehörigen Schrecken einzujagen? Das war ein kluger Schachzug, das musste er zugeben. So viel Schneid hätte er ihm gar nicht zugetraut. Es sah aus, als hätte er es überstanden, denn die Polizisten packten ihre Sachen und traten den Rückzug an. Der Kommissar baute sich drohend vor ihm auf.

»Ich behalte Sie im Blick. Dass wir hier heute nichts gefunden haben, heißt nicht, dass Sie aus dem Schneider sind. Verstanden?«

Wilbert nickte und war fürs Erste zufrieden. Den Bullen hatten sie es so richtig gezeigt. Der Kommissar war bereits auf dem Weg zu seinem schwarzen Wagen, als er zögerte und sich noch einmal umdrehte.

»Was ist das da hinten für ein Packwagen? Gehört der auch zu Ihnen?«

»Welchen Wagen meinen sie?«, stellte Wilbert sich absichtlich dumm.

»Der dort hinten, der etwas abseits steht. Den würde ich mir gerne genauer anschauen.«

»Ach der. Der ist leer. Da ist nichts drin.«

»Davon würde ich mich gerne selbst überzeugen, wenn Sie nichts dagegen haben.«

Sie gingen zu dem Packwagen, der mit einem Vorhängeschloss gesichert war. Wilbert kramte in seiner Hosentasche und holte missmutig einen Schlüssel hervor. Mit einem knarzenden Geräusch öffnete er das Schloss. Im Inneren war er komplett leer. Das war durchaus ein heikler Moment, dessen war er sich bewusst. Auch wenn er alle Spuren vorbildlich beseitigt hatte, so war er sich nicht sicher, ob er nicht etwas übersehen hatte. Zum Glück hatten sie keine Spürhunde dabei. Wilbert hasste Hunde. Selbst Susis Rüdiger war ihm nie geheuer. Und das war nur einer im Handtaschenformat. Vor Polizeispürhunden hatte er großen Respekt, obwohl er sie nur aus dem Fernsehen kannte. Die konnten einen bei lebendigem Leibe zerfleischen. Wie ekelhaft. Doch er hatte gründlich gearbeitet. Der Kommissar ging hinein und schaute sich um. Es roch seltsam steril, stellte er fest, das musste von seiner Säuberungsaktion hängen geblieben sein. Sonst roch es hier immer muffig. Aber das wusste ja keiner.

Wilbert zeigte sich fast ein wenig enttäuscht, wie einfach alles für ihn lief. Und dafür hatte er sich vorher den Kopf zerbrochen und verrückt gemacht? Er fragte sich, ob es klug wäre, den Kommissar auf eine falsche Fährte zu locken. Er könnte ihm einen Hinweis geben, dass er die Lederjacke und das Cappy beim *Nightmare* gefunden hatte. So wie er Susi die Geschichte aufgetischt hatte. Aber das war eher eine spontane Reaktion gewesen, weil ihm nichts Besseres einfiel. Und plötzlich kam ihm der Gedanke, dass er das auf keinen Fall tun sollte. Zumindest nicht, wenn er seine Freunde zurückhaben wollte. Und das wollte er. Ohne sie war die Geisterbahn nicht komplett. Und auch nicht sein Leben. Folglich sagte er nichts, sondern würde im Zweifel seine Aussage wiederholen, dass er die Sachen in der Müllecke beim *Wurstpalast* gefunden hatte. Er wusste, dass er Susi damit nicht in Bedrängnis brachte. Sie hatte mit allem nichts zu tun und nichts zu befürchten. Am liebsten würde er sie in seine Pläne einweihen. Und die hatte er zweifelsohne. Große Pläne sogar. Aber dafür war die Zeit noch nicht reif. Irgendwann. Dann würde er sie einweihen. Wenn er sich sicher war, dass sie bereit dafür war und es verstand. Der Kommissar schloss die Tür des Packwagens. Bevor er sich verabschiedete, ermahnte er ihn erneut, dass er von nun an unter Beobachtung stünde. Wilbert lächelte verlegen, ersparte sich jedoch jeden weiteren Kommentar und setzte sich auf die Stufen seines Wohnwagens. Das war ja noch mal halbwegs gutgegangen. Kurze Zeit später sah er, dass der Alte bereits wieder auf dem Vorplatz herumschlich, jedoch sichtlich mitgenommen wirkte.

»Es gäbe Wichtigeres zu tun, als die Polizei hier den ganzen Tag zu bespaßen«, grummelte er vor sich hin.

Damit war die Sache für ihn erledigt. Wilbert zündete sich eine Zigarette an und atmete tief durch. Es war kalt, die Sonne schien ihm ins Gesicht.

»Ein schöner Tag heute«, dachte er.

Jetzt musste er nur überlegen, wie er seine »Freunde« zurückbekommen konnte. Angestrengt dachte er nach. Er grübelte eine ganze Weile, doch dann sprang er auf, als ihm die rettende Idee kam. Er hatte die Lösung für alle seine Probleme gefunden. Warum war er da nicht früher draufgekommen? Er war ein Genie. Ein Meister seines Fachs.

Max schloss die Tür zu seiner Wohnung auf, schmiss die Jacke in die Ecke und hüpfte mit Schwung auf sein Sofa. Den ganzen Vormittag hatte er beim Arzt verbracht und schließlich sein Ziel erreicht, eine neue Krankmeldung für eine weitere Woche zu bekommen. Mittlerweile hatte er sich zu Hause und fernab von der Arbeitswelt bequem eingerichtet. Auch wenn er den ganzen Tag nichts zu tun hatte. Dank Fernsehen und Spielekonsole war sein Tag bestens ausgefüllt. Sogar Ute schien sich mit seiner Abwesenheit arrangiert zu haben. Anfangs kamen von ihr regelmäßig Anrufe, dann später noch E-Mails, um sich nach seinem Gesundheitszustand zu erkundigen. Bestimmt wollte sie wissen, wann er denn wieder einsatzfähig war, um für sie den Assistenten zu spielen. Inzwischen schickte er seine Krankmeldung ausschließlich per Postweg kommentarlos an die Personalabteilung. Seitdem hatte er Ruhe.

Dennoch wälzte er sich unruhig auf dem Sofa und wollte den Fernseher einschalten, da vibrierte es unter seinem Hintern. Sein Mobiltelefon war auf lautlos gestellt und aus seiner Hosentasche in die Sofaritze gerutscht. Bestimmt eine Terminerinnerung oder der Wecker? Umso erstaunter war Max, als er auf sein Handy blickte. Fünf Anrufe in Abwesenheit und eine SMS. Wer konnte das sein? Susi. Musste ja wichtig sein. Wollte sie sich wieder mit ihm verabreden? Er kratze sich unbewusst am Kopf. Nicht dass er noch einmal mit diesem Wilbert aneinandergeriet. Die sollten erst ihr Verhältnis untereinander klären, da würde er sich nicht mehr einmischen. Er verstand immer noch nicht, womit er den Faustschlag verdient hatte. War es Eifersucht oder weil er ihm auf die Schliche gekommen war? Wie auch immer, es nützte nichts. Er würde brav auf Abstand bleiben. Zu beiden. Auch wenn das bedeutete, dass er Susi nicht mehr treffen konnte. Ihm war bewusst, dass er ein Feigling war. Wenn Paula hier wäre, würde sie ihm den Kopf waschen. Und ihn bestärken, dass er sich von niemandem etwas sagen lassen dürfe. Stattdessen hätte sie ihm geraten, sich zu revanchieren und diesen Wilbert auf den Zahn zu fühlen. Das war die bessere, allerdings auch gefährlichere Taktik. Nicht den Schwanz einziehen, sondern geradeheraus und selbstbewusst handeln. Er blickte auf sein Handy und die SMS. Wenn er wüsste, was sie von ihm wollte, könnte er immer noch entscheiden, was idealerweise angebracht wäre.

»Hey, Kleiner. Du glaubst nicht, was hier los ist. Die Polizei ist auf dem Gelände. Die sind gerade bei der alten Geisterbahn *Monsterhöhle.*«

Diese Informationen waren für ihn nicht neu, denn er hatte den Stein ja selbst ins Rollen gebracht. Aber davon wusste Susi nichts. Und er wollte nicht, dass sie nähere Einzelheiten erfuhr. Dass die Polizei vor Ort war, bedeutete immerhin, dass sie seinem Hinweis nachgegangen waren. Erleichterung machte sich in ihm breit.

»Okay, danke für die Info« schrieb er knapp zurück, auch wenn die Antwort nicht passte. Er ergänzte: »Halte mich auf dem Laufenden, okay.«

»Ja, mach ich. Die Polizei war übrigens auch bei mir. Es geht um den verschwundenen Aushilfsarbeiter vom *Nightmare.* Seine Klamotten sind aufgetaucht. Wilbert hat sie gefunden, im Müll bei der Geisterbahn *Nightmare.*«

Max sprang wie von der Tarantel gestochen vom Sofa auf. Da stimmt doch was nicht. Irgendwas muss daran faul sein. Er versuchte, die Erkenntnisse der letzten Tage einzuordnen. Wilbert trug die Klamotten des vor Kurzem verschwundenen Aushilfsmitarbeiters Tim. Diese hatte er gefunden. Sagte er zumindest. Bei der Geisterbahn *Nightmare.* Derselbe Ort, an dem Paula vor Monaten verschwand. Und an diesem Ort war Tim das letzte Mal gesehen worden. Das bedeutete, dass alle Spuren zu einem konkreten Ziel führten. Jetzt war es offensichtlich. Warum war er vorher nur so betriebsblind durch die Gegend gelaufen? Nur die Rolle von diesem Wilbert ergab noch keinen Sinn. Steckte er da mit drin? Hatte er mit der Sache zu tun? Oder nicht? Das Rätsel war nicht gelöst, aber Max spürte, dass sich erste Hinweise ergaben, auf die er bauen konnte. Es war Zeit, Kommissar Beelendorp über die neuesten Erkenntnisse zu informieren.

Als Max auf der Davidwache anrief, konnte man ihm zunächst nicht helfen. Der Kommissar war nicht im Büro, sondern unterwegs auf einem Einsatz. War er bereits vor Ort? Er kramte in seiner Geldbörse und fand zwischen allerlei unnützen Visitenkarten auch die Gesuchte mit der Handynummer. Schließlich hinterließ er eine Nachricht mit den neuesten Informationen über die besagten Kleidungsstücke und den möglichen Fundort. Da Max nicht länger warten wollte, machte er sich auf in Richtung DOM. Er hatte Wichtiges zu erledigen und hoffte, Kommissar Beelendorp dort zu treffen. Rasch schnappte sich seinen Rucksack und eine Jacke und machte sich sogleich auf den Weg. Unbewusst trieb ihn das Gefühl an, endlich eine Spur gefunden zu haben. Er konnte nicht abwarten, bis die Polizei tätig wurde oder der Kommissar vor Ort war. Es gab nur ein Ziel: den DOM. Er hatte keinen Plan, aber er hatte ein Ziel. Alle Fakten zogen ihn unerklärlicherweise wieder zurück zu der Geisterbahn *Nightmare.* Zum Glück fuhr der Bus zur S-Bahn direkt an ihm vorbei, sodass er ihn mit einem kurzen Sprint einholte. Max lehnte seinen Kopf gegen das Fenster und schnappte nach Luft. Er sollte dringend mehr Sport machen, obwohl das bedeuten würde, dass er damit überhaupt erst einmal anfangen müsste. Aber das war jetzt nicht die oberste Priorität. Er schaute durch die schmierigen Fenster nach draußen und sah die Straßen vorbeiziehen. Es war ein schöner Tag, die Sonne schien, und er hatte eine Mission.

Eine dreiviertel Stunde später war er am Ziel angekommen. Auf dem DOM-Gelände begrüßte ihn das altvertraute Riesenrad. Erstmals seit langer Zeit bemerkte er einmal mehr die Anziehungskraft des bunten Trubels. Es musste gegen 15 Uhr sein, denn die Buden öffneten und erste Fahrgeschäfte drehten eine Proberunde. Zunehmend erstrahlten mehr Lichtquellen, und der krude Mix aus Musikuntermalung setzte ein. Max nahm erstmals wieder den DOM bewusst wahr. Seine Sinne ließen ihn nicht im Stich. Ein befreiendes Gefühl. Er atmete tief durch. Der Duft von frisch gebackenen Schmalzkuchen wehte ihm um die Nase. Doch darauf hatte er jetzt keine Lust. Er lief weiter und spürte, dass er auf dem richtigen Weg war. Schneller als erwartet stand er vor der Geisterbahn *Nightmare.* Dem guten Gefühl wich plötzlich eine undefinierbare Ahnung, dass etwas passieren würde, was er nicht mehr aufhalten könnte. Er überlegte angestrengt. Da fiel ihm ein, dass er keinen Plan hatte. Sollte er nicht besser auf die Polizei warten? Wenn sie denn überhaupt kam. Auf seine Nachricht an Kommissar Beelendorp hatte er bisher keine Antwort erhalten. Länger warten konnte er nicht, er musste die Sache selbst in die Hand nehmen. Hier und jetzt. Für ihn war klar, dass an diesem Ort zwei Personen verschwunden und nie wieder aufgetaucht sind: Paula und vier Monate später Tim. Genaugenommen gab es sogar noch eine Dritte, Elara S., doch zu ihr konnte er bisher keinen konkreten Zusammenhang herstellen. Es gab kaum Hinweise. Bis jetzt. Eine schwarze Lederjacke und eine auffällige Baseballkappe. Beides gehörte Tim. Dann gab es Wilbert von der Geisterbahn *Monsterhöhle.* Der hatte exakt diese Sachen getragen, erzählte aber, dass er sie gefunden hätte.

Wenn es darum ging, Licht ins Dunkel zu bringen, müsste jemand hier bei der Geisterbahn *Nightmare* Bescheid wissen.

Beide Kleidungsstücke sind kurze Zeit nach Tims Verschwinden wieder aufgetaucht. Und erst zu dem Zeitpunkt, als die Polizei die Untersuchungen bereits abgeschlossen hatte. Das konnte alles kein Zufall sein. Dreh- und Angelpunkt war für ihn die Baseballkappe, denn sie hatte laut Kommissar Beelendorp ein Alleinstellungsmerkmal: den Alligatorkopf. Er musste herausrausfinden, wie das Cappy zu Wilbert gekommen war. Angeblich hatte er es im Abfall gefunden. Nicht in seinem eigenen Müll, sondern in dem beim *Nightmare*. Ungewöhnlich. Warum wühlte Wilbert in fremden Unrat? Weshalb lag das Cappy dort? Wurde es achtlos weggeworfen? Und das, nachdem im Fernsehen nach genau diesem gesucht wurde? Ergab das einen Sinn? Nicht wirklich. Das Cappy war zu auffällig und wäre bestimmt unmittelbar der Polizei übergeben worden. Oder hatte jemand von der Geisterbahn *Nightmare* etwas zu verbergen und wollte es im Müll verschwinden lassen? War das alles ein Zufall?

Das waren seine Anhaltspunkte. Daran musste er anknüpfen. Auf einmal kam ihm ein Gedanke in den Sinn, der vermutlich zu simpel, mangels Alternativen jedoch einen Versuch wert war. Was wäre, wenn er zufällig nach genau solch einer Baseballkappe suchte, die er angeblich genau hier verloren hätte? Ein Cappy mit dem auffälligen Alligatorkopf. Er hoffte insgeheim, eine Reaktion zu provozieren, die ihm weiterhalf. Zunächst versuchte er sein Glück am Ticketcounter, auch wenn das bedeutete, sich in die Schlange der wartenden Fahrgäste einzureihen. Dieses Mal schien die Wartezeit überschaubar, es war früh am Nachmittag. Zuerst traute er sich nicht, beschloss dann, kurzerhand einen Fahrchip zu kaufen. Das wäre der naheliegendste Weg, um in Kontakt zu kommen.

»Ähm, einmal bitte«.

»Das macht sieben Euro.«

»Ich hätte da noch eine Frage.«

»Macht immer noch sieben Euro.«

»Ja bitte. Hier.« Max kramte einen Schein und ein Münzstück aus seiner Geldbörse. »Also ich habe mein Cappy verloren. So eines in orange-blau mit einem Alligatorkopf drauf. Haben Sie so eines zufällig gefunden?«

»Hör mal, wenn du etwas verloren hast, dann musst du den Mann da hinten am Einstieg fragen. Dort haben wir eine Fundkiste mit allerlei Zeugs. Da kannste einen Blick reinwerfen und dir das Schönste aussuchen.«

Mit einer Handbewegung bedeutete ihm der Mann an der Kasse, zur Seite zutreten; dann winkte er zwei Personen zu sich, die hinter Max standen. Bevor er darüber nachdenken konnte, eine weitere Frage zu stellen, wurde er vorwärtsgeschoben. Das hatte nichts gebracht, nur die Info, dass es eine Fundkiste gab. Ein erster Anhaltspunkt. Mit dem Ticket in der Hosentasche ging er zum Einstieg der Bahn. Hier musste er zunächst wieder warten. Zeit genug, sich eine Strategie oder wenigstens eine adäquate Frage zu überlegen.

»Ticket«, entgegnete ihm der Typ im Einstiegsbereich.

»Ich habe mein Cappy verloren«.

»Das Ticket«, sagte dieser energischer.

»Moment.« Max kramte in seiner Hosentasche. »Hier. Ich suche außerdem mein Cappy. Ich wurde von der Kasse hergeschickt.«

Der Mann ging einen Schritt zurück und drückte einen Knopf an seinem Schaltpult. Daraufhin fuhr einer der Käfigwagen vor und hielt direkt neben Max.

»Hinsetzen« befahl er streng. Max war perplex, parierte jedoch wie ein Hund. Gleichzeitig senkte er den Bügel in seinem Wagen und schloss den Käfig.

»Aber ich ... suche doch nur mein Cappy. Ich will nicht mitfahren. Gibt es hier eine Fundkiste?«

»Hinsetzen«, wiederholte der Mann. »Und während der Fahrt nicht aufstehen.«

In diesem Moment drückte der Typ auf den grünen Knopf. Der Wagen setzte sich ruckartig in Bewegung und verschwand in der Dunkelheit. Max versuchte, das Gestell nach oben aufzudrücken. Erfolglos. Er war in dem Käfig gefangen. Nicht schon wieder. Erinnerungen kamen hoch wie ein Schnellzug, der von hinten heranrast und nicht mehr aufzuhalten ist. Und das, was folgte, war perfider als jeder Albtraum. Nicht die Fahrt an sich, denn er wusste ja, was ihn erwartete, sondern vielmehr die Angst, dass auch dieses Mal Unvorhergesehenes passieren könnte. Panik stieg in ihm auf. Er war gefesselt auf einem Gleisbett, während der Zug immer näher rauschte und drohte, ihn zu überrollen. Unaufhaltbar. Ohne Chance, dem zu entkommen. Der Puls schnellte in die Höhe und die Anspannung steigerte sich ins Unermessliche. Da war sie wieder. Die Erinnerung. Zum Greifen nah. Der Stromausfall. Paulas Verschwinden. Und er saß hier und durchlebte das alles noch einmal.

Max schloss die Augen und versuchte, ruhig zu atmen. Schweißnasse Hände und ein Stechen in der Brust zeugten von seiner Beklemmung. Der Käfigwagen ruckelte unaufhaltsam die vorbestimmte Strecke entlang. Die Augen weiterhin fest geschlossen, konnte er die schrillen Töne und scheppernden Laute hören. Mit jeder Kurve, die der Wagen nahm, hoffte er, dass es vorbei war. Unter keinen Umständen würde er aussteigen. Egal, was passierte. Niemals. Er blieb sitzen und wartete ab, bis er wieder ins Freie gelangte. Diese Methode hatte sich schon einmal bewährt, auch wenn der Preis dafür hoch war.

In diesem Moment gab es einen Ruck, und der Wagen stoppte abrupt. Ein ächzendes Geräusch ließ darauf schließen, dass das schützende Gitter aufsprang und ihn frei gab. Max hielt die Augen fest verschlossen. Zögernd öffnete er zuerst das rechte und blinzelte. In der Dunkelheit konnte er jedoch nichts erkennen. Er nahm all seinen Mut zusammen und öffnete auch das linke Auge. Ängstlich schaute er sich um. Ein Schild über ihm mit flackernder Schrift blinkte unaufhörlich: *Bitte aussteigen.* Jetzt erinnerte er sich. Das war vermutlich der Part, der zu Fuß zurückgelegt werden musste. Der Abschnitt, den er noch nicht kannte, über den er gelesen hatte. Und das, was ihm bevorstand, gefiel ihm gar nicht: außerhalb des Käfigwagens zu Fuß ungeschützt durch die Szenerie zu stapfen. Wer wusste, welches Monster in einer finsteren Ecke auf ihn wartete? Ihm war übel, er musste sich zusammenreißen. Damals während des Stromausfalls hatte er in seinem Wagen ausgeharrt und gewartet, bis ein Mitarbeiter gekommen war und ihn befreit hatte. Seinerzeit nahmen sie eine Abkürzung hinter den Kulissen und waren innerhalb von kurzer Zeit draußen. Aber jetzt hatte er keine Wahl. Das Hinweisschild blinkte wie wild, als wollte es ihn drängen, endlich auszusteigen. Er gehorchte und stieg zögerlich aus. Kaum stand er auf eigenen Füßen, setzte sich der Wagen wieder in Bewegung und verschwand nach einer Kurve hinter einer Tür.

Am Ende des Ganges sah er eine Turbine, die sich im Scheinwerferlicht drehte. Das musste der Weg sein. Mit pochendem Herzen tastete er sich vorsichtig voran. Schritt für Schritt. Immer in Richtung des Lichts, das durch die Propeller stetig unterbrochen wurde. Mit jedem Meter, den er vorwärtskam, erwartete er, im nächsten Augenblick zu Tode erschreckt zu werden. Er setze seinen Weg den Gang entlang fort. Es war so stockdunkel, dass er die Hand vor seinen Augen nicht sah. Kleine leuchtende Pfeile auf dem Boden gaben den Weg vor und halfen ihm, sich zu orientieren. Mutig tastete er sich weiter voran. Seine Beine zitterten unter der Last und Anspannung. Diese Ungewissheit machte ihn fertig. Sein Herz pochte bis zum Hals.

Just in diesem Moment ertönte ein schriller Schrei, und ein hämmernder Bass setzte sein. Er kam in einen Raum mit einer Laborszene. Auf einem Tisch lag jemand, um ihn herum allerlei Folterinstrumente. Die Person davor trug einen blutverschmierten Arztkittel. Sie hielt eine lange, scharfe Axt in der Hand und schmetterte sie mit Schwung in den geöffneten Brustkorb. In diesem Moment ertönte der schrille Schrei erneut. Max schauderte und schrie auf. Der Arm der Person wackelte ein wenig, hob sich ruckartig, stoppte kurz, nur um dann wieder nach unten zu schnellen. Auch der Ruf war wieder zu hören. Es war nur eine Figur, sie war nicht echt. Eindeutig. Erleichtert atmete er durch. Alles wirkte so real, aber er wusste, dass sich der Horror ausschließlich in seinem Kopf abspielte. Jetzt konnte er schon fast darüber lachen. Was für ein Angsthase er war!

Von hinten drangen Stimmen und Geräusche zu ihm durch. Spitze Schreie, aber auch schallendes Gelächter. Verunsichert blieb er wie angewurzelt stehen. Eine Gruppe Jugendlicher drängelte sich an ihm vorbei. Sie nahmen keinerlei Notiz von ihm, schienen es sehr eilig zu haben, und nur einen Augenblick später war von ihnen nichts mehr zu sehen oder zu hören. In diesem Moment fielen ihm die anderen Figuren abseits der Szenerie auf. Drei an der Zahl, wobei die dritte im Hintergrund lediglich aus einem Schädel bestand und nur schemenhaft zu sehen war. Alle drei waren am Rand platziert und nicht präzise ausgeleuchtet. Irgendwie wirkten sie fehl am Platz und passten nicht in das Gesamtkonzept. Zudem bewegten sie sich auch nicht. Sie standen da und schauten ihn mit weit aufgerissenen Augen an. Vorsichtig näherte er sich und beugte sich über ein provisorisches Geländer. Von der einen Figur konnte er seinen Blick nicht abwenden, sie zog ihn magisch an, als würde eine Stimme ihn herbeirufen. Sie war auf das Schlimmste entstellt. Das fahle Monster hatte grobe humanoide Proportionen. Der ausgemergelte Körper schien mit einer bleichen Haut überzogen, die in Falten am Körper herunterhing. Die Extremitäten der Figur wirkten knochig, die Haut an Armen und Beinen hingegen hing locker und flattrig herab. An den Fingerspitzen hatte die Gestalt spitze Krallen, die hilfesuchend nach vorne ausgestreckt waren. Dort, wo die Augenhöhlen liegen mussten, war der Schädel stattdessen mit glatter Haut überzogen. Anstelle einer Nase verfügt das Monster über Nüstern. Das markanteste Merkmal des Wesens war, dass seine Augen nicht in seinem Schädel, sondern in der Handinnenfläche saßen. Es konnte durch seine Hände sehen. Es schaute ihn an. Direkt in sein Herz. Und es traf ihn wie ein Schlag. Diese Augen. Die kannte er. Und besonders das linke Auge kam ihm vertraut vor. Mit zittrigen Fingern nahm er sein Handy aus der Hosentasche und leuchte es an. Ein grünes Auge. Ein Kloß setze sich in seinem Hals fest. Es gab keinen Zweifel. Er konnte direkt in die erloschene Seele dahinter schauen. Es war das Auge von Paula. Ein Stich ging durch sein Herz. Seine Brust schmerzte. Übelkeit überkam ihn, und er musste sich übergeben. Er wischte sich den säuerlichen Schaum vom Mund und griff mit den Händen nach der Skulptur, so als wollte er sie berühren oder als wollte er feststellen, ob sie ihm antworten konnte. Dann zog er die Hand wieder zurück. Was war das für ein Ungetüm? War das Paula? Nein, das war nicht die Paula, die er kannte. Das war höchstens das, was von ihr übrig geblieben war. Ein Monster. Er vergaß alles um sich herum. Er hörte keine Schreie. Er stand da, und die Tränen liefen ihm über das Gesicht. Neben dem Schmerz, der sich weiter in ihm ausbreitete, fühlte er auch Erleichterung. Er hatte sie gefunden.

Jeder Atemzug fiel ihm schwer, und er wischte sich mit dem Ärmel über sein Gesicht. Er blickte auf die andere Figur. Mit verheulten, glasigen Augen musste er genauer hinschauen, da auch diese vollkommen entstellt war. In den menschlichen Überresten entdeckte er eine weitere Person, ohne jedoch sagen zu können, um wen es sich handelte. Nichts passte zusammen, sondern das Ganze wirkte wie ein monströses Best-of aus verschiedenen Körperteilen. Max' Blicke betrachteten die dritte Figur, die lediglich aus einem Schädel bestand. Unvermittelt holte ihn das nächste Déjà-vu ein. Das musste die dritte verschwundene Person sein, oder besser gesagt der Teil von ihr, der übrig war. Er konnte den

Zombie-Schädel kaum erkennen, nur die nach oben gezogenen gepiercten Augenlider hatte er irgendwo schon mal gesehen. War das Elara S., die Prostituierte? Sein Herz schlug ihm bis zum Hals, und es fühlte sich an, als würde es gleich herausspringen. Sein Blick wanderte zurück zu der ersten Figur, in deren Hände die beiden Augäpfel eingelassen waren. Er blickte in das rechte Auge. Er erkannte auch dieses. Das war die Person, deren Bild im Fernsehen eingeblendet worden war. Tim. Der Junge, der hier in der Geisterbahn als Aushilfe gearbeitet hatte. Und jetzt stand er vor ihm und reihte sich ein in die Gruppe der verlorenen Seelen. Schweißperlen tropften Max von der Stirn, als hätte er in eine Chili gebissen. Sein Magen krampfte unkontrolliert. Es war eindeutig. Hier handelte es sich nicht um Monsterfiguren. Das hier waren echte tote Menschen. Bis zur Unkenntlichkeit verfremdet und zur Schau gestellt. Zweifelsfrei. Er hatte sie gefunden. Nicht nur Paula, sondern auch die anderen.

Ein ohrenbetäubendes Geräusch ließ ihn erneut aufschrecken. Ein Stück entfernt von ihm stand ein Mann mit einer Kettensäge. Er hatte ein Zombiegesicht und hielt die Säge am ausgestreckten Arm demonstrativ nach oben. Dann ließ er die Ketten rattern. Das Geräusch ging durch Mark und Bein. Max blieb wie angewurzelt stehen. Was sollte er machen? Er saß hier in der Falle und musste allen Mut zusammennehmen, um die Flucht nach vorne anzutreten. Das war die einzige Möglichkeit, die ihm blieb. Er musste mutig sein und die Wahrheit ans Licht bringen. Und vor allem musste er dazu lebend aus dieser Geisterbahn herauskommen. Das war er Paula und den anderen schuldig. Mit lautem Geschrei stürmte er los, direkt auf den Zombie zu. Dieser wurde vollkommen überrumpelt. Er ließ den Arm mit der Kettensäge sinken und sprang verdutzt zur Seite. Max rannte durch die endlosen Gänge. Er schaute nicht nach links oder rechts. Seine Wahrnehmung war ausschließlich darauf gepolt, aus dieser Schreckenskammer herauszukommen. Am Ende entdeckte er einen schmalen Lichtspalt, der durch eine vermeintliche Tür schien. Das musste der Ausgang sein. Die Rettung! Mit voller Wucht schmiss sich Max dagegen und prallte auf den harten Asphalt. Er war draußen. Er hatte es geschafft. Ausgestreckt auf allen vieren lag er auf dem Boden. Und er hatte überlebt. Mit den Händen konnte er den Aufprall ein wenig abfangen und verhindern, dass sein Kopf auf den Boden aufschlug. Seine Handgelenke schmerzten, er hatte sich die Haut beim Sturz aufgeschürft. Doch was waren ein paar Kratzer dafür, dass er der Hölle entkommen war. Die Leute, die an ihm vorbeigingen, schauten ihn mit Verwunderung an. Einige schüttelten mit dem Kopf. Rasch schaute er in Richtung Tür, aus der er vor wenigen Sekunden gefallen war. Die Tür ging auf. Der Zombie mit der Kettensäge kam direkt auf ihn zu und nahm die Maske ab.

»Alles in Ordnung mit dir? Du bist da drin ja ganz schön abgegangen. Dabei hatte ich noch nicht einmal angefangen, dich zu erschrecken. Sorry, ich musste dich ein wenig antreiben, du hast den ganzen Betrieb aufgehalten.«

Er streckte Max seine Hand entgegen, um ihm aufzuhelfen. Max ließ sich irritiert hochziehen. Ohne zu antworten, rappelte er sich auf. Nur auf das eine fokussiert und sichtlich angeschlagen, schleppte er sich voran. Er holte sein Handy aus der Hosentasche und wählte mit zittrigen Fingern die Nummer des Kommissars.

Unbestimmte Zeit später – es dauerte nicht lange – hörte Max in einiger Entfernung Polizeisirenen. Sie kamen näher. Max hatte sich inzwischen auf die Treppenstufen der Bauernkate gegenüber von der Geisterbahn *Nightmare* gesetzt und beobachte das Geschehen mit gebührendem Abstand. Ein Großaufgebot der Polizei mit mehreren Einsatzwagen rauschte die Glacischaussee entlang. Kurze Zeit später bahnten sie sich mühsam den Weg durch die gaffende Menge auf dem Festplatz. Ein schwarzes Auto fuhr vor, und

Kommissar Beelendorp stieg aus. Max saß nicht weit entfernt und hob den Arm, um auf sich aufmerksam zu machen. Der Kommissar nickte ihm zu, als wollte er ihm signalisieren, dass er jetzt übernahm. Dann ging er mit schnellem Schritt zur Kasse.

Zeitgleich sperrten Polizisten das Gebiet um die Geisterbahn *Nightmare* großräumig ab. Es herrschte ein reges Treiben und ein ziemliches Durcheinander. Schaulustige liefen aufgescheucht umher. Die Schlange von Besuchern vor dem *Nightmare* wurde aufgelöst, und die gruselige Vorplatzmusik erlosch prompt. Das große Pendel in der Mitte der Bahn bewegte sich nicht mehr. Alles stand still. Es war die Ruhe vor dem Sturm. Max saß erschöpft auf den Stufen und konnte keinen klaren Gedanken fassen. Er starrte vor sich hin und beobachte das Treiben, das wie ein Kinofilm auf einer Leinwand vor ihm ablief. Jemand im Anzug kam nach vorne. Er sah wichtig aus und wirkte aufgebracht. Es war der Besitzer der Bahn. Max beobachtete, wie der Kommissar und seine Kollegen mit ihm ins Innere der Bahn verschwanden. Eine Gruppe Polizisten positionierte sich davor, damit keiner der Angestellten oder sonst wer die Flucht ergriff.

Es dauerte eine Weile, bis die Polizei wieder nach draußen auf den Vorplatz kam. Da Max jegliches Zeitgefühl verloren hatte, vermochte er nicht zu sagen, wie viel Zeit tatsächlich vergangen war. Hier aus der Ferne sah es aus, als wenn seine Entdeckung ein Volltreffer war. Diese Bombe hatte er gezündet. Drei Personen wurden unter Handschellen abgeführt. Darunter der Mann von der Kasse, der Typ vom Einstieg an der Bahn und der Besitzer. Sie wurden in einen Polizeiwagen gesetzt. Kurze Zeit später wurde der Platz wieder freigegeben, und die kurzfristig entstandenen Einbahnstraßen wurden aufgelöst. Die Masse zog zähflüssig weiter. Einige Schaulustige konnten sich nicht von dem Anblick lösen und wollten nichts verpassen. Sie zückten ihre Handys, um das Geschehene festzuhalten. Dabei gab es hier nichts mehr zu sehen. Eine junge Polizistin war ausschließlich damit beschäftigt, die Leute zum Weitergehen zu bewegen, doch es war aussichtslos. Wild gestikulierte sie vergebens vor den gezückten Handys.

Aus der Ferne tauchte auf einmal eine schlaksige Gestalt auf, die ihm bekannt vorkam. War das Wilbert? Was machte der denn hier? Ihre Blicke trafen sich unabsichtlich. Wilbert drehte um; es schien, als wollte er nicht erkannt werden. Max reagierte nicht und blieb seelenruhig sitzen, obwohl sein Puls immer noch auf hundertachtzig war. Der Schock saß tief. Diese verunstalteten Körper und die leblosen Augen bekam er nicht mehr aus dem Kopf. Der Anblick war schrecklich und erschütterte ihn bis ins Mark. Wer hatte ihnen das angetan? Der Teufel persönlich? Nur ein Monster konnte zu so etwas fähig sein. Ein Psychopath der allerschlimmsten Sorte. Max saß eine ganze Weile auf den Stufen und starrte ins Leere. Die Kälte, die in ihm hochkroch, spürte er nicht. Irgendwann tauchte Kommissar Beelendorp auf und setze sich erschöpft und mit mattem Gesicht neben ihn auf die Treppenstufen. Max hörte, wie er tief durchatmete. Beide blickten sich an, keiner sagte einen Ton. Der Kommissar holte einen Flachmann aus seiner Tasche, schraubte den Deckel ab und nahm einen kräftigen Schluck. Er hielt Max die Flasche hin. Zögernd ergriff er sie am Flaschenhals und nahm einen kleinen Schluck. Der Geschmack von derbem Sprit floss seine Kehle hinunter, sodass er sich schütteln musste. Er spürte, wie der Alkohol sich den Weg durch seinen Magen bahnte. Es fühlte sich gut an. Auf der Stirn des Kommissars zeichneten sich tiefe Falten ab. Max ahnte, dass jede Falte für ein anderes Schicksal stand. Heute waren mindestens drei neue dazugekommen. Er blickte ihn an und sah es in seinen Augen. Das war vielleicht noch nicht das Ende.

Kapitel 14

Wilbert stand an der Geisterbahn *Monsterhöhle* und wartete auf Kundschaft. Jetzt, am frühen Nachmittag, war noch nichts los. Normalerweise würde er sich die Zeit mit seinem Handy vertreiben, aber er musste ernsthaft über etwas nachdenken. Er blickte rüber zum Kassenhäuschen. Der Alte saß hinter der Scheibe, die Zeitung aufgeklappt, und war in seine Lektüre vertieft. In der Ferne hörte er Polizeisirenen. Er schnappte sich den Eimer mit Fahrchips, der am Geländer hing, und marschierte zur Kasse. In der Hektik gestern Abend hatte er völlig vergessen, ihn auszuleeren. Zum Glück gab es noch kein Gemecker. Er öffnete die Tür, griff zielgerichtet nach rechts und tauschte seinen Eimer mit den Chips heimlich gegen einen leeren aus. Der Alte las immer noch die neuesten Schlagzeilen und machte keine Anstalten, die Lektüre aus der Hand zu legen.

»Ähm …«, räusperte sich Wilbert.

Der Alte drehte den Kopf zu ihm und blickte verwundert über den Rand seiner Brille, sagte aber nichts.

»Hörst du die Sirenen? Die kommen bestimmt von der Reeperbahn. Das ist ein heißes Pflaster. Jeden Tag Randale, Mord und Totschlag. Was da wohl wieder passiert ist?«, wunderte sich Wilbert naiv.

»Junge, das sind nur die Hunde der Großstadt«, orakelte der Alte floskelhaft.

Wilbert schaute auf die kleine Uhr mit der Digitalanzeige, die in der oberen Ecke angebracht war: 15.45 Uhr. Die Sirenen kamen näher, was aber nicht ungewöhnlich war. Er stiefelte zurück auf seinen Posten am Einstieg. Zeit für eine Zigarette war immer, und kurz darauf blies er den Rauch in die Luft. Um ihn herum keine Kundschaft in Sicht. Da hatten sie mal wieder einen verdammt schlechten Tag erwischt. Er fühlte sich schwach und frustriert darüber, dass er seine Freunde noch immer nicht wieder zurückhatte. Es war ein befremdliches Gefühl, dass sie bei jemand anderem waren, und er vermisste sie aufrichtig. Er hatte die Kontrolle verloren. Die Ungewissheit blieb, ob und wie lange sie dort in Sicherheit waren. Es wurde Zeit, dass sie zu ihm zurückkehrten. Und zwar so schnell wie möglich. Er wollte kein Risiko eingehen. Für den Fall, dass die Polizei noch mal bei ihm auftauchte, war es besser, wenn sie nicht hier waren. Und dort drüben standen sie warm und trocken … hoffte er zumindest, denn er wusste nicht, ob dieser Rosenfeldt oder einer seiner Mitarbeiter täglich einen Kontrollgang durch die Geisterbahn machte. Und ob ihnen dann überhaupt etwas auffallen würde. Mit seinem Anzug wirkte er wie ein Geschäftsmann, aber nicht wie jemand, der sich die Finger schmutzig machte. Eher wie jemand, der andere für sich arbeiten ließ und jeden Abend mit einem dicken Wagen vorfuhr und die Säcke voller Geld abholte. Dort müssten seine Freunde momentan gut aufgehoben sein. Und was die Zukunft brachte, würde sich zeigen. Es gab ein Problem, was die Zeit betraf. In nicht einmal mehr zwei Wochen ging der DOM zu Ende, und das *Nightmare* würde abgebaut und komplett in seine Einzelteile zerlegt werden. Spätestens vor dem letzten Spieltag müsste er sie zurückholen. In einer Nacht- und Nebelaktion. So wie er sie auch dort reingeschafft hatte. Was einmal funktionierte, würde er noch einmal hinbekommen. Er setzte sich auf seinen Hocker und schlug mit dem Kopf rhythmisch gegen einen der Tragpfeiler der Geisterbahn. Immer wieder und immer heftiger. Es fühlte sich gut an.

»Schluss jetzt. Ich darf mich nicht verrückt machen. Ich muss mich ablenken. Ich muss auf andere Gedanken kommen«, unterbrach er die Tortur.

Er schloss die Augen für einen Moment und summte vor sich hin. Als er die Augen wieder öffnete, sah er, dass ein junges Elternpaar mit zwei plärrenden Kindern auf dem Weg zu ihm war.

»Was für ein schönes Bild! So ein Glück müsste man festhalten, damit es nie mehr vergeht«, dachte er sich ungeniert.

Nicht ohne Hintergedanken. Er verfolgte schon länger die Idee, seinen Freundeskreis zu erweitern. Und eine Gruppenszene wäre nicht nur eine echte Augenweide, sondern auch eine einmalige Attraktion. Platz genug hätte er. Notfalls würde er ein paar der alten Pappfiguren aussortieren. Wilbert zündete sich die nächste Zigarette an und blies den Rauch in die Luft. Gedankenlos pfefferte er die leere Schachtel in die Ecke. Die Bilderbuchfamilie kam näher und blieb in einiger Entfernung stehen. Die Kinder heulten. Entweder, weil sie nicht mitfahren durften, oder weil sie nicht wollten. Bevor er sich weiter seinen Gedanken hingeben konnte, kam Susi um die Ecke. Enttäuscht sah er, dass sie nicht zu ihm wollte. Rüdiger stolzierte vorweg und hob das Bein am Kassenhäuschen. Wenn das der Alte sah, dann würde er ausflippen. Susi stand vor der Luke und unterhielt sich mit ihm. Über was genau, das bekam er von seinem Posten aus nicht mit. Neugierig ging er zur Kasse und gesellte sich ungefragt dazu. Sie schien aufgebracht und war völlig aufgelöst. Ungewöhnlich für sie, sonst war sie immer die Ruhe selbst.

»Hi Susi, was denn los?«, frage Wilbert ahnungslos. »Warum bist du nicht an deinem Stand?«

»Jetzt warte doch ab und lass sie erzählen«, knurrte der Alte.

»Es scheint etwas passiert zu sein. In Richtung des Kettenkarussells. Dort sind Dutzende Polizeiautos vorgefahren.«

Wilbert schluckte.

»Vielleicht gab es einen Unfall?«, meinte der Alte emotionslos. »Diese ganze moderne Technik. Der traue ich nicht über dem Weg. Ich habe es schon immer gesagt. Die ist extrem störanfällig. So was kann bei uns nicht passieren. Wir fahren schon seit fünfzig Jahren unfallfrei. Das muss uns erst mal jemand nachmachen.«

»Nun sei doch mal ruhig und lass Susi erzählen«, unterbrach ihn Wilbert in dem Versuch, das Gespräch voranzubringen.

»Also Genaues weiß ich auch nicht. Ich komm ja auch nicht weg von meinem Stand. Ich dachte, ihr wisst was. So was macht doch schnell die Runde.«

»Los Wilbert. Geh du mal gucken, was da los ist«, schlug der Alte vor.

»Ich, äh, ich kann hier doch jetzt nicht einfach so weg.«

»Siehst du hier irgendwelche Fahrgäste weit und breit? Los, geh schon. Ich springe notfalls für dich ein. Schnell.«

Kurzerhand ließ er beide stehen und rannte in Richtung des Kettenkarussells. Er nahm eine Abkürzung und lief zickzack zwischen den Stellplätzen der Wohnwagen. Machte man eigentlich nicht, aber darauf konnte er keine Rücksicht nehmen. Nach einer Weile stoppte er notgedrungen. Er war außer Atem und musste nach Luft schnappen. Was war passiert? Das herauszufinden war seine Mission. Da fiel es ihm wie Schuppen von den Augen. Er war nicht die hellste Kerze auf der Torte, aber er konnte eins und eins zusammenzählen. Und der Gedanke schlug ein wie ein Blitz. Das Kettenkarussell stand genau gegenüber der Geisterbahn *Nightmare*. Und dass sich die Bullen dort in der Nähe rumtrieben, war verdammt ungünstig. Aber es blieb keine Zeit, um eine Pause einzulegen. Er musste weiter. Was für ein bekloppter Tag. Den ganzen Tag über hatte er schon kein gutes Gefühl gehabt. Er rannte und erreichte den Besucherweg. Vorsichtig schob er eine Absperrung beiseite und schlüpfte hindurch. Er sah, dass der Bereich um das *Nightmare* großräumig abgesperrt war. Um so weit wie möglich ranzukommen, musste er sich durch die Menschenmenge kämpfen. Die Schaulustigen reckten gierig ihre Hälse und hielten ihre Handys in die Luft. Genau wie er wollte jeder wissen, was passiert war. Er ging nah an das Absperrband, wurde jedoch von einer Polizistin gestoppt.

»Was ist denn hier los?«, fragte er unschuldig.

»Eine polizeiliche Ermittlung. Bitte halten Sie Abstand oder gehen Sie weiter. Es gibt hier nichts zu sehen.«

Wilbert drehte sich fragend um und sprach eine ältere Dame zu seiner Linken an. Die wusste auch nicht, was passiert war. Sie schien dennoch äußerst interessiert, das weitere Geschehen zu verfolgen, denn sie drängelte energisch, um sich einen Platz mit besserer Sicht an der Seite zu ergattern. Er drehte sich um und fragte einen kleinen Jungen rechts von ihm, der sein Handy gezückt hatte und planlos drauflos knipste.

»Hey du. Sag mal, weißt du, was hier passiert ist?«

»Geil oder? Richtig viel Polizei. Vielleicht eine Schießerei? Peng, peng.«

Der Kleine hatte seine Finger zu einer Pistole geformt, zielte mit den Fingern direkt auf ihn und drückte ab. Er hasste Kinder. Sie waren unberechenbar. Genervt kramte er in den Taschen seiner Hose, holte ein zerknautschtes Päckchen Zigaretten heraus und steckte sich eine Kippe an. Die leere Schachtel knüllte er zusammen und warf sie zielsicher in Richtung eines Müllereimers, auch wenn er knapp danebentraf. So kam er nicht weiter. Er schaute sich um, sein Blick wanderte in Richtung Bauernkate. Da saß ein Mann auf den Treppenstufen, der ihm bekannt vorkam. Als er näher hinschaute, erkannte er ihn. Es war der Typ, mit dem er an *Susis Wurstpalast* aneinandergeraten war. Wie hieß der doch gleich? Sein Namensgedächtnis ließ ihn im Stich.

»Was macht der denn hier«, dachte sich Wilbert. »Warum läuft der mir immer über den Weg? Oder konnte es sein, dass der Typ schon wieder bei Susi am *Wurstpalast* herumscharwenzelte? Am liebsten würde ich dem wieder einen vor den Kopf geben«.

Wilbert ballte seine rechte Hand zur Faust zusammen. Keine gute Idee, wo die Polizei hier überall herumlief, eine Schlägerei anzufangen. Außerdem gab es ja einen wichtigen Grund, weswegen er hier war. Er musste herausfinden, was passiert war. Und dem sollte er schleunigst nachgehen. Er blickte sich um und suchte einen Platz mit besserer Sicht auf das Geschehen. Mit einem beherzten Griff an eine fremde Schulter schob er sich an einer korpulenten Frau mit übertrieben großem Hut vorbei. Sie guckte pikiert und schüttelte den Kopf. Am Eingangsbereich der Geisterbahn *Nightmare* schien sich etwas zu tun. Er entdeckte eine weitere bekannte Gestalt. War das nicht der Bulle, der ihn heute Morgen aufgesucht hatte? Da stand ja auch der schwarze Wagen von ihm. Und wen hatte er da im Schlepptau? Wilbert kämpfte sich weiter nach vorne. Drei weitere Personen. Eine davon trug einen Anzug und guckte ziemlich doof aus der Wäsche. Das war doch der Besitzer, der Rosenfeldt? Wilbert schnappte nach Luft und rieb sich ungläubig die Augen. Er drehte um und schlenderte seelenruhig zurück in Richtung *Monsterhöhle*. Es gab bei der Geisterbahn *Nightmare* keinen Unfall, das war ihm klar. Doch erst jetzt wurde ihm das Ausmaß des Geschehens bewusst. Auf einen Schlag stürzte für ihn eine Welt zusammen. Eine Welt, die er mühsam und mit Herzblut aufgebaut hatte. In diesem Moment fühlte er sich von allen im Stich gelassen, und ihm wurde klar, dass er keine Freunde mehr hatte.

Wilbert hatte die ganze Nacht kein Auge zugetan. Es war früher Morgen, er lag wach in seinem Bett und starrte an die Decke. Die Ereignisse überschlugen sich. Es war einiges passiert. Die Polizei hatte die Geisterbahn *Nightmare* hochgenommen und stillgelegt. Den Besitzer Rosenfeldt hatte man verhaftet. Das war eine gute Nachricht, wenn auch nicht unter diesen Umständen. Über Nacht war die *Monsterhöhle* die einzige Geisterbahn auf dem Platz und hatte die Vorherrschaft übernommen. Die nicht so gute Nachricht musste er erst verdauen. Und darin lag die eigentliche Dramatik. Sie hatten seine Freunde gefunden, und es war unklar, was für eine Lawine dadurch losgetreten würde. Im besten Fall war er aus der Nummer raus. Am liebsten hätte er die Sache auf sich beruhen lassen. Er musste nach vorne schauen. In die Zukunft. Und dort weitermachen, wo er aufgehört hatte. Gerade erst hatte er alles verloren, aber das war die Chance, nach neuen Freunden zu suchen. Neue Freunde, die er nach seinen Vorlieben gestalten konnte. Er sah sich als Körperkünstler und inzwischen hatte er den Bogen raus. In seinem Kopf steckten viele Ideen für immer neue Kreationen. Es klopfte an der Tür. Wilbert erschrak. Wer war das? Um diese Uhrzeit, so früh am Morgen? Die Bullen? Panisch stand er auf und blickte durch das kleine Fenster. Aber aus diesem Winkel konnte er nicht sehen, wer vor dem Wohnwagen stand. Zögernd öffnete er die Tür, lediglich einen Spalt, und blinzelte hindurch. Es war Susi. Wilbert öffnete erleichtert die Wohnwagentür und zog Susi sanft zu sich heran.

»Da bist du ja endlich.«

Er versuchte, ihr einen Kuss auf den Mund geben, aber sie drehte den Kopf weg, sodass seine Lippen auf ihrer Wange landeten. Warum stellte sie sich bloß immer so an? Schließlich waren sie doch fast ein Paar. Sie war der einzige echte Freund, den er hatte. Und er wollte mehr. Sie sollte seine Partnerin werden. Geschäftlich und im Zwischenmenschlichen. Und sie schien nicht abgeneigt, auch wenn sie sich gelegentlich ein wenig unbeholfen anstellte und zierte. Er bat sie rein, und sie folgte der Einladung. Bevor er die Wohnwagentür schloss, vergewisserte er sich, dass keiner sie beobachtete. Um diese Uhrzeit war das unwahrscheinlich, aber man konnte ja nie wissen. Der Wohnwagen des Alten lag im

Dunkeln, und bis auf eine streunende Katze war niemand zu sehen. Er legte sich ins Bett, hob die Bettdecke und deutete mit den Händen an, dass sie zu ihm kommen sollte. Erst zögerte sie, dann schlüpfte sie zu ihm unter die Decke. Seine kalten Finger spürten ihren warmen Körper, als er den Arm um sie legte. Er fühlte, dass sie eine Gänsehaut hatte. Umständlich knöpfte er ihre Bluse auf und schob sie nach unten, bis er ihre nackte Haut berührte.

»Du frierst ja? Komm, ich wärme dich.«

»Ach, das kommt dir nur so vor, das geht schon«, erwiderte Susi mit einem für ihn irritierenden Tonfall und schob die Bluse wieder nach oben.

»Ich bin froh, dass du da bist. Im Moment ist gerade alles ziemlich kompliziert. Nur mit dir nicht«, säuselte er ihr verliebt ins Ohr.

»Hast du wieder Ärger mit deinem Vater?«

»Nein, das ist es nicht. Ich bin einfach nur gerade froh, dass ich dich habe. Hast Du das ernst gemeint, als du letztens gesagt hast, du würdest mit mir die alte Geisterbahn betreiben?«

»Ja, schon. Auf eine gewisse Art und Weise. Wir können aus der alten Geisterbahn was Großes machen. Ich habe da so eine Vision. Das Problem ist nur, dass dein Vater uns im Wege steht.«

»Du hast recht. Er wäre nicht einverstanden. Weder mit mir oder dir, geschweige denn dass wir die Geisterbahn neu aufziehen. Susi, wenn du bei mir bist ... ich habe das Gefühl, du bist die einzige Person, der ich vertrauen und alles erzählen kann.«

»Wilbert, ist alles in Ordnung mit dir? So gefühlsduselig kenne ich dich gar nicht.«

»Ja. Ich denke schon.« Er schob die Bluse wieder runter ohne Gegenwehr.

Er zögerte und klammerte sich etwas fester an sie. Er fühlte sich geborgen. War jetzt der richtige Zeitpunkt gekommen?

»Du, Susi, ich muss dir da was erzählen.«

In diesem Moment klopfte es erneut und vehement an die Tür. Wer konnte denn das jetzt schon wieder sein? Es ging hier zu wie in einem Taubenschlag. Das ständige Geklopfe nervte ihn. Konnte man denn nie seine Privatsphäre haben? Gerade in diesem innigen Moment, in dem er Susi alles erzählen und offenbaren wollte. Er war sich sicher, dass sie ihn verstand. Susi hatte recht, das Problem an der ganzen Sache war jemand anderes. Er öffnete die Tür, zuerst wieder einen Spalt, und sah, dass der Alte vor der Tür stand. Gerade jetzt war das ein äußerst ungünstiger Zeitpunkt. Was wollte er früh morgens? Nicht mal zu dieser unchristlichen Zeit hatte er seine Ruhe vor ihm. Bevor er weiter überlegen konnte, trat der Alte mit dem Fuß voller Wucht gegen die Wohnwagentür, sodass sie mit einem Knall aufsprang. Das Scharnier ächzte in der Verankerung, hielt aber stand. Eine Tasse und ein Teller aus dem Regal fielen durch die Wucht zu Boden. Mit hochrotem Kopf und außer Atem drang er in den Wohnwagen ein. Dabei stieß er Wilbert raubeinig in die Seite, dass dieser gegen die Armaturen der Küchenschublade krachte. Sein Kopf prallte auf das Holz, und er verspürte einen pochenden Schmerz. Für einen Moment war Wilbert so perplex, dass er weder sprechen noch handeln konnte. Dann richtete er sich selbstbewusst auf. Er fasste sich an den Kopf und sah Blut an seiner Hand.

»Was fällt dir ein?«, schrie der Alte. »Was macht dieses Flittchen hier?«

»Ich … ich … weiß auch nicht«, stotterte Wilbert, sichtlich um Fassung bemüht.

»Los, raus mit dir. Und zieh dir was an. Das ist ja widerlich«, fauchte er in Susis Richtung.

Eilig zog sie sich ihre Bluse über und schnappte sich ihre Sachen. Sie rannte aus dem Wohnwagen und knallte die Tür zu. Der Alte ging auf Wilbert los und packte ihn am Kragen. Auch wenn er alt und grau war, hatte er immer noch eine unbändige Kraft in seinen Händen, die man ihm kaum zutraute.

»Was denkst du dir dabei, Wilbert, diese Fritteusentante zu vögeln? Du weißt doch, wie schnell sich hier auf dem Platz etwas rumspricht. Und dann ist unser Ruf komplett ruiniert. Ich habe dir immer gesagt, wenn du dich amüsieren willst, dann geh auf die Reeperbahn. Aber nicht hier, vor aller Augen.«

Mit Verachtung warf ihm der Alte einen Fünfzigeuroschein vor die Füße. Sein Kopf war rot angeschwollen wie der Hals eines Puters.

»Hier, der nächste Fick geht auf mich.«

»Aber ich habe doch gar nichts gemacht. Susi ist ...«, Wilbert zögerte, »... meine Freundin.«

»Deine Freundin? Sag mal, merkst du gar nicht, wie blöd du bist. Sie ist nicht deine Freundin, auch wenn sie die Beine breitmacht. Glaubst du ernsthaft, jemand will mit dir zusammen sein? Du Taugenichts. Die nutzt dich doch nur aus. Das sieht doch ein Blinder mit dem Krückstock. Die ist scharf auf unser Geld.«

»Bei uns ist doch gar nichts zu holen«.

»Gar nichts zu holen? Und was ist mit der *Monsterhöhle?* Hast du eine Ahnung, was die wert ist? Ich verbiete dir, dich weiterhin mit dieser Schlampe zu treffen.«

»Hör auf, sie zu beleidigen. Du kennst sie doch gar nicht. Ich liebe Susi und ich will mit ihr zusammen sein.«

»Das letzte Wort habe immer noch ich. Schluss, aus. Ein für alle Mal. Sie ist genauso wie deine Mutter. Die hat sich auch mit jedem Macker auf dem Platz gut verstanden. Und wenn du sie nicht zum Teufel gejagt hättest, hätte ich es irgendwann gemacht.«

Der Alte hatte ihn an seinem Kragen weiterhin fest im Griff und schüttelte ihn. Er spürte den üblen Atem in seiner Nase und blickte in schiefe, faulige Zahnreihen. Es sah aus wie der Höllenschlund eines Monsters. Das war zu viel für Wilbert. Er hatte seine Mutter nie richtig kennengelernt. Jedenfalls konnte er sich nicht mehr an die Zeit mit ihr erinnern. Sie war gestorben, als er ein kleiner Junge war. Das Thema war ein Tabu. Darüber wurde nicht gesprochen. Niemals. Und das war okay. Er wollte nicht, dass Tote verunglimpft werden. Nein, zu ihnen hatte er ein ganz spezielles Verhältnis, und dieses wollte er sich von dem Alten nicht schlechtmachen lassen. Der Griff wurde fester, sodass Wilbert keine Luft mehr bekam. Verzweifelt griff er neben sich, ertastete die Schrankschublade und öffnete sie mit einem Ruck. Seine Finger stocherten in der Schublade nach irgendeinem Gegenstand herum. Ein Kasten mit Besteck rappelte und fiel scheppernd zu Boden. Er schnappte nach Luft, ihm wurde schwindelig. Seine Hand tastete sich weiter voran. Mit Mühe umfasste er einen langen, spitzen Gegenstand. Ein Messer. Schlagartig wurde ihm bewusst, dass er jetzt die einmalige Gelegenheit hatte, für klare Verhältnisse zu sorgen und die Weichen für die Zukunft zu stellen. Für eine Zukunft mit Susi. Entschlossen griff er das Messer, rammte es dem Alten seitlich in den Hals und zog es mit Schwung aus dem klaffenden Fleisch. Eine Blutfontäne spritzte hoch wie ein Geysir und ergoss sich über den Boden. Wilbert spürte, wie sich die Hände um seinen Hals lockerten. Der Alte verdrehte die Augen und fasste sich hilflos an die klaffende Wunde. Blankes Entsetzen stand in seinem Gesicht. Er wollte etwas sagen, fing an zu stammeln, brachte jedoch kein Wort mehr zustande. Blut rann aus dem Mund. Dann sackte er senkrecht in sich zusammen und fiel auf den Boden. Wilbert blieb wie angewurzelt in einer roten Lache stehen. Vom Messer tropfte das Blut seinen Arm entlang. Susi riss die Tür des Wohnwagens auf und erblickte den Alten. Sie presste ihre Hand auf dem Mund und blickte Wilbert schockiert an. Sie musste vor der Tür gewartet und das laute Geschrei und den Streit von außen mitbekommen haben.

»Wilbert, was hast du getan? Oh mein Gott, wir müssen einen Krankenwagen rufen. Schnell, tu doch was.«

»Nein Susi, das müssen wir nicht. Es ist gut, so wie es ist. Wir sind nun frei«, sagte Wilbert in einem sanften Ton.

»Was redest du denn da? Bist du verrückt geworden? Sieh nur, was du angerichtet hast«, schluchzte sie unter Tränen.

»Das habe ich doch alles nur für uns getan. Für dich. Glaube mir. Er wollte uns auseinanderbringen. Das kann er jetzt nicht mehr«, sagte Wilbert und strahlte verheißungsvoll.

»Sag mal, bist du jetzt völlig durchgeknallt? Das ist doch kein Grund, jemanden umzubringen. Und schon gar nicht den eigenen Vater.«

»Susi«, beschwichtigte Wilbert. »Er stand uns doch eh nur noch im Weg. Von alleine wäre der nicht gestorben die nächsten Jahre. Der war zäh wie ein alter Turnschuh. Jetzt können wir endlich unser Ziel verfolgen und ein eigenes Schaustellerimperium aufbauen. Nur du und ich.«

»Ich verstehe nicht ...«

»Davon hast du doch schon immer geträumt?«

Wilbert wischte sich mit der blutverschmierten Hand den Schweiß von der Stirn und holte tief Luft. Er fühlte sich wie befreit. Alle Last der letzten Zeit, wenn nicht der letzten Jahre, fiel von ihm ab. Es war die Gelegenheit, Susi alles zu erzählen, damit sie gemeinsam neu durchstarten konnten.

»Ich muss dir unbedingt noch etwas erzählen, jetzt, wo du den kleinen Zwischenfall eben mitbekommen hast. Ich finde, wir sollten keine Geheimnisse mehr voreinander haben.«

»Was hat das alles zu bedeuten?«

»Also Susi, hör mir genau zu. Jetzt können wir endlich das machen, was wir schon immer wollten. Wir bringen die alte

Geisterbahn auf Vordermann. Ich habe da auch schon einige Ideen.«

»Was redest du denn da, Wilbert?«

»Wir müssen den Leuten echten Horror bieten. Etwas noch nie Dagewesenes. Etwas, das sie wirklich schockiert. Etwas, das sie nie wieder in ihrem Leben vergessen.«

»Bist du denn komplett irre geworden? Was soll denn das heißen?«

Wilbert hob den leblosen Körper des alten Keyzer an und drehte den Kopf, als wollte er mit ihm reden.

»Vater, du wärst stolz auf mich. Wie hört sich das an: Die Geisterbahn *Monsterhöhle* präsentiert eine Weltsensation: Lebende Tote – erstmals hier in Hamburg auf dem Heiligengeistfeld zu sehen. Erleben Sie echten Horror hautnah. Kommen Sie näher, kommen Sie ran. So was haben Sie noch nie gesehen, weder hier noch nebenan.«

Diabolisch blickte er zu Susi. Sie schien verunsichert zu sein, denn ihr Gesicht sprach Bände.

»Und du Vater, wirst der Erste aus einer ganzen Reihe von neuen lebenden Toten sein. Noch schöner und besser als alle anderen zuvor. Und noch unheimlicher.«

»Was hast du getan?«, schluchzte Susi.

»Susi, verstehst du, was das für eine Chance ist. Ich dachte heute Morgen schon, dass alles vorbei wäre. Die Toten aus der Geisterbahn *Nightmare* sind nicht die von dem Rosenfeldt, das sind meine. Ich habe sie erschaffen. Ich nenne sie meine Freunde. Findest du das schräg? Aber für mich sind es meine Freunde, die besten, die ich jemals hatte. Du musst sie unbedingt kennenlernen. Ich habe sie erschaffen. In meinen Gedanken und mit meinen Händen. Und nun habe ich sie verloren, für immer. Aber auch Rückschläge gehören dazu. Ich lasse mich nicht davon abbringen. Ich werde eine völlig neue Kollektion kreieren. Du wirst schon sehen. Und mein Vater macht den Anfang. Er ist der Erste der Neuen. Schau ihn dir an, er hat Potenzial.«

Fast zärtlich drehte Wilbert den Kopf in Susis Blickrichtung. Sie schien schockiert, doch ihr Gesicht zeigte keine Regung und ließ sich nicht lesen.

»Das ist so was von krank. Du bist krank. Du kannst doch deinen toten Vater nicht in der Geisterbahn ausstellen.«

»Du hast recht. So wie er jetzt aussieht auf keinen Fall. Ich muss noch ein wenig an ihm arbeiten.«

Wilbert hatte das Messer weiterhin fest umklammert. Er setzte es an einem Ohr an und führte einen vorsichtigen, schon fast zärtlichen Schnitt aus. Mit einem Satz landete es auf dem blutverschmierten Boden.

»So, das ist schon besser. Das Ohr braucht er nicht mehr, und er hatte mir sowieso nie zugehört. Aber ich will nichts überstürzen. Jeder Schnitt muss gut überlegt sein. Er hat es verdient, dass ich mir Zeit für ihn nehme. Rückgängig machen ist hinterher immer äußerst schwierig«, grinste Wilbert.

Selbstbewusst legte er das Messer auf den kleinen Tisch neben ihm, während er in seiner Hosentasche kramte. Aus der linken Tasche zog er eine leere Packung Kaugummi und aus der rechten eine Schachtel Zigaretten. Perfekt. Er zündete die letzte übrig gebliebene Zigarette an und ließ das abgetrennte Ohr vorsichtig in der Schachtel verschwinden. Zufrieden steckte er sie in die Hosentasche zurück. Ersatzteile waren schwer zu bekommen, das könnte er später bestimmt gebrauchen. Schnell schnappte er sich wieder das Messer. Nicht, dass jemand auf dumme Gedanken kam. Sicher war sicher. Susi blickte ihn weiterhin stumm mit großen aufgerissenen Augen an. Ihr Gesicht war kreidebleich und wirkte eingefallen. Vermutlich musste sie die Neuigkeiten erst mal verdauen. Dafür hatte Wilbert Verständnis. Das waren viele neue Informationen auf einmal. Sie hatte sich die letzten Minuten nicht vom Fleck bewegt, sondern stand wie angewurzelt in der Eingangstür. Es sah aus, als müsste sie sich übergeben, denn sie fing an zu würgen. Wie respektlos.

»Vielleicht solltest du mal kurz an die frische Luft gehen, Susi. Du siehst ein wenig blass um die Nase aus. Ich muss hier drinnen eben noch feucht durchwischen und etwas aufräumen. Und dann muss ich meinen Vater wegschaffen und in sein neues Zuhause ins Lager bringen. Wollen wir später zusammen frühstücken? Ich habe einen Bärenhunger. Ich könnte ein Gnu verspeisen. Passt dir in einer Stunde?«

»Wilbert ...«

»Aber was ist denn los mit dir? Du weinst ja?«

Susi kam näher und gab ihm zaghaft einen Kuss auf die Stirn. In ihren Augen spiegelten sich Tränen. Sie drehte sich um und ging. Langsam, als wollte sie niemanden aufschrecken. Sie nahm ihr Handy in die Hand und tippte darauf herum. Dann öffnete sie die Wohnwagentür und ging nach draußen. Das war das letzte Mal, dass er sie sah.

Kapitel 15

Der Tag begann mit einem Schreckmoment. Der Wecker hatte nicht geklingelt, doch Max' innere Uhr hatte ihn glücklicherweise zum richtigen Zeitpunkt aufwachen lassen. Es war kurz nach sieben und noch genug Zeit. Heute war der Tag, an dem er einen wichtigen Termin hatte. Einen Termin, der ihn noch mal vor eine große Herausforderung stellte. Schlaftrunken ging er in die Küche und schaltete die Kaffeemaschine an. Er hatte tief und fest geschlafen und zum ersten Mal seit Langem keine Albträume gehabt. Es war ein schöner Morgen, aber es schien kühl zu sein. Das Küchenfenster war von innen beschlagen. Er hauchte gegen die Scheibe und wischte mit der Hand darüber, damit er nach draußen schauen konnte. Erste Anzeichen des Frühlings waren zu erkennen. Die Bäume trugen kein Laub, auf dem Rasen reckten die ersten Krokusse und Tulpen ihre Köpfe in die Sonne.

Jetzt begann alles wieder von vorne. Er dachte an die letzten Wochen und an das, was er erlebt hatte. Und er hoffte, dass die nächsten Monate weniger aufregend verlaufen würden. Das Jahr hatte vielversprechend begonnen. Max hatte seinen alten Job aufgegeben. Endlich, nach vielen Jahren, hatte er den Sprung gewagt. Er hatte Ute und die Firma hinter sich gelassen. Nach allem, was passiert war, kam er sogar zu ungewolltem Ruhm. Für eine Exklusivstory in der *Abendpost* stand er Rede und Antwort. Ergebnis war ein zweiseitiger Artikel mit einem fragwürdigen Foto von ihm, bei dem er irgendwie unpassend in die Kamera grinste. *Tod in der*

Geisterbahn lautete der reißerische Titel. Kein Paradebeispiel für ausgewogenen Journalismus. Es war das, was möglich war und sich verkaufen ließ. Als Gegenleistung hatte er ein Praktikum rausgeschlagen. Ein Deal, den er ohne fremde Hilfe eingefädelt hatte. Er dachte an Paula. Sie wäre stolz auf ihn. Nicht nur wegen des Jobs, sondern weil er endlich sein eigenes Ding machte.

Der Job bei der *Abendpost* führte dazu, dass er die Geschichte aus seiner Sicht erzählen konnte. Und als angehender Reporter für eine populäre Zeitung bekam er Hintergrundinformationen, die er sonst niemals erfahren hätte. Aufgrund der Hinweise von Max hatte Kommissar Beelendorp die Geisterbahn *Nightmare* hochgenommen und stillgelegt. Es stellte sich jedoch heraus, dass für die Verbrechen jemand anderes verantwortlich war. Jemand, den er kannte oder besser gesagt, mit dem er Bekanntschaft gemacht hatte. Wilbert, der Sohn des alten Keyzer, der Besitzer der Geisterbahn *Monsterhöhle.* Ein zwielichtiger Typ, der ihm seit dem ersten Aufeinandertreffen seltsam erschienen war. Aber ein Psychopath und Mörder? Das war krass. Und auch wie er seine Taten verübte. Zu jeder DOM-Veranstaltung suchte er sich seine Opfer. Als Täter war er nicht der Hellste, trotzdem schaffte er es, dass sein perfider Plan lange Zeit unentdeckt blieb. Menschen verschwanden auf unerklärbare Weise, und alle Wege oder Verbindungen führten nach St. Pauli zum DOM. Dort fand er ein ideales Umfeld vor, denn es war aus Schaustellersicht nicht ungewöhnlich, dass Aushilfen von heute auf morgen nicht mehr auftauchten. Dazu war die Arbeit zu hart und anstrengend. Es gab drei Menschen, die er entführt, getötet und verstümmelt hatte. Auf widerlichste Art und Weise nach seinen kranken Vorstellungen neu kreiert. Der Geisteskranke hatte seine Opfer ausgeweidet, präpariert und in seiner eigenen Geisterbahn zur Schau gestellt. Konserviert und entstellt für alle Ewigkeit. Die grausamsten Details blieben ihm erspart, aber er hörte, dass die Polizei

Mühe hatte, die einzelnen verbauten Körperteile eindeutig zuzuordnen.

Dieser Wilbert hatte sonderbare Kreaturen erschaffen, die für ihn wie Freunde waren. Andere Freunde hatte er nicht. Und auch von seinem alten Herrn, Keyzer senior, wurde er drangsaliert und garstig behandelt. Seine Mutter war frühzeitig bei einem tragischen Unfall ums Leben gekommen und der Vater mit der Erziehung emotional überfordert. Das Verhältnis zwischen Vater und Sohn war zerrüttet. Und dann kam es in dieser einen Nacht zu einem Zwischenfall, bei dem ein Streit eskalierte und es Wilbert schließlich seinen eigenen Vater umbrachte. Abgesehen von Keyzer senior waren drei Personen ums Leben gekommen. Vielleicht wären es noch mehr geworden, wenn Max dem Treiben kein Ende gemacht hätte.

War Wilbert für weitere ungeklärte Vermisstenfälle verantwortlich? Laut Kommissar Beelendorp war der Fall noch nicht zu den Akten gelegt. Unterdessen saß Wilbert hinter Gittern. Die Verhandlung hatte bislang nicht begonnen, es war jedoch absehbar, dass er für lange Zeit hinter schwedischen Gardinen verschwinden würde. Ironischerweise fristete er sein Dasein zunächst in der Untersuchungshaftanstalt Holstenglacis. Direkt am Heiligengeistfeld. Mit Blick auf den DOM. Ob das eine Bestrafung oder Belohnung für ihn war, mochte sich Max nicht ausmalen. Ein Rätsel an diesem Fall war immer noch ungelöst. Etwas, das Max bis heute nicht einzuordnen verstand. Und das war die Rolle, die Susi in dieser Sache einnahm. Er hatte den Kontakt zu ihr seitdem gemieden, auch wenn sie ihm anfangs weiterhin Textnachrichten schrieb. Er antwortete immer seltener darauf. Sie versuchte, sich zu erklären. Angeblich hatte sie kein Liebesverhältnis mit Wilbert, sondern eine Art von Geschäftsbeziehung, wie sie es nannte. Beide warteten vergeblich, dass der alte Keyzer senior sich zur Ruhe setzte. Aber ein natürliches Ableben schien nicht in Sicht und das Ziel, die Geisterbahn

Monsterhöhle in Eigenregie zu betreiben und zu modernisieren, rückte in weite Ferne. Susi behauptete, dass Wilbert jemanden an seiner Seite brauchen könne, um weiter zu bestehen. Er war nicht der Schlaueste, und jemand musste sich nicht nur um ihn, sondern auch um die Tourneeplanung und Buchhaltung kümmern. Außerdem hatte sie es satt, immer am Grill zu stehen, die Würste zu drehen und nach Frittierfett zu stinken. Max fragte sich, wie sie mit einer Person wie Wilbert in die Kiste steigen konnte. Sofern an der Sache etwas dran war, denn diese Gerüchte hielten sich hartnäckig. Dass sie nichts von den abartigen Menschen-Monsterfiguren wusste, dafür würde er seine Hand ins Feuer legen. Für alles andere nicht mehr, und somit war es aus seiner Sicht das Beste, wenn er Abstand hielt. Hatte sie von alledem nichts mitbekommen? Sofern es eine Mitschuld gäbe, könnte er sie nicht davon freisprechen. Susi war eine Frau der klaren Worte und mit gerader Haltung, das passte alles nicht zu einer Beziehung mit Wilbert. Egal, ob persönlich oder geschäftlich. Wollte sie um jeden Preis ein Schaustellerimperium aufbauen? Max konnte nicht verstehen, dass sie sich derart verzettelte, um ein primäres Ziel zu erreichen. Wilbert hatte weder ihr Niveau noch ihre Kragenweite. Er war unattraktiv, unterbelichtet und einfach gestrickt. Und das war noch ein Kompliment.

Für Max stand fest, dass er in keine Geisterbahn der Welt freiwillig mehr einen Fuß hineinsetzen würde. Das hatte er sich geschworen. Einer kam aus der Sache ironischerweise mit einem blauen Auge davon, schlug sogar Profit daraus. Der Besitzer der Geisterbahn *Nightmare.* Sein Geschäft war zunächst stillgelegt, und Rosenfeldt saß für einige Tage in Untersuchungshaft, bis sich herausstellte, dass er unschuldig war. Alles klärte sich nach kurzer Zeit auf. Er kam wieder frei und wurde mit den Ereignissen nicht mehr in Zusammenhang gebracht. Aufgrund der andauernden Untersuchungen durfte seine Bahn für die letzten Tage des Winter-

DOM nicht mehr öffnen. Die Einnahmenverluste, die mit der vorzeitigen Stilllegung einhergingen, durften nicht unerheblich sein. Der Mehrwert, den ihm die Aufmerksamkeit in den Medien brachte, war dagegen umso höher. Es kamen Reporter und Fernsehteams aus dem ganzen Land, um darüber zu berichten. Und Rosenfeldt war ein Fuchs, wenn es um Marketingmaßnahmen für seine Bahn ging. Er erkannte die Chance, seine Geisterbahn *Nightmare* zur Legende zu machen, und er nutzte sie konsequent. Inzwischen stand sie bereits wieder auf dem Heiligengeistfeld, und in Kürze würde sich herausstellen, ob seine Strategie aufging. Ob die Gäste seine Bahn mieden oder ob sie ihm erst recht die Bude einrannten. Der Lohn des zweifelhaften Ruhms, davon konnte Max mit seiner bescheidenen Exklusivstory ein Lied singen.

Wenige Stunden später saß Max im Zimmer seiner Chefin im Verlagsgebäude der *Abendpost.* Heute war der Tag der Tage. Sein Praktikum endete, und es entschied sich, ob und wie es für ihn weiterging. Er hoffte inständig, dass sie ihm einen richtigen Job anbot. Sie war kein Ute-Typ, erinnerte ihn vielmehr an eine rasende Reporterin aus den Hörspielkassetten seiner Kindheit. Ein schwarzer Pagenschnitt und eine modische Brille taten ihr Übriges. Persönlich wusste er nicht viel über sie. Sie redete wie ein Flitzebogen und ununterbrochen am Stück, wenn niemand sie aufhielt.

»Hallöchen … Setzen Sie sich. Max, richtig?«

»Ähm, ja. Danke.«

»So, helfen sie mir kurz auf die Sprünge …«

»Es geht darum, wie …«

»Ach ja genau, wir wollen über Ihre Zukunft bei uns sprechen«, unterbrach sie ihn. Jetzt war sie nicht mehr zu bremsen. »Darauf komme ich gleich. An dieser Stelle möchte ich Ihnen noch mal danken für Ihren Einsatz in den letzten Wochen. Sensationell, wirklich. Vor allem die Exklusivstory war ein voller Erfolg für uns, aber das nur am Rande bemerkt.

Das war im gesamten letzten Jahr die Story mit der höchsten Leserreichweite. Mal ganz abgesehen von dem ganzen Medienrummel, der sich drum herum abspielte. Also Max, das war ganz großes Kino«, sprudelte es aus ihr heraus.

»Das freut mich. Ich musste dafür ja auch ganz schön die Hosen runterlassen. Ich meine, die Dreiecksgeschichte von Paula, Susi und mir und was alles vorgefallen ist. So jedes Detail ... Das war schon nicht ohne.«

»Ach was. Sie haben alles richtig gemacht. Was Besseres hätte Ihnen gar nicht passieren können. Das war doch bestimmt auch eine Befreiung für sie. Endlich alles frei von der Leber weg erzählen zu können. Und übrigens, ich verrate Ihnen mal was«, hauchte sie geheimnisvoll und rückte näher an ihn ran. »Das war genau das, was die Leute lesen wollen. Herz, Schmerz und ein Happy End. Na ja, nicht für alle zugegebenermaßen. Etwas Schwund ist immer. Aber für die meisten. Immer schön positiv denken. Wenn Sie da Hilfe brauchen, ich habe da eine gute Adresse. Einen Psychologen, der ist wirklich sensationell.«

»Erst mal nicht, aber danke, ich komme darauf zurück. Vielleicht.«

»Wie auch immer, wir sollten uns jetzt auf die Zukunft konzentrieren«, stellte sie völlig von der Sache überzeugt fest.

»Ganz meine Rede, darum bin ich hier«, grinste Max frech.

»Also, um es gleich vorwegzunehmen. Eine Festanstellung kann ich Ihnen leider nicht anbieten. Das Budget für Personalkosten ist in diesem Jahr einfach schon ausgereizt. Außerdem fehlt uns seit damals eine große Story, die uns wieder nach vorne bringt. Etwas wirklich ...«

»... Sensationelles?«, unterbrach Max sie.

»Ja genau« antworte sie irritiert. »Ich sehe, wir verstehen uns. Also ich meine auch finanziell. Sie wissen, wir brauchen Werbekunden, die uns die ganze Kiste hier bezahlen.

Sie verstehen, was ich meine? Also um konkreter zu werden, so eine Story wie mit Ihnen im letzten Jahr. Das wäre sensa... Na ja, Sie wissen schon. Und damit wären wir auch schon bei dem, was ich Ihnen anbieten kann. Wir beschäftigen Sie als freien Mitarbeiter. Ganz unverbindlich natürlich. Aber für Sie hat es nur Vorteile Und Sie werden es nicht glauben, ich habe auch direkt den ersten Arbeitseinsatz für Sie. Das Vertragliche können wir ja später regeln. Aber jetzt wäre erst mal wichtig, dass wir das auf den Weg bringen, was ich mit Ihnen vorhabe.«

»Sie machen es aber spannend.«

»Also, ich möchte mit Ihnen an alte Erfolge anknüpfen. Back to the roots. Und dazu müssen Sie noch mal an den Ort zurückkehren, wo alles begann.«

»Oh nein, auf gar keinen Fall. Das können Sie doch ...«

»Überlegen Sie doch mal. Das ist Ihre große Chance. Die Geschichte neu aufleben zu lassen und weiterzuschreiben«, wurde er rasch unterbrochen. »Das ist eine einmalige Chance für Sie. So etwas bekommen Sie nicht ein zweites Mal.«

»Ich verstehe nicht ...«, erwiderte Max leicht verwirrt.

»Also, dann muss ich etwas deutlicher werden. Sie gehen heute auf den DOM, ganz gemütlich, ganz entspannt. Schauen Sie sich ein wenig um, halten Sie Augen und Ohren offen. Vielleicht sehen Sie sich bei der Geisterbahn *Nightmare* ein wenig um und lassen sich inspirieren. Ihnen wird schon was einfallen. Sie wissen schon. Herz und Schmerz. Lug und Trug. Halt irgendetwas. Das Happy End können wir erst mal weglassen, wenn es keines gibt. Da fällt uns dann später noch was zu ein. Im Zweifel schicke ich jemanden von der Kreativabteilung drüber«, sagte sie geradezu euphorisch und fächerte sich Luft mit ihren Händen zu. Wenn sie weiter so viel Wind machte, hob sie noch vom Stuhl ab.

»Also, jetzt husch husch, auf an die Arbeit.«

Mit diesen Worten schob sie Max aus ihrem Büro. Er wusste nicht, ob er sich freuen oder verzweifeln sollte. Er hatte einen neuen Job oder besser gesagt, erst mal einen eindeutigen Auftrag.

Wenige Stunden später stand er mit einem mulmigen Gefühl in der Magengegend auf dem Heiligengeistfeld. Er hatte diesen Ort bisher gemieden und auch nicht vorgehabt, in absehbarer Zeit einen DOM-Bummel zu machen. Aber jetzt hatte er einen Auftrag und musste sich zusammenreißen.

»Come on, letzte Runde, eine geht noch, festhalten, wir geben noch mal richtig Gas! Finaaale!«, tönte eine tiefe Stimme aus den Lautsprechern eines Fahrgeschäfts am Rande.

Ziellos schlenderte er durch die Budengassen und kam sich verloren vor. Schmalzgebäckverlockungen, quietschbunte Eisbuden, sogar der Geruch von frisch gebrannten Mandeln – alles ließ ihn unbeeindruckt. Die nächste Schlagzeile war hier so weit entfernt wie ein regelmäßiges Gehalt. Alternativlos machte er sich in Richtung der Geisterbahn *Nightmare* auf. Susi wollte er heute auf keinen Fall begegnen. Trotzdem stellte er enttäuscht fest, dass an dem angestammten Platz nicht der *Wurstpalast,* sondern eine Bude mit Fischbrötchen stand. In diesem Moment vibrierte das Handy in seiner Hosentasche. Er schaute auf das Display. Ein Anruf in Abwesenheit und das Symbol, das eine Nachricht eingegangen war, blinkte. Schreie aus dem Inneren der großen Geisterbahn drangen in sein Ohr und lenkten seine Aufmerksamkeit vom Bildschirm weg. Kurz überlegte er, das Handy in die Tasche zu stecken und seinem Auftrag weiter nachzugehen, doch die Neugier siegte. Die SMS stammte von einem Unbekannten, es wurde kein Name aufgezeigt. Als er das Textfeld öffnete und die Zeilen las, lief ihm ein kalter Schauer über den Rücken. Wer erlaubte sich hier einen makabren Spaß mit ihm, und dann auch noch zu dem Zeitpunkt, wo er vor dem Fahrgeschäft stand, an dem alles passierte?

»Hey Max. Ich lebe! Sorry, dass ich mich erst jetzt melde. Ruf mich an. Paula.«

Max schrie laut auf und ließ sein Handy vor Schreck auf den Boden fallen. Einige Leute drehten sich nach ihm um und schüttelten verständnislos den Kopf, aber das war ihm gerade völlig egal. Er hob das Handy auf. Ein großer Riss durchzog das Display. Immerhin funktionierte es noch. Überfordert mit der Situation, ging er ein Stück abseits und setzte er sich auf die rettenden Stufen der Bauernkate, auf denen er jetzt schon einige Male gesessen hatte. Was hatte das zu bedeuten? Das konnte doch nicht sein. Nach all den Monaten gab es jetzt auf einmal ein Lebenszeichen? Und wieso stand sie wieder von den Toten auf? So was gab es doch nur im Film. Die Polizei hatte sie doch eindeutig identifiziert. Zumindest das, was von ihr übrig geblieben war. Wütend verstaute er das Handy wieder in seiner Hosentasche. Das konnte nur ein übler Scherz sein. Eine Zeit lang saß er da, mit geballten Fäusten in der Tasche, unfähig, einen klaren Gedanken zu fassen. Mit zitternden Fingern zog er das Mobiltelefon schließlich doch wieder hervor und verfasste eine kurze Nachricht.

»Wenn das witzig sein soll, kann ich gerade nicht darüber lachen. Wer auch immer das geschrieben hat: Verpiss dich.«

Es dauert nicht lange, da kündigte ein erneutes Vibrieren die Antwort an.

»Das ist kein Scherz. Ich bin es wirklich. Warte, ich schick dir ein Foto.«

Ungläubig starrte er auf den Bildschirm.

»Na ja, wollen mal sehen, ob du wirklich dein wahres Gesicht zeigst, du Feigling«, grübelte Max ungehalten.

Das Bild, das ihn kurze Zeit später erreichte, schlug dem Fass den Boden aus. Max sprang auf, das Handy fest umklammert, und drückte es an seine Brust. Sein Herz schlug wie verrückt. Er befürchtete, kurz vor einem Infarkt zu stehen. Aber das war ihm jetzt auch egal. Ungläubig schaute er wieder und wieder auf das Bild. Die Kinnlade klappte ihm sprichwörtlich nach unten, und er musste nach Luft ringen. Paula! Das war sie tatsächlich. Ein Selfie von ihr, den Zeige- und Mittelfinger lässig ausgestreckt zu einem Victory-Zeichen. Sie lag in einem weißen Bett, die Umgebung sah steril aus, ohne dass er jedoch auf einen bestimmten Ort schließen konnte. Vielleicht ein Krankenhaus? Ein Detail irritierte ihn. Nach der Augenklappe zu urteilen, hatte sie sich als Pirat verkleidet. Karneval war doch schon vorbei und hier im Norden ohnehin kein Thema. Alles sprach dafür, dass sie es wirklich war. Kurz darauf klingelte sein Handy. Mit zitternden Händen hielt er es an sein Ohr und wurde im nächsten Moment von ihrer Stimme erlöst. Sie war es wirklich. Paula leibhaftig!

Doch was sie dann erzählte, war eine unglaubliche Story und fügte die fehlenden Puzzleteile endgültig zusammen. Nachdem sie von Wilbert entführt und gefoltert worden war, gelang ihr mit Glück die Flucht. Völlig desorientiert und mit schweren Verletzungen schleppte sie sich bis zur U-Bahn, wo sie von Passanten gefunden wurde. Der Notarzt brachte sie in ein Krankenhaus. Sie hatte überlebt, aber der Preis dafür war hoch. Sie hatte nicht nur ein Auge verloren, sondern auch ihr Gedächtnis. Sie konnte sich an nichts erinnern. Weder an ihren Namen noch an Informationen aus ihrem Leben. Retrograde Amnesie lautete die Diagnose, ausgelöst durch die traumatischen Erlebnisse auf dem DOM. Daraufhin wurde sie mehrere Monate in einer Fachklinik in Nordhessen behandelt und therapiert. Alle Versuche, die verdrängten Erinnerungen an ihr bisheriges Leben wieder ans Licht zu holen, blieben erfolglos. Dann, vor wenigen Tagen, blätterte sie im Aufenthaltsraum der Klinik ahnungslos in einer der alten Zeitungen, die dort bereits wochenlang herumlagen. In einem Artikel wurde über die Vorfälle auf dem DOM berichtet, die bundesweit Aufmerksamkeit erreicht hatten. Als sie dabei auf das abgebildete Foto der Geisterbahn starrte und mit einem panischen Anfall reagierte, war ein Anhaltspunkt gefunden. An den darauffolgenden Tagen ging dann alles ganz schnell. Die Spur führte nach Hamburg, auf den DOM und letztendlich auch zu Max.

Er war völlig von den Socken. Seine Gefühle spielten Achterbahn und schwankten zwischen Freude, Wut und Angst. Er war unglaublich froh, dass sie lebte, aber er war auch ungeheuer wütend auf den, der ihr das angetan hatte. Dazu kam die unbestimmte Angst, dass sie vielleicht nie wieder die alte sein würde. Auch wenn sie beim ersten Gespräch genauso klang wie die Paula, die er kannte. Auch wenn er, nach dem Foto zu urteilen, jetzt eine Piratin als Freundin hatte. Vor Schreck und Aufregung über den unerwarteten Anruf und ganz in das Gespräch vertieft, hatte er inzwischen den DOM fast einmal unbemerkt umrundet. Alles um ihn herum war in diesem Moment nicht mehr als eine Kulisse, der er keine Aufmerksamkeit mehr schenkte. Dazu war das, was er gerade erfahren hatte, zu unglaublich. Alles, was er bisher zu wissen glaubte, wurde auf den Kopf gestellt. Doch jetzt gab es kein Halten mehr. Gleich morgen würde er zu ihr fahren, und wahrscheinlich müsste sie ihm dann alles noch mal ganz genau und von vorne erzählen. So verrückt, wie ihre Geschichte war. Er dachte an Paulas Eltern. Was würde die Mutter zu dieser unglaublichen Neuigkeit sagen? Wussten sie schon Bescheid oder würden sie aus allen Wolken fallen so wie er gerade?

Als er sich umschaute, war er plötzlich wieder an der Geisterbahn *Nightmare* angekommen. An der Kulisse des Grauens. Auch wenn der wahre Horror sich nicht hier, sondern einige hundert Meter weiter abgespielt hatte. Doch zunächst empfing ihn der gewohnte Anblick. Die Endlosschlange wartender Gäste verriet, dass das Fahrgeschäft nach wie vor eine Goldgrube war. Selbst nach allem, was passiert war, schien das Besucherinteresse nicht nachgelassen oder unter der Geschichte gelitten zu haben. Mittlerweile war die *Nightmare* die einzige Geisterbahn auf dem Platz, und sie baute ihre Vormachtstellung als Platzhirsch aus. Die *Monsterhöhle* sollte inzwischen eingelagert oder sogar verschrottet worden sein. Max setzte sich auf die ihm vertrauten Stufen vor der Bauernkate, um das Treiben aus sicherer Entfernung zu beobachten. Sollte er tatsächlich noch mal mit der Bahn fahren? War es das, was seine neue Chefin von ihm erwartete? Das würde er nicht schaffen. Nicht nach allem, was passiert war. Aber welche Story wartete hier auf ihn? Wo würde er etwas finden, was sensationell genug wäre, um darüber zu berichten. Paulas Überleben wollte er nicht gleich ausschlachten ohne ihr Einverständnis. Max ließ den Blick über den Vorplatz schweifen. Er sah sich die Leute an, die ungeduldig anstanden und es kaum erwarten konnten, mit einer Geisterbahn zu fahren, in der ein Mord geschehen war. Viele Schaulustige zückten ihr Handy und machten ein Selfie. Die Fahnen wehten im Wind mit der Aufschrift: *Neue Geister eingetroffen.* Max wurde kodderig. Das konnte man so oder so auslegen. Er schaute rüber zum Ticketcounter. Aus dieser Entfernung konnte er zwar nicht viel erkennen, aber etwas Blondes blitzte hervor. Er stand auf, ging ein paar Meter näher heran, und dann sah er es. Besser gesagt, er sah sie. Es war Susi. Sie saß dort und verkaufte die Tickets für die Fahrt. Die hintere Tür ging auf, und ein Mann im Anzug kam herein. War das nicht der Besitzer? Wie hieß er gleich noch? Rosenfeldt oder so ähnlich. Max schlich sich näher ran, achtete jedoch peinlich darauf, nicht entdeckt zu werden. Ja, er hatte richtig gesehen. Sie waren es. Eindeutig. Susi drehte sich auf ihrem Stuhl zu ihm um und stand auf. Sie umarmte ihn und küsste ihn lang und innig. Max war perplex. Er konnte nicht glauben, was er dort sah. Was hatte das zu bedeuten? Er hatte keine Ahnung. Aber eines wurde ihm klar. Da war sie, die nächste Story. Dazu noch die sensationelle Entdeckung, dass Paula überlebt hatte. Was für eine Geschichte. Nur wusste er nicht, ob er sie veröffentlichen sollte.

– Ende –

Danksagungen und letzte Worte

Die letzten Zeilen in diesem Buch möchte ich all denjenigen widmen, die maßgeblich dazu beigetragen haben, dass dieses Buch überhaupt entstehen konnte.

An erster Stelle möchte ich hier den PIPER Verlag nennen. Meinen Debütroman mit einem der renommiertesten Verlagshäuser in Deutschland professionell auf die Beine stellen zu dürfen ist so ziemlich das Unglaublichste, aber auch das Beste, was mir passieren konnte.

Dass es dazu jedoch überhaupt gekommen ist, verdanke ich vor allem den Leuten, die mich auf dem Weg dorthin begleitet und unterstützt haben:

Danke an meine Testleserinnen Claudia B., Dagmar S. und Susanne M., die sich in einem frühen Stadium durch die ersten Textversionen gekämpft und die selbst auf den letzten Metern noch wertvolle Anmerkungen gemacht haben.

Danke an Robert Kirchhecker, Präsident des Schaustellerverbands Hamburg von 1884 e. V. und Inhaber der Bauernkate für die Unterstützung beim DOM-Marketing vor Ort.

www.bauernkate.hamburg

Danke an Robert Rasch, der auf jedem DOM mit seinem Kult-Fahrgeschäft DOM Dancer wilde Fahrten und flotte Sprüche garantiert – so auch in meiner Geschichte.

www.facebook.com/dancerrasch

Danke an meinen Schaustellerfreund Pascal Raviol, der mich als Vollblut-Schausteller mit seinem Insiderwissen und Know-how tatkräftig unterstützt und beraten hat. Er hat dafür gesorgt, dass in meinem Roman Fiktion und Realität zusammenpassen. Und auch die eine oder andere Anekdote stammt aus seinen Erzählungen.

www.pascal-raviol.de

Danke an die wunderbare Esmeralda Rosenberg, die mit ihrer einzigartigen Gabe und herzlichen Art Menschen in allen Lebenslagen mit Rat und Tat zur Seite steht. Sie hat sich für meine verrückte Idee begeistern lassen und war bereit, in der Geschichte mit ihrem Namen mitzuspielen.

www.wahrsagerinmitherz.de

Danke an Dominik Schmitz, Inhaber von Paradox Sideshows (Revue der Illusionen), der mit einer der letzten reisenden Schaubuden unserer Zeit sein Publikum und mich jedes Mal aufs Neue in seinen Bann zieht und verzaubert. Auf youtube gibt es einige Videosequenzen der »Parade« aus früheren Zeiten, die nun erstmals wieder zu einer einheitlichen und zeitlich stimmigen Szene zusammengefügt wurden und im Roman zu finden sind.

www.paradox-show.de

Nicht zu vergessen, der Ort, der dieses Buch erst ermöglicht hat:

Der Hamburger DOM ist das größte Volksfest des Nordens. Jährlich besuchen mehrere Millionen Menschen die Veranstaltung. Über 260 Schausteller und 110 Gastronomiebetriebe befinden sich bei jedem Dom auf dem etwa 160.000 m^2 großen Festgelände. Der DOM findet dreimal im Jahr auf dem Heiligengeistfeld im Herzen von St. Pauli statt:

Frühlingsdom (Frühlingsfest, Mitte März bis Mitte April)
Sommerdom (Hummelfest, Ende Juli bis Ende August)

Winterdom (Dom-Markt, Anfang November bis Anfang Dezember)

www.hamburg.de/dom

Zu guter Letzt noch einige abschließende Worte und ein herzliches Dankeschön an alle, die dieses Buch gelesen haben. Ich hoffe, Ihnen hat unser gemeinsamer DOM-Bummel gefallen?

Gehen Sie auf das nächste Volksfest, auf den Jahrmarkt, den Rummel oder die Kirmes – und wenn Sie in Hamburg sind, natürlich auf den DOM. Egal, wo auch immer, wenn Sie mögen, halten Sie die Augen offen bei einem Bummel. Schauen und hören Sie vielleicht einmal etwas genauer hin. Sie werden einige der Personen aus diesem Buch antreffen oder Szenen wiedererkennen … Für die nächste Fahrt mit der Geisterbahn drücke ich Ihnen die Daumen, dass es nicht zu einem außerplanmäßigen Stopp kommt. Ansonsten wissen Sie ja jetzt, was zu tun ist.

Und wenn Sie mögen, sehen wir uns wieder. Entweder auf dem Hamburger DOM, dann vielleicht auf einer Fahrt mit der Achterbahn, oder demnächst an dieser Stelle.

Bis dahin alles Gute!

Nick Jentsch

www.nickjentsch.de